천년의 독서

오직 읽기로만 열리는 세계

천년의 독서

千年の読書

미사고 요시아키 지음

하진수 옮김

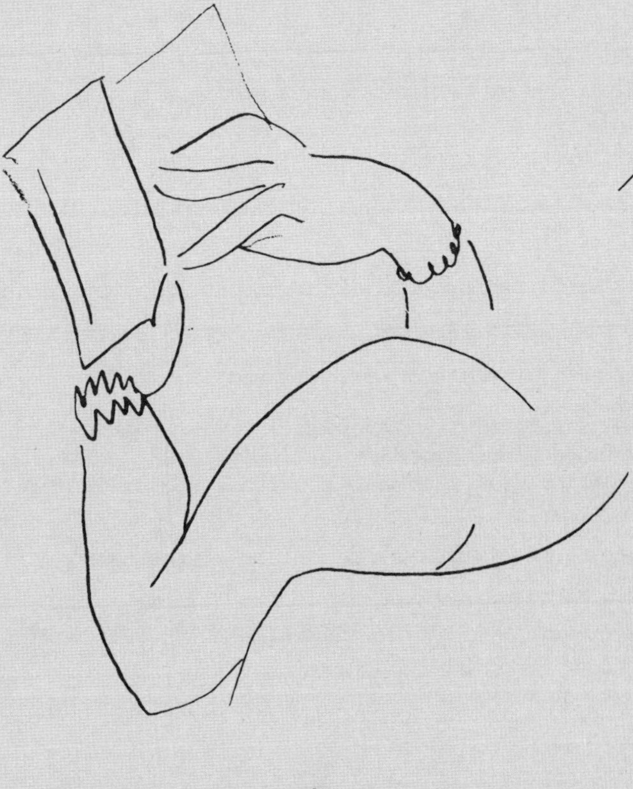

시프

일러두기

1. 저자 원주·옮긴이주는 괄호로, 편집자주는 각주로 처리했습니다.
2. 인명과 기관명 등의 고유명사는 국립국어원 외래어표기법을 따르되 국내에 이미 널리 통용되는 표현이 있는 경우 관습 표기에 따랐습니다. (예: 맥도날드, 르 꼬르동 블루)
3. 번역서의 경우 본문에는 원서의 출간년도를, 도서 목록에는 국내 번역서의 출간년도를 적었습니다.
4. 번역서가 국내에 출간된 경우 국내 제목으로, 출간되지 않은 경우에는 원서 제목을 직역해 적고 원서명을 병기했습니다.
5. 저작물 표기는 단행본은《 》, 일간지·주간지·월간지나 개별 문학작품, 영화 및 텔레비전 프로그램 등은〈 〉, 논문은「 」로 표기했습니다.

머리말

더 잘 읽을수록 더 잘 살 수 있는 기적에 대하여

나는 책 덕분에 인생의 고비를 여러 번 넘겼습니다.

언젠가 한번은 왜 싸움으로 번졌는지조차 기억나지 않을 만큼 사소한 일로 친구와 절교했습니다. 그러고는 귀가하던 길에 지하철 플랫폼에서 열차를 기다리며 이로카와 다케히로色川武大의 《모 아니면 도 인생론うらおもて人生録》을 읽었습니다. 그런데 책이 너무나 재미있어서 나도 모르게 방금 절교하고 온 친구에게 전화를 걸었다가 "너도 참 대단하다"라는 핀잔을 들었습니다.

나는 전화를 거는 것은 좋아하지만 걸려오는 전화를 받는 덴 서툰 편이었습니다. 그래서 웬만한 아르바이트도 쉽지 않았습니다. 어느 날, 단골 헌책방에서 나도 모르게 한숨을 내쉬었는데 책방 주인이 말을 걸어오더군요.

"그냥 앉아 있기만 해도 되니까 재미있는 책이 있으면 알려줘."

책방 주인은 마치 쓰쓰이 야스타카筒井康隆의 단편 〈탐독자의 집耽讀者の家〉 속 등장인물이 할 법한 일을 내게 맡겼습니다.

'아르바이트' 이야기에서 짐작했겠지만, 나는 대학 졸업 후 곧바로 취직하는 데 실패했고 어렵게 입사한 회사마저 1년 만에 도산하고 말았습니다. '앞으로 어떻게 해야 할까?', '무엇에 의지해서 살아가야 하나?' 두렵고 막막한 시간이었습니다. 고민이 깊어지는 동안 시간은 계속 흘러 세상에 섬처럼 홀로 남겨진 기분이었지요. 통장 잔고는 눈 깜짝할 사이에 바닥을 드러냈고, 당장 배를 곯지 않기 위해 근근이 일해야 했습니다. 눈앞에 닥친 일을 정신없이 해치우다가 문득 이런 생각이 들었습니다. '이대로 일생을 보내버리면 내 인생을 지탱해줬던 책과는 전혀 상관없는 삶을 살아가게 될 텐데, 이렇게 살아도 괜찮은 걸까?' 막연한 조바심에 마음이 편치 않았습니다. 그러던 어느 날, 우연히 펼친 조간신문에서 신입도 지원 가능한 신규 서점의 구인광고를 보았습니다. 큰맘 먹고 이력서를 냈고 오늘에 이르렀습니다.

지금까지의 인생을 되돌아보면 나는 자주 실패했습니다. 그런데 생각해보면 인간은 인생을 한 번밖에 살지 못합니다. 매 순간 한 번도 해본 적 없는 일과 맞닥뜨릴 수밖에 없지요. 첫 판부터 실전에 투입되는 것입니다. 실전에 강한 사람도 있겠지만 그렇지 않은 사람도 많습니다.

나는 다른 사람 앞에 서면 긴장이 된 나머지 머릿속이 새하얘지고 몸이 덜덜 떨립니다. 그런 스스로가 싫고 답답하던 차, 우연히 서점에 들러 서가를 서성이다 눈앞을 환하게 밝혀 주는 책을 만났습니다. 마치 책이 슬며시 도움의 손길을 내미는 듯했습니다.

책을 펼치면 상상을 초월한 고통과 불행을 이겨낸 이들의 이야기를 들을 수 있고, 아무도 가지 않은 길을 뚜벅뚜벅 걸어가는 저자와 함께 같은 풍경을 바라볼 수도 있습니다. 오랜 세월 켜켜이 누적된 지혜를 만날 수도 있지요.

세상을 바꿀 수는 없어도 자신만의 언어로 자신의 인생을 살아간다면 세상이 달리 보인다는 것을, 나는 책을 통해 배웠습니다.

신기하게도, 삶이 순조로울 때는 책이 그다지 시야에 들어오지 않습니다. 오히려 문제가 생겼을 때, 실패했을 때, 눈앞이 캄캄해졌을 때 '인생의 책'을 만납니다.

디오게네스 라에르티오스Diogenes Laertios의 명저인 《그리스 철학자 열전》에는 "교양은 순경順境에서는 장식이고, 역경에서는 대피소다"라는 고대 그리스 철학자 아리스토텔레스의 말이 실려 있습니다. 고대 언어 연구의 일인자 프레더릭 조지 케넌Frederic G. Kenyon의 《고대의 서책古代の書物》(1953)에 따르면, 아리스토텔레스야말로 책의 체계를 세워 활용한 장서가의 시조였다고 합니다. 그는 "아리스토텔레스와 함께 그리스 세계는 구술 문화에서 벗어나 독서 습관을 익히게 되었다"고

합니다. 다시 말해 아리스토텔레스 덕분에 우리는 '독서 습관'이라는 개념으로 책 읽기를 바라보게 되었습니다. 아리스토텔레스는 자신이 수집한 책을 읽음으로써 지혜의 체계를 세우고 세상을 비추었습니다. 소크라테스와 플라톤, 아리스토텔레스와 같은 고대 그리스 철학자들의 말이 지금도 통용되는 것은 인간 문화의 역사가 그때부터 지금까지 이어져왔기 때문입니다.

책에는 세상을 바꾸는 힘이 있습니다. 텅 빈 책장에 한 권 한 권 책을 꽂으면서, 서가 앞에서 손님과 이야기를 나누다가 깨닫게 된 사실이 두 가지 있습니다.

첫째, 아무리 부족함 없는 인생을 사는 것처럼 보이는 사람도 '대피소'가 필요하다는 것입니다.

둘째, 책은 한계에 부딪히고 벽을 만난 사람에게 반드시 새로운 문을 열어준다는 것입니다.

영국 소설가 버지니아 울프Virginia Woolf는《자기만의 방》(1929)에서 다음과 같이 말했습니다.

> 걸작이란 혼자 외롭게 태어난 것이 아니에요. 그것은 여러 해 동안 한 무리의 사람들이 공동으로 생각한 결과입니다. 그래서 다수의 경험이 하나의 목소리 이면에 존재하는 것이지요.

우리가 서점에서 무심코 집어 든 한 권의 책은, 실은 인류의 역사와 지하 수맥처럼 연결되어 있습니다. 울프가 말한 대로 "셰익스피어에게 말로가 없었다면, 말로에게 초서가 없었다면, 초서에게 그보다 먼저 길을 닦고 자연 상태의 거친 언어를 길들여온 잊힌 시인들이 없었다면 그들은 글을 쓸 수 없었을" 것입니다.

천년 전에 쓰인 《겐지 이야기》는 지금도 서점에서 신간으로 살 수 있습니다. 스가와라노 다카스에管原孝標의 딸이 쓴 《사라시나 일기更級日記》에는 그녀가 예전부터 읽고 싶었던 《겐지 이야기》를 고모에게 선물 받고 느낀 감동과 흥분이 그대로 담겨 있습니다.

> 그것을 받고 돌아갈 때 너무도 기뻐서 하늘로 날아오를 것만 같은 기분이었다. 지금껏 띄엄띄엄 읽은 탓에 이해가 가지 않아 답답했던 《겐지 이야기》를 누구의 방해도 받지 않고 방 안에 파묻혀 1권부터 한 권 한 권 꺼내 읽어가는 그 기분이란, 황후 자리도 부럽지 않다고 생각할 정도였다.
>
> 《신편 일본고전문학전집新編 日本古典文學全集 26》

천년 전이나 지금이나 읽고 싶은 책을 읽는 기쁨은 똑같습니다. 스가와라노 다카스에의 딸의 말을 쫓아가다 보면, 책은 어떤 목적을 가지고 읽는 것이 아니라 그저 즐겁고 재밌어서, 책장을 넘기지 않고는 못 배겨서 읽는 것이라는, 독서의 출발점에 몇 번이고 설 수 있습니다. 무엇보다 근사한 것은 스가와라노 다카스에의 딸이 탐독했던 그 책을 지금도 서점이나 도서관에서 쉽게 손에 넣을 수 있다는 사실입니다. 그것도 전 세계 어디에서든 말이지요.

우리는 종종 우연히 책을 만납니다. 하지만 그것이 정말 '우연'일까요.

독일 동화작가 미하엘 엔데Michael Ende는《엔데가 읽은 책 M.エンデが讀んだ本》(1996)에서 독자에게 다음과 같이 묻습니다.

> 당신이 인생의 기로에 서서 고민할 때, 아주 적절한 순간에 아주 적절한 책을 들고 아주 적절한 부분을 펼쳐서 지금 당신에게 꼭 필요한 답을 발견한다면, 당신은 그것을 우연이라고 생각하겠는가?

이번에 내가 이 책에서 탐구하고 싶은 것은 '왜 인생에 책이 필요할까'입니다.

우리가 우연히 들른 서점에서 한 권의 책과 만나는 것은 정말 우연일까요?

매일 새로운 책이 입고되고 빠지며 책장은 시시각각 바뀌고 있습니다. 이 책에서는 우리 인생을 결정짓는 일곱 가지 주제를 골라, 책장에 한 권 한 권 책을 꽂듯이 각각의 주제를 통찰하고 새로운 질문을 던지는 책들을 선별했습니다. 책 내용을 소개하면서 서적에서 인용하지 못한 부분은 나의 언어로 마무리했습니다. 만약 소개한 책 중에서 한 권이라도 관심이 가고 읽고 싶어진다면 그 이상 기쁜 일은 없을 것입니다.

책의 세계로 안내하는 초대장으로서 이 책을 건넵니다. 오늘도 당신과 나에게 새로운 책과의 우연 같은 필연의 만남이 있기를 바랍니다.

미사고 요시아키

차례

제3장
‘살아남는’ 일 말고 ‘살아가는’ 일
: 새로운 시대의 일하기 방식

제4장
능력을 ‘부’로 입증하는 시대에 부쳐
: ‘성장’이라는 악몽

제5장

우리는 왜 지금처럼 먹게 됐을까

: 현대의 식탁과 요리의 기원

제6장

느슨하게 조금씩 행복해지는 기술

: 명상과 뇌, 그리고 자연

제7장
언제 끝날지 모르는 삶이지만
: 죽음을 생각하다

제1장

무심코 책장을 펼치면

우연의 책, 필연의 인생

대학에서 교양과목으로 연극학을 배웠습니다. 그때 배우에 뜻을 두고 무대에 섰던 동급생은 생텍쥐페리의 단편소설《야간비행》(1931)을 읽고 난 후 파일럿의 세계에 매료되었습니다. 일하면서 꾸준히 돈을 벌어 항공학교에 입학해 파일럿이 되겠다는 게 그 친구의 목표였습니다. 친구가 피나는 노력을 쏟는 과정을 지켜보면서 한 권의 책이 가진 힘을 실감했습니다. 그 친구는 정말로 파일럿이 되었지요.

책에는 운명을 바꾸는 힘이 있습니다. 시대도 장소도 언어도 상관없이, 읽기 전과 읽고 난 후의 세계가 확 달라지는 만남이 있습니다. 신기하게도 그런 책은 자주 찾는 책의 옆에 있습니다.

시코쿠에 있는 이타미 주조伊丹十三 기념관에 방문했을 때, 입구에 놓여 있던 이타미 주조가 직접 쓴 원고에 내 시선이 못 박혔습니다. "책을 좋아하는 사람이 서점의 서가 앞에 서면, 필요한 책은 알아서 튀어나온다. 책이 나를 불러주는 것이다."

몇 년 전에 한 번 본 전시라 정확하게 옮겼는지는 모르겠지만, 원고에 적힌 그 문장을 보고 나도 모르게 소름이 돋았습니다. 소중한 책은 찾고자 해서 찾을 수 있는 게 아니고, 만나고자 해서 만날 수 있는 것도 아닙니다. 애서가이면서 박학다식한 칼럼니스트 야마모토 나쓰히코山本夏彦는 칼럼집 《일상다반사日常茶飯事》의 〈책방〉이라는 글에서 '책들의 무덤'으로 불리는 헌책방의 서가에 부드러운 빛을 비추었습니다.

> 그곳에 발을 들여놓으면 수십 년 동안 책장 선반에 서 있던 책들이 일제히 몸을 돌려 아직 죽지 않은 표정을 짓는다. 그러다 나를 인연이 없는 서생이라 인식하면 다시 원상태로 돌아가지만, 가끔 서로 바라고 있었음을 인식하면 백 년의 세월을 뛰어넘어 조우하기도 한다.

서점의 서가는 세상에 유일한 단 한 명, 그때 그곳을 방문한 당신만을 위한 초대장입니다. 책과의 만남은 물론 서점에서만 이루어지는 것은 아닙니다. 그곳은 헌책방일 수도, 도서관일 수도, 친구 혹은 연인의 책장일 수도 있습니다. 어머니와의 대화 속에서, 신문이나 잡지의 기사 속에서 이루어질 수도 있지요. 매일매일 많은 책과 만날 수 있는 환경이지만, 우리 대부분은 차분히 앉아 책을 읽을 시간이 없습니다.

책을 읽지 않아도 살 수는 있습니다. 철학자 쇼펜하우어는《독서에 대하여On Books and Reading》에서 오히려 "독서란 자신의 머리가 아니라 남의 머리로 생각하는 것이다. 끊임없이 책을 읽으면 다른 사람의 생각이 계속해서 흘러들어온다. (중략) 자신의 머리로만 생각하는 사람은 손해일 뿐이다"라고 말했습니다. 유감이지만 맞는 말인지도 모릅니다.

달달 외워서 얻은 지식은 시험이 끝나고 나면 싹 잊어버립니다. 한편 호기심과 흥미를 가지고 배운 지식은 평생 잊어버리지 않습니다. 이것을 가르쳐주는 것이《나다교·전설의 국어수업灘校·伝説の國語授業》(2014)입니다.

나다교의 교사 하시모토 다케시橋本武는 일본 문부성이 지정한 교과서를 일절 사용하지 않고, 나카 간스케中勘助의 소설《은수저》(1921)• 를 자체 교재로 삼아 3년에 걸쳐 읽는 수업을 했습니다. 수업 시작 후 그가 "국어를 좋아합니까?"라고 학생들에게 물으면 대체로 5퍼센트가 좋다, 5퍼센트가 싫다, 90퍼센트가 좋지도 싫지도 않다고 답했습니다.

• 책상 서랍 속 작은 상자 안에 넣어둔 은수저를 계기로 유년 시절을 회상하는 이 소설은 1921년 이와나미 서점에서 출판되었고, 1935년 이와나미 문고판이 발행되었다. 이와나미 문고판은 113만 6,000부가 팔려 (2006년 기준) 베스트셀러가 되었다.

3년 후, 모든 수업을 끝내고 하시모토 다케시가 다시 한 번 "국어를 좋아합니까?"라고 학생들에게 묻자 95퍼센트의 학생이 좋다고 답했습니다. 어째서 학생들은 국어를 좋아하게 되었을까요? 그는 그 이유를 '놀이처럼 배우는 것이 인생 최고의 기쁨'이기 때문이라고 말합니다. 사람은 놀 때 주체적으로 참여하지만, 배울 때는 수동적으로 마지못해 하는 경우가 많으니까요.

국어는 세상만사를 배우기 위한 '뼈대'라고 하시모토는 말합니다. 실제로 그의 수업으로 국어를 좋아하게 된 학생들은 무명이었던 나다교를 '도쿄대 합격률 1위' 학교로 끌어올렸습니다. 그러나 지금 일본 학교의 교과서에서 그 뼈대가 사라지고 있습니다. 2019년 당시 일본문예가협회의 이사장 데쿠네 다쓰로出久根達郎는 '고교·대학접속《국어》개정에 대한 성명'을 발표했습니다. 여기에는 2022년도부터 시행되는 새 '학습지도요령'에 따라 고교 국어과에서 실용문 독해가 중시되고 문학이 경시되는 것에 대한 작가와 지식인들의 염려가 소개되어 있습니다.

국어 교과서에서 문학이 사라지면 도대체 무슨 일이 벌어질까요. 다키모토 데쓰후미瀧本哲史는 자신의 저서《독서는 격투기讀書は格鬪技》(2021)에서 다음과 같이 지적했습니다.

일본인이 가장 많이 읽는 책은 사실 '국어 교과서'가 아닐까.

물론 교과서는 국정이 아닌 검정이기 때문에 다수의 교과서

출판사에서 출간되고 있지만, 각 출판사가 수십 년에 걸쳐 공통적으로 다루는 문학작품이 여럿 있다.

다키모토 데쓰후미는 그런 문학작품으로 요절한 천재 작가 나카지마 아쓰시中島敦의 《산월기》와 루쉰魯迅의 《고향故郷》을 꼽았습니다. 그의 가설이 맞다면 여기서 두 작품의 줄거리를 설명할 필요는 없겠지요. 국어 교과서에서 문학이 사라지면 세상만사를 배우기 위한 기초뿐만 아니라 우리의 몇 안 되는 공통의 독서 체험도 사라지고 맙니다.

동네 서점이 빠르게 사라지고 있습니다. 2017년 8월, 〈아사히신문〉은 "서점 0개인 지자체, 20퍼센트 이상"이라는 제목으로, 지역 내에 서점이 한 점포도 없는 지방자치단체가 늘고 있다고 보도했습니다. 서점조사회사 아르미디어에 의하면 인구 감소, 온라인 서점으로의 고객 이동, 잡지 시장의 축소, 대리점의 경영 악화 등이 겹쳐, 1999년에 2만 2,296곳이었던 서점 수가 2020년 5월에는 1만 1,024곳으로 무려 절반이 줄었습니다.

일본 문화청이 1995년부터 매년 실시하고 있는 '국어에 관한 여론조사' 2018년도 조사 결과를 보면, 전체의 47.3퍼센트가 한 달에 한 권도 책을 읽지 않는다고 답했으며, 독서량이 줄었다고 답한 사람의 비율은 67.3퍼센트로 절반이 넘었습니다. 과거 조사 결과와 비교해도 독서량은 계속 감소하는 추세입니다. 그렇다고 책을 읽는 것이 대단한 일이라고 추켜세우고 싶지는 않습니다.

좋든 나쁘든 책에는 아주 강한 힘이 있습니다. 설령 책을 읽지 않아도 그 영향력에서 벗어나 살기란 어렵지요.

1925년 독일에서 한 권의 책이 출판되었습니다. 사실 왜곡과 정치적 선동으로 가득한 이 책이 팔리지 않으리라 예상한 출판사는 초판을 500부밖에 찍지 않았습니다. 하지만 출판사의 예상을 뒤엎고 이 책은 세상을 확 바꿔놓았지요. 저자의 유명세에 힘입어 공전의 베스트셀러가 되었고요. 1940년에는 무려 570쇄를 기록하며 누계 700만 부를 돌파합니다. 저자의 이름은 아돌프 히틀러, 책 제목은《나의 투쟁》(1927)입니다. 역사를 돌이켜보면 인간의 어두운 욕망에 불을 지피는 불쏘시개 역할을 한 책도 많습니다.

책을 읽으며 살았다고 해도, 혹은 책을 읽지 않으며 살았다고 해도 우리는 모두 무의식중에 책의 영향을 받고 있습니다. 왜 일요일은 휴일이 되었을까요? 왜 지도는 사각형일까요? 우리는 알게 모르게 책이 짜놓은 세계를 살고 있습니다.

책을 읽는 인생과 읽지 않는 인생

무라카미 하루키村上春樹는 자신의 저서《무라카미 씨가 있는 곳村上さんのところ》(2018)에서 "책을 자

주 읽는 사람과 거의 읽지 않는 사람, 둘 중 어느 쪽의 인생이 더 행복할까요? 대체로 책을 읽지 않는 사람이 더 낙천적이고 인생을 즐기는 것처럼 보이는데 어떻게 생각하세요?"라고 묻는 한 독자의 질문에 이렇게 답합니다.

"설령 불행해진다 해도, 다른 사람에게 미움을 좀 받는다 해도 책을 읽지 않는 것보다 책을 읽는 인생이 훨씬 좋습니다. 그건 너무 당연한 이야기 아닐까요."

단순하면서도 명쾌한 답변입니다.

무라카미 하루키가 "책을 읽는 인생이 훨씬 좋다"라고 답한 이유는 무엇일까요?

내 나름대로 그 이유를 생각해봤습니다. 한마디로 말하자면 책이 독자를 미지의 세계로 이끌어주기 때문입니다. 책을 읽으면 이 세상에서 실제로 만날 수 없는 사람을 만날 수도 있고, 들어본 적 없는 이야기를 듣게 될 수도 있습니다. 단순히 너무 재미있어서 시간 가는 줄 모르고 페이지를 넘기기도 합니다. 그러다 보면 어느새 눈앞의 풍경이 달라집니다. 책을 읽는 동안 자신의 세계를 확장하게 됩니다. 그렇게 독서력이 쌓이며 자신만의 지도를 그리고 조금씩 넓혀가게 되지요.

인간은 궁금증을 참지 못합니다. 내일 날씨도, 지금 보온병의 온도도, 우편물 도착일도, 옆집 개의 품종도 알고 싶습니다. 일상의 사소한 일부터 과거의 기록, 아직 일어나지 않은 미래에 관한 것까지 모조리 알고 싶어 합니다. 알아서 뭐하냐는 사소한 의문은 차치하고, 그저 알고 싶을 뿐입니다. 인간의 호기심은 끝이 없으니까요.

플라톤이 쓴 《테아이테토스》는 '앎이란 무엇인가'를 묻는 책입니다. 이 책에서 플라톤은 소크라테스에게 "타우마제인thaumazein(경이로움)이야말로 지혜를 사랑하고 추구하는 자의 감정"이며, 철학의 출발은 "경이로움을 품는 것"이라고 말합니다. 또한 만학萬學의 아버지 아리스토텔레스는 철학의 제1원리인 '존재'를 고찰한 기념비적 저서 《형이상학》을 "모든 인간은 태어나면서부터 알고자 하는 욕구가 있다"라는 문장으로 시작합니다. 18세기 중반 스웨덴의 박물학자 린네Carl von Linné는 인류를 영장목으로 분류하고 라틴어로 '호모 사피엔스Homo sapiens'라고 명명하였습니다. 속명 호모는 '인간'을, 종명 사피엔스는 '지혜'를 뜻합니다. 즉, 린네는 인류를 '슬기로운 사람'이라고 부른 것입니다.

그렇다면 인간을 인간답게 하는 이 '지혜'란 도대체 무엇일까요? 인간은 왜 매일 똑같은 일이 반복되는 것을 견디지 못하고 새로운 무언가를 발견하고 싶어 할까요?

프란츠 카프카Franz Kafka는 친구 오스카 폴락에게 보낸 편지에서 인간의 경이로움에 대한 동경을 '도끼'에 비유합니다.

> 우리가 읽는 책이 주먹으로 뒤통수를 내리쳐서 깨달음을 주지 못한다면 도대체 책을 읽어서 뭐하겠나? 자네가 쓴 것처럼 행복하기 위해 책을 읽는다? 아니야, 오히려 책이 없는 편이 행복할걸세, 그런 책이 필요하다면 직접 쓸 수도 있으니

까. 하지만 우리에겐 우리를 고통스럽게 하는 불행처럼, 자신보다 더 사랑한 사람의 죽음처럼, 아무도 없는 숲속으로 추방될 때처럼, 스스로 목숨을 끊는 것처럼 우리에게 영향을 주는 책이 필요해. 책이란 우리 안에 얼어붙은 바다를 깨뜨리는 도끼여야 한다네.

《결정판 카프카 전집決定版カフカ全集 9》(1981)

인류는 반만년에 걸쳐 "우리 안에 얼어붙은 바다를 깨뜨리는" 경이로움과 발견을 기록해왔습니다. 좋든 싫든 우리가 알고 있는 것은 어떤 형태로든 기록으로 남아 있습니다. 캄캄한 우주에 떠 있는 별처럼 '책'이라는 기록의 덩어리가 별자리처럼 줄지어 인류가 걸어온 길을 비추고 있습니다.

메소포타미아에서는 점토에, 고대 이집트에서는 사초과 식물의 일종인 파피루스에, 페르가몬(현 튀르키예)에서는 짐승의 가죽에, 인도·스리랑카·태국에서는 나뭇잎에, 중국에서는 뼈와 거북의 등딱지에 처음 문자를 새겼습니다. 그다음에는 나무와 대나무, 비단에 새겼습니다.

이윽고 중국에서 종이가 탄생하고 구텐베르크가 인쇄기를 발명한 덕분에 인류는 모두 '독자讀者'가 될 수 있었습니다. 그리고 21세기, 우리는 태블릿 PC만 있으면 어디서든 원하는 책을 마음껏 읽을 수 있는 세상에 살고 있습니다.

책을 펼치면 미지의 세계로 가는 문이 열립니다. 읽기 전에는 전혀 몰랐던 존재가 다 읽고 나면 친숙한 존재로 바뀌는 경이로움은 몇 번을 맛보아도 기적과 같습니다.

책을 읽어도 머리는 좋아지지 않는다

어처구니없이 들릴지 모르겠지만 나는 책을 계속 읽으면 언젠가는 머리가 좋아질 줄 알았습니다. 한데 지난 30년간 우직하게 책을 읽어도 머리가 좋아질 조짐은 전혀 나타나지 않더군요. 분명 독서량도, 독서의 질도 부족하지 않았는데 말입니다. 그러던 중 소설가 호사카 가즈시保坂和志의 《언어의 밖으로言葉の外へ》(2012)를 만났습니다.

> 독서에서 가장 중요한 것은 읽고 있는 정신의 구동驅動 그 자체이지 정보의 축적이나 검색이 아니다. 가끔 훌륭한 책을 읽으면 이 점이 새삼 떠오른다.

독서란 '정신의 구동'이라니, 예상치도 못한 표현에 깜짝 놀랐습니다. 구동이라는 단어에 끌려서인지, 호사카 가즈시의 문장을 읽는 내내 초등학생 때 부모님이 데리고 가주었던 스즈카 서킷(일본 혼슈 미에현 스즈카에 있는 모터 스포츠 경기장으로 세계 최고의 자동차 경주대회 F1 일본 그랑프리가 열린다—옮긴이)이 머릿속에 떠올랐습니다. 일요일이었고 마침 어린이용 고카트 레이스가 열렸는데, 고카트를 한 번도 운전해본 적이 없었는데도 들뜬 분위기에 매료되어 두 손을 번쩍 들고 참가했습니다.

실제로 자동차 경주대회가 열리는 경기장을 생전 처음 타본 고카트로 액셀러레이터를 있는 힘껏 밟고 달렸습니다. 커브를 제대로 돌지 못하거나 연석을 타고 올라가서 결과는 참담했지만 액셀러레이터를 풀로 밟은 채 핸들을 쥐고 달리는 기분만은 정말 끝내줬습니다.

'아, 독서가 이런 거구나' 하고 생각했습니다.

서킷에 저마다의 엔진을 탑재한 레이싱 자동차들이 일렬로 늘어서 있습니다. 페이지를 열면 엔진에 시동이 걸리고 레이싱 드라이버들이 액셀러레이터를 밟고 핸들을 조종해 골인 지점으로 내달립니다. 빠르게 골인하려는 사람, 풍경을 만끽하는 사람, 다른 사람과의 경주를 즐기는 사람 등 우선순위는 저마다 다릅니다. 골인 지점에 들어올 때 환호성을 터뜨릴 수도 있고 조용히 테이프를 끊고 들어올 수도 있습니다. 하지만 완독하면 경주를 마쳤다는 성취감이 조용히 차올라 가슴이 뜨거워집니다. 물론 '왜 이 책을 집어 들었을까?' 하고 후회하는 책도 있지만, 그런 경험도 쌓이다 보면 '왜 내게 이 책이 필요한지'를 생각하는 능력이 생겨 어떤 책이든 '이 책을 읽는 이유'를 언어로 정리할 수 있게 됩니다.

결코 죽지 않는
걸작들

경쟁을 무척 좋아했던 고대 그리스인은 올림픽을 비롯해 토론 기술을 발전시켰습니다. 스포츠뿐만 아니라 생각까지 승패를 분명히 가르려 했다니, 고대 그리스인은 굳건한 신념이 있는 경쟁을 정말 좋아한 듯합니다. 우주물리학자 사토 가쓰히코佐藤勝彦는 저서 《잠 못 이루게 하는 우주 이야기眠れなくなる宇宙のはなし》(2016)에서 "고대 그리스인이 신화적 세계관 속에 살던 인간을 합리적인 사고방식에 눈뜨게 했다"라고 적었습니다.

고대 그리스인은 지배자로부터 주입되었던 신화적 세계관에서 벗어나 자신들의 머리로 합리적인 사고를 거듭해 세상의 진리를 찾고자 했습니다. 그리하여 고대 그리스의 3대 철학자인 소크라테스와 플라톤, 아리스토텔레스는 사람들과의 대화와 토론을 통해 '진리란 무엇인가'라는 인류 최대의 난제를 이 세상에 풀어냅니다. 이 금단의 물음에 인류는 무엇에 홀린 것처럼 도전을 이어갔습니다. 철학자 알프레드 노스 화이트헤드Alfred North Whitehead는 저서 《과정과 실재》(1929)에서 "유럽 전통 철학의 전반적 성격을 규정하는 가장 안전한 방법은 그것이 플라톤에 대한 일련의 각주로 이루어져 있다고 보는 것이다"라고 말했습니다. 즉, 우리는 지금도 플라톤이 남긴 철학의 궤적 안에 있다는 것입니다.

플라톤은 소크라테스와의 대화 속에서 '이데아론'을 정립했고, 아리스토텔레스는 '경험론'에 근거해 플라톤의 이데아론을 비판했죠. 니체는 '초인사상'을 통해 아예 이데아론을 근본적으로 무너뜨리려고 했습니다. 그런 의미에서 그리스 철학은 후세 철학자들에 의해 항상 참조되었을 뿐 아니라 뛰어넘어야 할 높은 벽이었습니다. 그 높은 벽 곳곳에는 창문이 있어서, 철학서를 읽는 이들은 때때로 이 세상의 것이라고는 생각되지 않을 만큼 아름다운 경치를 볼 수 있습니다.

다만 고대 그리스 철학자들이 제창한 합리적 사고는 천 년간 이어진 중세 유럽의 암흑기에 먹혀버리고 맙니다. 하지만 고대 그리스의 합리적 사고를 손에 쥔 코페르니쿠스와 갈릴레오, 뉴턴 같은 천재들에 의해 암흑이 걷히고 다시 밝은 빛이 비칩니다. 바로 르네상스의 도래입니다.

고대 그리스 철학은 고전으로 자리 잡아 시대를 뛰어넘어 꾸준히 읽혔습니다. 그럼으로써 고대 그리스 철학의 세계관은 더 깊고 넓어졌고, 나아가 새로운 인생관과 사고방식이 꽃피어 우리 삶을 풍요롭게 했습니다.

세계적인 기호학자이자 20세기 이탈리아를 대표하는 지식인 움베르토 에코Umberto Eco와 프랑스의 소설가이자 영화 시나리오 작가 장 클로드 카리에르Jean-Claude Carrière는 《책의 우주》에서 역사적 걸작의 비밀에 대해 다음과 같은 대화를 나눕니다.

에코 책 한 권에는 시간의 흐름 속에서 사람들의 해석이 덧붙여집니다. 셰익스피어의 작품을 셰익스피어가 쓴 대로 읽지 않습니다. 그러므로 우리가 읽는 셰익스피어의 작품은 집필된 당시에 읽혔던 작품보다 훨씬 풍부합니다. 걸작이 걸작으로 남기 위해서는 널리 알려지는 것이 중요합니다. 즉, 작품이 스스로 환기한 해석을 흡수함으로써 그 개성을 더 강하게 발휘한다면 걸작은 '걸작'으로 인지됩니다. 읽는 사람이 부족하면 걸작은 알려지지 않습니다. 충분히 읽히지 않았고, 충분히 해석되지 않은 것이지요. 결국 오늘날 성서가 있는 것은 탈무드(유대교의 구전 율법과 그 주석을 집대성한 것) 덕분입니다.

카리에르 물론 책은 읽힐 때마다 '변용變容'합니다. 그것은 우리가 살면서 쌓는 경험과 같습니다. 위대한 책은 언제까지나 살아 있고 성장하며, 우리와 함께 무르익지만 결코 죽지 않습니다. 재미있는 작품은 시간이 지날수록 비옥해지고 변모하는 반면 재미없는 작품은 역사의 뒤안길로 사라집니다.

카리에르의 말처럼 걸작은 처음부터 걸작이 아니라 널리 읽힘으로써 걸작이 됩니다. 과거에 창작된 작품은 탄생된 그때보다 오늘날 더 풍부해지고 그윽해졌습니다. 왜냐하면 작품이 탄생된 시대부터 지금까지 방대한 독자의 독서가 켜켜이 쌓이고 흡수되었기 때문입니다.

고전은 '클래식classic'이라고도 불리는데, 많은 출판사가 레이블명을 '클래식스'라고 짓거나 다양한 형태로 부릅니다. 이는 책은 단독으로 존재하는 것이 아니라 그 배후에 저자를 비롯해 여러 사람의 목소리가 있다는 데 경의를 표한 것이 아닐까요. 우리가 사는 '현대現代'라는 가로축과 고전이 꿰어져 이어진 세로축이 교차하는 곳에, 분명 자신만의 발견과 경이로움이 있을 것입니다.

1억 4,000만 권이 만든 기적

책에 힘이 있다면 그 힘에 가장 크게 영향을 받는 존재도, 가장 영향을 받기 어려운 존재도 사람입니다. 책이 크게 영향력을 미친 장소는 뜻밖에도 전쟁터였습니다.

몰리 굽틸 매닝Molly Guptill Manning이 공들인 취재를 토대로 집필한《전쟁터로 간 책들》(2014)에는 홀로코스트를 자행한 나치 독일의 또 다른 학살인 비브리오코스트가 묘사되어 있습니다. 히틀러가 집권한 1933년부터 나치 독일은 제2차 세계대전이 종결될 때까지 책과 문헌을 불태웠습니다. 애서가이기도 했던 제국선전부 장관 파울 요제프 괴벨스Paul Joseph Goebbels의 주도하에 책의 발행을 금지했으며 대략 1억 권이 넘는 책을 불태워 이 세상에서 없애버렸습니다.

프랑스가 어이없이 패배한 요인은 나치 독일의 선전전 프로파간다propaganda 작전이었다고 합니다. 히틀러는 프랑스에 군대를 보내기 전에 라디오를 이용해 프랑스 국민의 마음을 공략했습니다. 미국도 나치 독일군이 멀리 떨어진 장소에 있다고 해서 안심할 수 없었습니다. 왜냐하면 이미 일본의 협력 아래 북아메리카에 라디오로 프로파간다 프로그램을 방송하고 있었기 때문입니다.

미국 언론기관이 나치 독일의 라디오 프로그램의 실태를 폭로하자 조속히 몇몇 조직이 들고일어났습니다. 그중 하나가 미국도서관협회ALA입니다. 미국 도서관 직원들은 나치 독일이 자행하는 눈에 보이지 않는 공격으로부터 자국을 지키고 책이 불태워지지 않게 하려면 어떻게 해야 할지 논의를 거듭했습니다. 그들이 도달한 결론은 사상전思想戰에서 가장 강력한 무기는 역시 책뿐이라는 것이었습니다.

책을 불태우는 것에 맞서는 일은 책을 더 많이 읽는 것이며, 히틀러가 언어나 사상을 통해 파시즘을 강화한다면, 이쪽은 자유로운 독서를 촉구하자며 미국 전역의 도서관 직원이 들고일어난 것입니다. 미국 전역에서 한 달 만에 1만 권의 책이 기부되어 병사들에게 전달되었습니다. 이에 만족하지 않고 미군과 미국 전역의 출판사가 휴대가 간편한 책인 페이퍼백paperback을 출판해 총 1억 4,000만 권의 책을 전쟁터에 보냈습니다.

책을 건네는 것이야말로 상대방에게 힘을 보태는 일이라는 생각에서였습니다. 전쟁터에 보내진 책은 그곳에 있는 병사들에게 불티나게 읽혔는데, 활자가 닳아 흐릿해질 때까지 읽히고 또 읽혔다고 합니다. 그중 전쟁터에서 친구를 잃고 삶의 모든 의지를 놓아버렸던 스무 살의 어느 병사는, 극작가 베티 스미스Betty Smith의 책을 읽고 다시 살아갈 힘을 되찾았습니다.

> 그것이 어떤 감정인지 설명하기는 어렵지만, 어쨌든 감정이 용솟았습니다. 제 마음이 되살아난 것이지요. 자신감도 커졌고, 인생은 노력하기 나름이라고 생각하게 되었습니다.
>
> 《전쟁터로 간 책들》

감격한 병사는 저자에게 감사 편지를 썼고 그렇게 저자와 독자의 따뜻한 교류가 시작되었습니다. 저자는 책을 씀으로써 독자를 격려했고, 독자는 책을 읽음으로써 저자를 격려했습니다. 편지가 도착하는 시간도 장소도 알 수 없고, 애초에 도달할지조차 불분명했던 이 편지들은 기적처럼 서로에게 닿았습니다. 이 책에는 그렇게 오간 응답이 담겨 있는데, 읽다 보면 마치 뜨끈한 국물을 들이킨 것처럼 가슴속이 데워집니다.

전쟁터에 보내진 책은 어떤 사람에게는 고독하고 메마른 현실에서 잠시나마 벗어나게 해주는 자극제가 되었고, 어떤 사람에게는 예전의 평온했던 일상을 떠올리게 하는 치료제가 되었습니다. 상처받은 병사들의 고통을 잊게 해주었고,

뚫려버린 마음의 구멍을 메워주었으며, 때때로 비탄에 빠진 인생을 구원해주었습니다.

교도서에서 열린 북클럽

때때로 책은 마음에 입은 깊은 상처에 새살이 돋게 만들기도 합니다. 책에 담긴 다른 사람의 생각이나 삶이 읽는 이에게 미지의 문을 열어준다는 것을《전쟁터로 간 책들》이 알려주었습니다.

다만 미지의 세계로 나아갈 때는 종종 두려움이 뒤따릅니다. 인생을 바꾸는 만남은, 마음을 풍요롭게 하고 새로운 세계를 열어주는 동시에 감당하기 힘든 혐오 및 폭력과 조우할 가능성도 내포하고 있기 때문입니다. 그러나 그 두려움의 무게를 이겨내고 한 걸음 내디디면 전혀 다른 풍경이 보인다는 것을 증명한 사람이 있습니다. 바로《프리즌 북클럽The Prison Book Club》(2015)의 저자 앤 웜즐리Ann Walmsley입니다.

앤 웜즐리는 지난날 강도에게 습격을 당해 외상후스트레스장애PTSD에 시달렸습니다. 직장 생활 같은 사회 활동마저 불가능해질 정도로 몸과 마음이 피폐해진 그녀를 보다 못한 친구는 그녀에게 한 가지 제안을 합니다. 교도소에서 개최하는 독서 모임에 참여해보라고요. 앤 웜즐리는 여전히 자신을 괴롭히는 폭력의 잔상에 많이 주저되었지만 큰맘을 먹고 교도소의 독서 모임에 참여하기로 합니다.

독서 모임 첫날, 그녀는 경비원이나 보안 카메라가 없는 외딴 방에서 문신을 한 죄수들과 대면합니다. 막연한 두려움 때문에 잔뜩 긴장한 그녀는 진지하게 책 읽기에 임하는 수감자들의 말과 자세에 차츰 마음을 열게 되었고, 서서히 독서 모임에 빠져들었습니다. 수감자들은 책을 읽으면서 자신들이 저지른 죄와 지나온 삶을 겹쳐 보았습니다. 책을 다 읽은 후에는 감상을 차례차례 말했습니다.

> 한 번 읽고 끝나는, 그저 재미있기만 한 소설에는 이제 관심 없어요. 저자가 무슨 생각을 하는지, 어떤 말을 하는지, 어떤 식으로 표현하는지가 궁금해요. 내가 지금까지 읽은 시드니 셸던의 소설이나 판타지 소설이나 옛날 이야기같이 비범한 인간이 주인공인 이야기가 아니어도 됩니다. 현실적인 인생 이야기가 좋습니다.

어떤 수감자는 인종이나 그룹의 울타리를 넘어, '교도소에서는 타인에게 말을 걸거나 관여하지 않는다'는 금기마저 깨고, 다 읽은 책에 대해 쉴 새 없이 이야기합니다. 그러고 보면 책을 읽고 난 후 한번 감상을 말하기 시작하면 쉬이 멈출 수 없는 것은 비단 나뿐만은 아니었나 봅니다. 나는《프리즌 북클럽》을 읽은 후에 다른 사람에게 책에 대한 감상을 말할 용기를 얻었습니다.

높은 벽으로 둘러싸인 교도소에서는 바깥세상을 볼 수 없습니다. 언제 출소할 수 있을지, 출소 후에 무얼 하고 먹고 살아야 하는지도 알 수가 없지요. 면회하러 오는 사람은 드물고, 타인과의 대화나 친교는 극단적으로 제한되어 있습니다. 그렇기 때문에 앤 월즐리는 죗값을 치르며 고독과 대면하는 수감자들의 마음에 와닿을 책을 더더욱 건네고 싶었다고 말합니다. 그녀는 독서 모임에서 읽을 책을 한 권 한 권 진지하게 고르는데, 가장 인상적이었던 장면은 수감자에게 '지금까지 읽은 책 중 가장 좋아하는 책'을 묻는 부분입니다. 캐나다 출신의 한 수감자는 다음과 같이 대답합니다.

> 특정 책이 좋았다기보다는, 책을 한 권 읽을 때마다 내 안의 창문이 열리는 느낌이 들었습니다. 어떤 책을 읽든 저마다 힘든 상황이 그려져 있었기 때문에, 읽고 나면 제 인생이 더 명확하게 보였습니다. 지금까지 읽은 모든 책이 지금의 나를 만들어주었고, 인생을 바라보는 법까지 알려주었습니다.

이 장면을 읽고 이런 생각이 들었습니다. 사실 절대적인 명저란 따로 정해져 있는 게 아니라 지금 손에 들고 읽으며 자신에게 화학작용을 일으키는 책이야말로 명저라고 말입니다.

우리는 모두 헤매고, 불안해하고, 낙담하고, 실망하며 각자의 인생을 살아갑니다. 《프리즌 북클럽》은 비록 운이 없는 날일지라도 책장에서 최고의 친구를 만날 수 있음을 일깨워 줍니다. 용기를 내어 첫발을 내디디면, 당신이 발견한 '최고의 친구'에 대해 함께 이야기를 나눌 수도 있습니다.

불가능한 일을 해내게 하는 무언가에 감사드리며

절망의 구렁텅이에 빠졌더라도 불굴의 정신력이 있다면 인간은 어떤 어려움이라도 극복할 수 있습니다. 알프레드 랜싱Alfred Lansing이 쓴《섀클턴의 위대한 항해》(1958)는 탐험가 어니스트 섀클턴Ernest Henry Shackleton의 생애를 통해 이를 증명하는 책입니다.

이 책이 일본에 소개된 계기는 한 사진작가의 '감동적인 독서'였습니다. 1983년, 엄동설한의 알래스카 산맥에서 오로라 촬영을 위해 한 달간 텐트 생활을 하던 호시노 미치오星野道夫의 손에는 몇 권의 책이 들려 있었습니다. 그가 쓴《알래스카, 빛과 바람アラスカ, 光と風》(1986)을 펼치면 얼어붙은 땅에서 감기와 동상에 시달리면서도 언제 나타날지 모를 오로라를 기다리며 책장을 넘기는 호시노 미치오의 차가운 숨이 들리는 듯합니다.

2월 21일. 오로라 보기 좋은 날. 날씨 맑음. 새벽 2시까지 기다렸으나 오로라는 끝내 나타나지 않음. 《섀클턴의 위대한 항해》는 훌륭한 논픽션. 예전부터 친구가 한번 읽어보라고 권했던 책이다. 오래전에 쓰였지만 여러 사람에게서 이 책에 대해 들었다. 원제목인 'Endurance'는 '인내'라는 뜻인 동시에, 1914년 어니스트 섀클턴이 대장이 되어 이끈 남극탐험대가 탄 배의 이름이기도 하다. 인듀어런스호는 남극 근해에서 빙하에 갇혀 좌초하고 마는데, 대장 섀클턴과 스물일곱 명의 대원이 좌초 이후 반년 동안 남극해를 작은 보트로 표류하며 생환하기까지의 기록이 담겼다. 노르웨이의 아문센Roald Amundsen과 영국 스콧Robert Falcon Scott의 탐험에 가려 거의 알려지지 않았던 섀클턴의 남극 횡단 탐험이 흥미진진하게 펼쳐진다. 특히 극한의 상황에 몰린 대원들의 절망감과 심리가 고스란히 녹아 있다. 영어 독해 속도가 느린 내가 엄청난 속도로 읽었을 만큼 재미있다. 이 책의 첫 페이지는 다음의 문장으로 시작된다.

"In appreciation for whatever it is that makes men accomplish the impossible."•

(인간이 불가능한 일을 해내게 하는 무언가에 감사를 드리며)

내가 《섀클턴의 위대한 항해》를 만난 것은 대학 수업에서였습

• 이 헌사는 초판본에는 있었으나 현재 국내 출간본에는 빠져 있다.

니다. 영문학 강의 첫날, 강의실에 들어서니 담당 교수가 수업을 이수하러 온 학생들을 둘러보고는 칠판에 힘차게 영어로 글을 써 내려갔습니다.

> 남성 구인. 지극히 힘든 여행. 얼마 안 되는 보수. 혹한. 앞이 보이지 않는 기나긴 나날. 끊임없이 닥칠 위험. 생환 보증 없음. 성공하는 그날에는 명예와 칭송이 따름.

교수는 학생들을 위해 영문 아래 해석을 적은 다음, 학생들을 향해 "다 함께 영문학 모험을 떠납시다. 꽤 위험한 여행이 될 테지만요"라고 진지하게 말했습니다. 교수가 열정적으로 엄포를 놓자 겁을 집어먹은 학생 몇몇이 살금살금 퇴실했습니다. 영문학 수업 첫날의 동기부여치고는 다소 과했던 그 글은, 섀클턴이 영국 런던의 신문에 낸 실제 구인광고였다고 합니다. 섀클턴이 낸 구인광고에는 5,000명 이상이 출사표를 던진 데 반해 영문학 강의실은 순식간에 텅 비어버렸습니다. 실제 수업은 잭 런던Jack London, 오스카 와일드Oscar Wilde 중심의 강의였기 때문에, '첫날의 그 엄포는 대체 뭘까?' 종종 의아했습니다. 하지만 강의 첫날에 교수가 한 말이 머릿속에서 내내 떠나지 않아 수업을 마치고 돌아오는 길에 서점에 들러 《섀클턴의 위대한 항해》를 사서 읽었습니다.

남극대륙 횡단에 도전한 섀클턴의 탐험대는 항해 도중 배가 침몰해 영하 50도를 넘나드는 얼음 위에서 표류하게 됩니다. 추위로 인해 동상에 걸린 발바닥은 썩어가고, 식량을 잃어 굶주림에 시달리는 데다 구조될 가망성도 없이 7개월을 혹한 속에서 표류합니다. 사실 인듀어런스호는 남극탐험 역사상 최악의 실패라고 불리울 만한 사건이었죠. 그런데 왜 이 실패한 항해는 시대와 장소를 뛰어넘어 오랫동안 독자를 끌어당기고 매료시키는 것일까요. 그 이유는 탐험대 전원이 삶을 결코 포기하지 않아서입니다. 그들에게는 불굴의 인내 그리고 타인에 대한 신뢰를 저버리지 않는 휴머니즘이 있었습니다. 아무리 절망이 눈앞에 어른거려도 한 줄기 희망의 빛을 결코 놓지 않았습니다. 대장 섀클턴은 자기 혼자만 살기를 바라지 않고 모두의 생명을 지켜내기 위해 행동했습니다. 그리고 마침내 '전원 생환'이라는, 남극대륙 횡단 성공보다 더 값진 기적을 이루어냈습니다.

읽기를 멈출 수 없어서 새벽까지 읽었습니다. 다 읽고 나니 몹시 배가 고팠습니다. 그제야 점심 이후로 아무것도 먹지 않았다는 걸 깨닫고, 아파트 근처에 있던 작은 국수집에서 허겁지겁 메밀국수를 먹었습니다. 따뜻한 메밀국수를 먹고 싶을 때 먹고 싶을 만큼 먹을 수 있다는 사실에 새삼 행복해졌습니다.

이 책이 일본어로 번역 출간될 수 있게 계기를 마련해준 호시노 마치오에게 경의를 표하며, 그가 옮긴 서두의 첫 문장을 다시 읽었습니다. "인간이 불가능한 일을 해내게 하는 무언가에 감사를 드리며." 책을 다 읽고 이 문장을 보자 왈칵 눈물이 차올라 나 스스로도 놀랐습니다.

20만 번의 눈 깜박거림

남극해에서 좌초되어 구조될 가능성이 없는 표류 생활을 이어가는 것보다도 절망적인 상황에 빠진 사람이 있습니다. 바로 세계적인 패션 잡지 〈엘르〉의 편집장 장 도미니크 보비Jean-Dominique Bauby 이야기입니다. 그의 평범한 일상에 이변이 일어난 것은 새로 뽑은 실버메탈릭 BMW의 출고 첫날이었습니다.

그는 마음 불편한 클레임을 처리하고 사장과의 우울한 회식을 마친 후 별거 중인 아내와 사는 아들과 시간을 보내기 위해 신차를 몰고 이동 중이었습니다. 그런데 갑자기 눈이 침침해졌습니다. 그대로 의식을 잃고 20일간의 혼수상태에서 깨어난 보비는 죽음은 면했지만 감금증후군Locked-in Syndrome에 빠지고 말았습니다.

감금증후군이란 뇌간의 일부가 손상되어 의식은 뚜렷하지만 전신이 마비돼 외부 자극에 아무 반응을 하지 못하는 신체 증후군입니다. 움직일 수도, 말할 수도, 스스로 침을 삼킬 수도 없었죠. 보비가 움직일 수 있었던 것은 오직 왼쪽 눈꺼풀뿐이었습니다. 그는 눈 깜빡임으로 겨우 의사소통을 할 수 있었는데 그것만이 세상과 닿을 수 있는 유일한 수단이었습니다.

내 몸이 더 이상 내 것이 아니게 된 슬픔은 깊고도 무거운 것이었습니다. 보비는 그 슬픔을 무거운 잠수복을 입고 홀로 깊은 해저에 가라앉아 있는 상황에 빗대었습니다. 그런데 심해에 가라앉은 보비에게 먼 해수면에서 한 줄기 빛이 기적처럼 비추었습니다.

> 샐린느의 하얀 가운에 달린 명찰에는 '언어치료사'라고 적혀 있다. 하지만 '수호천사'라고 읽는 편이 더 잘 어울린다.
>
> 《잠수종과 나비》

언어치료사인 샐린느는 보비가 주로 사용하는 빈도 순으로 알파벳을 정렬하여 '보비 전용 ESA 알파벳 표'를 고안해냈습니다. 그 덕분에 보비는 왼쪽 눈꺼풀의 깜빡임으로 '대화'를 할 수 있게 되었습니다.

> 그 방식은 상당히 원시적이다. 샐린느가 정렬된 ESA 알파벳 표의 알파벳을 순서대로 한 글자씩 읽어주면, 내가 하고 싶은 말의 문자 순서가 됐을 때 유일하게 움직일 수 있는 왼쪽 눈꺼풀을 깜빡인다.

왼쪽 눈꺼풀밖에 못 움직여도, 반쯤 벌어진 입에서 계속 침이 흘러도 보비는 재치와 유머를 잃지 않았습니다. 그는 ESA 알파벳 표를 이용해, 눈 깜빡임만으로 60명에게 편지를 써 사람들을 놀라게 했습니다.

그는 지인들에게 식물인간 취급을 받는 것이 못내 분해서, '내 지능이 아직 아무개보다는 높다는 것'을 증명하려고 계속 편지를 썼습니다. 그의 편지는 주변에 대단한 반향을 불러일으켰죠. 보비는 편지에 만족하지 않고 더 나아가 책을 집필하기로 마음 먹고 중대사에 착수합니다.

하루 세 시간씩 15개월에 걸쳐, 누적 20만 회의 눈 깜빡임으로 탄생한 《잠수종과 나비》(1997)는 14주 연속 베스트셀러 1위를 기록하며 프랑스 출판 시장을 석권했습니다. 프랑스뿐만 아니라 영국, 미국 등 전 세계 독자의 마음을 울렸습니다. 이 책에 매료된 영화감독 스티븐 스필버그Steven Spielberg에 의해 훗날 그 환상적인 세계가 영화화되기도 했습니다.

장 도미니크 보비는 책이 출간된 지 이틀 만에 세상을 떠났는데, 거의 모든 것을 잃어도 인간은 스러지지 않음을 증명했습니다.

존엄한 삶을 향한 한 걸음

매년 8월이 되면 빅터 프랭클Viktor Frankl의 《죽음의 수용소에서》를 다시 읽는 친구가 있습니다. 이 친구에게 자극을 받아서 이제는 나도 8월이 되면 《죽음의 수용소에서》를 꺼내 읽습니다. 이 책의 원제는 직역하면

'어느 심리학자의 강제 수용소 체험'인데, 일본어 번역 출간본의 제목은《밤과 안개》입니다(한국의 첫 번역 출간본 제목도《밤과 안개》였다.—옮긴이). 이 제목은 1941년 아돌프 히틀러의 특별 명령에서 유래했습니다. 독일인이 아닌 국민 중 당과 국가에 반역이 의심되는 자는 가족 모두를 구금하라는 명령이었는데, 야밤에 비밀리에 실행되어 많은 유대인 일가가 귀신같이 사라졌다고 해서 '밤과 안개' 명령이라고 불렸습니다. 이 사실은 알랭 레네Alain Resnais 감독이 1955년에 발표한, 아우슈비츠 수용소를 다룬 다큐멘터리 영화 제목을 '밤과 안개'로 붙이면서 세상에 알려졌습니다.

오스트리아 빈에서 정신의학자로 근무하던 빅터 프랭클은 단지 유대인이라는 이유만으로 독일 나치에게 붙잡혀 강제 수용소에 끌려갔습니다. 강제 수용소는 '절멸 수용소', '유대인 문제의 최종적 해결을 위한 수용소'라고도 불렸습니다. 아우슈비츠에서 최연소로 생환한 마이클 본스타인Michael Bornstein은《서바이버 클럽Survivors Club》(2017)에서 "아우슈비츠 화물열차로 이송된 수십만 명의 어린이 중 살아서 수용소를 빠져나온 8세 이하의 어린이는 불과 53명에 불과했다"고 가혹했던 체험을 전하고 있습니다. 강제 수용소는 그야말로 인간이 인간의 손으로 만들어낸 현세의 지옥이었습니다.

빅터 프랭클은 종전 후 단 9일 만에《죽음의 수용소》를 탈고했다고 합니다. 1947년 출간된 이 책은 반세기가량이 흐른 1991년, 미국에서 실시된 설문 '내 인생에 가장 큰 영향을 미친 열 권의 책'에 들 만큼 세월이 흘러도 빛이 바래지 않는 명작입니다. 몇 번을 다시 읽어도, 한번 책을 펼치면 도중에 멈출 수 없을 만큼 흠뻑 빠져 읽게 됩니다. 읽는 동안 마음이 뻐근하고 괴로운데도 어쩐 일인지 다 읽고 나면 '아름답다'는 생각이 듭니다. 실제로 이 책을 읽고 난 후 나는 세상을 바라보는 시각이 바뀌었습니다.

갑자기 아무 이유도 없이 지옥에 끌려간 수감자들은 추위와 굶주림, 폭행 등 모두 적나라한 악의를 목도하고 경험했는데도, 어떤 이는 끝내 살아남았고 어떤 이는 죽었습니다. 빅터 프랭클은 이에 대해 다음과 같이 분석합니다.

> 신체적으로나 정신적으로나 원시적인 생활을 할 수밖에 없음에도, 비록 드물지만 개인의 내적 선택으로 인간으로서의 존엄성을 지켜낸 이들이 있었다. (중략) 가혹한 현실 세계에 있는 사람도 영적인 자유와 내적인 풍요로움의 세계로 도피할 길이 열려 있기 때문이다. 이로써 섬세한 성향을 가진 사람이 종종 튼튼한 신체를 가진 사람보다 수용소 생활을 더 잘 견뎌내는 역설을 이해할 수 있다.

빅터 프랭클은 정신의학자로서 "비극적인 상황에서 인간의 생사를 가른 것은 의외로 튼튼한 육체가 아니라 미래에의 희망을 품었느냐 여부였다"고 서술합니다. 인간 이하의 취급을 받고 여러 날 굶주렸는데도, 더 굶주린 사람에게 제 몫의 빵을 나누어준 사람이 있었습니다. 내일의 목숨도 보장받지 못하는 상황에서조차 유머를 잃지 않으려 한 사람이 있었습니다. 앞날이 칠흑같이 어두워도 석양의 아름다움에 감동하는 사람이 있었습니다. 나라면 도저히 그렇게 하지는 못할 것 같은데 말이지요.

강제 수용소에서 빅터 프랭클은, 인간의 생명과 존엄성이 철저히 박탈당하는 경험을 통해 "인간이 절망에 이르기란 쉽다"고 거듭 말합니다. 그러나 절망에 빠지더라도, 어려움이 앞길을 가로막더라도 그 자리에 주저앉기보다는 일어나 한 걸음씩 걸어나가야 한다고 격려합니다. 그는 인생에게 무언가를 요구할 것이 아니라, 나 스스로 인생에게 답을 들려주어야 한다고 말합니다. 행복한 삶을 찾기보다는 스스로 삶을 의미 있고 목적 있는 것으로 만들면 인생은 어느 순간 저절로 행복해질 테니까요. 당연한 말처럼 들리겠지만, 내게는 세상을 뒤흔든 코페르니쿠스의 지동설만큼이나 생각의 전환을 안겨주었습니다.

'나'라는
프레임

《죽음의 수용소에서》를 읽고 생각을 전환한 나는 이후 '내 인생의 주인공은 누가 뭐라든 나'

라고 굳게 믿으며 살기로 했습니다. 그런데 원시불교가 말하는 '무아無我'를 알게 된 후 그 믿음이 흔들렸습니다.

시모기타자와에 있는 극장에서 연극을 보고 돌아오는 길, 빌리지 뱅가드(서적과 캐릭터 상품, 인테리어 소품, 빈티지 제품, 수입 과자 등을 갖춘 이색 서점—옮긴이)에 들렀다가 산더미처럼 쌓아 진열한 도서를 발견하고 한 권 집어 들었습니다. 알루보물레 스마나사라Alubomulle Sumanasara의 《화를 다스리면 인생이 달라진다》(2015)였습니다. 책장을 펼쳐 넘겨보다가 인상적인 구절을 발견했는데, "분노는 자아와 타자가 겹치는 영역에서 발생"한다는 것이었습니다.

지금까지 나는 가족에게서 "벗어놓은 코트를 정리하라"는 말을 들으면 군말 없이 코트를 정리하면서도 한편으로는 내심 화가 났습니다. 왜 화가 났을까 이유를 생각해보니, '본인이 벗어둔 코트는 본인 스스로 정리해야 한다'는 생각이 무의식중에 있어서였습니다. '내가 벗어둔 코트도 아닌데 왜 내가 정리해야 하지?' 하고 화가 난 이유를 언어화해보니, 분노의 원인은 '다른 사람이 할일을 내가 하고 있다'라고 받아들였기 때문이었습니다.

원시불교가 가르치는 '무아'는, '분노하는 나'라는 실체는 존재하지 않는다는 것입니다. 실체가 없는데 '화를 내고 있는 나'가 존재할 수 있을까요? 논리적으로 생각하면 답은 '아니오'입니다. 하지만 나라는 존재가 여기 있는데 내가 없다니, 솔직히 무슨 소리인지 잘 모르겠습니다.

'무아란 무엇일까?' 나는 궁금증을 품은 채 진열대 책장 앞에 서서 《화를 다스리면 인생이 달라진다》를 마저 읽었습니다. 그리고 무아를 이해하려면 나 자신의 초기 설정 자체를 재검토해야 한다는 생각이 들었습니다. 우리는 당연한 명제처럼 '나'라는 실체가 있다고 생각합니다. 그것을 철학자 르네 데카르트René Descartes는 《방법서설》에서 다음과 같이 서술합니다.

> "나는 생각한다. 고로 존재한다." 이것은 회의론자의 그 어떠한 터무니없는 상정에도 흔들리지 않는 확실하고 견고한 진리임을 나는 인정한다. 그러므로 나는 이 진리를 내가 찾던 철학의 제1원리로서 이제 안심하고 받아들일 수 있다.

이 유명한 명제는 라틴어로 'Cogito, ergo sum'이라고 합니다. 그런데 붓다는 데카르트의 이 제1원리가 잘못된 것이라고 가르칩니다. 불교학자 나카무라 하지메中村元가 쓴 《붓다의 진리의 말, 흥미의 말ブッダの眞理のことば・感興のことば》에는 다음과 같이 쓰여 있습니다.

> "모든 사물은 항상 변하여 찰나도 머무르지 않는다諸法非我"는 명확한 진리를 깨달을 때 사람은 비로소 고통으로부터 멀어질 수 있다. 이것이야말로 사람이 맑아지는 길이다.

서양에 불교를 소개한 월폴라 라훌라Walpola Rahula는 저서《붓다의 가르침과 팔정도》(1986)에서 무아에 대해 다음과 같이 말합니다.

> 붓다의 가르침에 따르면, '자기自己'라는 개념은 실체가 없는, 오직 상상으로 만들어진 관념이다. 그것은 '나', '내 것', 이기주의적 욕망, 갈망, 집착, 증오, 악의, 오만, 이기주의, 불순함, 부정함 등 여러 가지 문제를 낳는다. 또 그것은 개인적 다툼부터 국가 간 전쟁에 이르기까지 세계의 모든 문제의 원천이다. 끝까지 파고들면, 세계의 온갖 악의 근원은 이 잘못된 생각에 다다른다.

이에 대해 조동종의 창시자 도겐道元 선사는《정법안장正法眼藏》(2004)에서 다음과 같이 표현합니다.

> 만법万法(우주에 있는 유형·무형의 모든 사물)이 내게 없던 시절, 헤맴 없이는 깨달음이 없고, 붓다 없이는 중생이 없고, 탄생 없이는 소멸도 없다.

불교 사상가 무라다 와주村田和樹는《정법안장·현성공안正法眼藏·現成公案》을 현대어로 번역한 저서《나를 살다わたしを生きる》(2019)에서, 도겐 선사의 말이 현대에 잘 전달되도록 다음과 같이 서술합니다.

이 세상의 모든 사상에 이름이 붙기 전에, '나'를 '나'라고 부르기 전에 이미 존재하는 것을 '무아'라고 합니다. 이 세상의 모든 형상은 본래 무아로서 존재하지만, 그곳에는 망설임도, 깨달음도, 붓다도, 중생도, 이곳에 살고 죽는 것도 없습니다. 모든 것은 말, 개념, 사고를 넘어 이미 거기에 존재하는 것입니다.

《정법안장》의 '정법'은 붓다가 설파한 올바른 가르침, 즉 '불교'를 말합니다. 안장의 '안'은 또렷한 눈, '장'은 불교의 지혜가 담긴 창고로, 붓다가 설파한 가르침을 바르게 이해하는 지혜를 나타냅니다. 예를 들어 도겐 선사는 우리가 살아가는 세상을 바라보는 올바른 시각에 대해, "땔나무는 불에 타 재가 되지 다시 땔나무가 되지 않는다. 그러나 재는 미래, 땔나무는 과거라고 보지 말라"라고 했습니다.

우리는 재를 보면 보통 '나무가 장작이 되고, 그것을 태워 재가 되었다'라고 생각하는데, 도겐 선사는 눈앞에 재가 있으면 그것은 재일 뿐이라고 말합니다. 사물을 인과관계로 보지 말고 있는 그대로 봐야 한다는 거죠. 사실 우리가 있는 그대로의 세계를 받아들이지 못하게 만드는 것 역시 '나'라는 존재일 수 있다고 도겐 선사는 말합니다.

철학자 우에다 시즈테루上田閑照는 저서 《나는 무엇인가私とは何か》(2000)에서 무아의 경지에 대해 더욱 깊이 파고듭니다. 일본을 대표하는 시인이자 환상동화 작가 미야자와 겐지宮澤賢治의

시를 시작으로 데카르트를 거쳐 존재론의 근본에 '무'를 둠으로써 '나는 나로서 나다'라는 경지를 수면에 드러나게 합니다.

'나'라는 틀을 떼고 세상을 보니, 나날의 사소한 초조함이나 질투가 작아져서 삶이 조금 즐거워졌습니다.

책의
파수꾼

눈앞에 아름다운 책이 있습니다. 읽고 나면 감동받으리라는 것을 압니다. 하지만 이 예감이 틀림없음을 알아도 읽지 못하는, 아니 손에 들지조차 못하는 책이 매일 몇 권씩 늘어납니다. 아무리 수면 시간을 줄여도 읽고 싶은 책이 내 손가락 사이로 빠져나가는 것을 막을 수 없습니다.

읽고 싶은 책을 읽을 수 없을 때 언제나 위로가 되는 책이 있습니다. 무라카미 하루키가 일본어로 번역한 《호밀밭의 파수꾼》(1951)입니다.

> 그런데 어쨌든 말이야, 나른한 호밀밭 같은 곳에서 어린아이들이 잔뜩 모여서 무슨 게임을 하는 걸 난 항상 떠올려. 수천 명의 아이들이 있을 뿐 아무도 없어. 제대로 된 어른 따위는 한 명도 없는 거야. 나 말고는 말이야. 그래서 나는 그 근

처 크레이지한 벼랑 끝에 서 있는 거야. 내가 거기서 뭘 하냐면, 그 절벽에서 떨어질 뻔한 아이가 있으면 닥치는 대로 붙잡는 거야. 그러니까, 앞을 보지 않고 절벽 쪽으로 뛰어가는 아이가 있으면 어디선가 나타나서 그 아이를 획 잡아채는 거야. 그런 걸 아침부터 저녁까지 내내 하는 거지. 호밀밭의 캐처, 나는 그냥 그런 게 되고 싶어. 분명히 꽤 이상할 테지만, 내가 진심으로 되고 싶은 것은 그 정도야. 꽤 이상하다는 걸 알지만 말이야.

어딘가에 독서밭의 캐처가 있어서, 줄줄이 쏟아지는 수많은 책들 사이에서 내가 놓쳐버린 책을 낚아채주었으면 좋겠습니다. 읽고 싶었는데 놓쳐버린 책을 알려주면 캐처는 언제든 그 책을 낚아 올릴 수 있을 테니까요.

작가 시이나 마코토椎名誠의 단편소설집 《모기蚊》에 실린 이색 SF 소설 〈일본독서공사日本讀書公社〉에는 책을 읽는 게 직업이 된 세상이 펼쳐집니다. '창작부 일반 수필부 풍속잡본팀' 일명 '잡기 책방'에 배속된 주인공들은 '압축공기 도서 전송장치'로 전달된 책을 그저 하루 몇 권씩 읽기만 합니다. 책 읽기를 통제해 무감동의 틀 속으로 사람들을 밀어 넣으려 하는 전근대적 일본독서공사 체제 속에서, 아무리 분명하게 선을 긋고 정해진 틀 속으로 밀어 넣으려 해도 독서에 대한 열망은 솟구쳐 나옵니다. 주인공들은 독서의 자긍심을 드러내며 이렇게 말합니다. "우리가 하는 일이란 건 아무튼 매번 신경을 온통 너덜너덜해질 정도로 혹사하는 섬세한 진검승부지."

무엇보다 감동적이었던 소설 속 장면은, 오전 내내 앉아 책을 읽어주는 업무를 했을 텐데도 점심시간이 되자 각자 책상 위에 자신이 좋아하는 책을 꺼내 신나게 읽는 풍경입니다. 독서의 낙원이 있다면 이곳이 아닐까 싶었지요. 만약 소설 속 세계에 들어가볼 수 있는 열쇠가 있다면 나는 망설임 없이 〈일본독서공사〉의 문을 열 것입니다.

책을 읽으며 살았다고 해도,

책을 읽지 않으며 살았다고 해도

우리는 무의식중에 책의 영향을 받고 있습니다.

왜 일요일은 휴일이 됐을까요? 왜 지도는 사각형일까요?

우리는 알게 모르게 책이 짜놓은 세계를 살고 있습니다.

제2장

타인의 신발을 신어볼 수 있을까

편견을 넘어서는 '상상력'

대학 4학년 겨울, 이력서를 냈던 출판사로부터 원래 입사 예정이었던 사람이 출근할 수 없게 됐다는 연락이 왔습니다. 그 덕분에 아슬아슬하게 출판사에 입사할 수 있었습니다. 그러나 첫 직장이었던 코사쿠샤의 〈시쓰나이室內〉(50여 년간 발행된 가구, 목공, 인테리어 관련 잡지—옮긴이) 편집부는 입사 2년 만에 팀이 해체됐습니다. 졸지에 백수가 된 나는 이제 어떻게 해야 하나 싶어 막막할 따름이었죠. 청소와 인사, 구독 관리 같은 잡무 말고는 사실 제대로 배운 게 없어서 순조로운 재취업에 번번이 실패했습니다. 월세조차 낼 수 없는 처지가 되자 한심하지만 자취방을 정리하고 친구 집을 전전할 수밖에 없었습니다.

"너무 조급해하지 말고 천천히 찾아봐."

친구들이 격려해주었지만 빨리 취직해야 한다는 생각에 마음이 초조했습니다. 장바구니를 들고 어슬렁어슬렁 거리를 걸으면서도 머릿속으로는 '돈도 없고 할 일도 없고 시간만 넘치는구나. 뭘 하면서 시간을 보내야 할까?' 하고 팽팽 고민했습니다. 그러다 시야에 들어온 것이 도서관이었습니다.

'아! 책이 있구나!'

주소지가 없어서 도서관 대여카드는 만들 수 없었지만, 열람실 의자에 앉아 원 없이 책을 읽을 수는 있었습니다. 도서관 서가 사이를 걷다 보니 읽지 않은 책들이 잔뜩 꽂혀 있었습니다. 시간 여유가 있으니 금세 읽어버리는 소설 대신 오래 읽어야 하는 철학책을 고르기로 했습니다. 지하에 있던 철학 전집 서가는 유난히 찾는 사람이 없어 늘 조용했습니다. 직업소개소에서 돌아오면 도서관에 들러 폐관 시간까지 앉아 노트를 펼쳐놓고 철학 전집을 한 권 한 권 읽어나갔습니다. 'ㅇ'행까지 읽었을 때 에밀 시오랑Emil Cioran을 만났습니다.

에밀 시오랑은 루마니아 출신의 프랑스 작가로 극단적인 허무주의자로 알려져 있습니다. 제2차 세계대전 후, 루마니아가 소비에트의 지배 아래 놓이자 모국에 돌아가지 않고 세상을 떠날 때까지 프랑스 파리에 살며 프랑스어로 작품을 썼습니다. 자유자재로 구사할 수 있는 모국어와 결별하고 외국어에 가까운 프랑스어로 글을 쓴다는 것은 일종의 속박이었다고 그는 말합니다. 후일 시오랑은 "언어를 바꾸면서 나는 내 인생의 한 시절과 결별했다"고 담담하게 회고했습니다. 언어를 그 누구보다 깊이 생각한 시오랑은《고백과 저주Aveux et anathèmes》(1986)에서 다음과 같이 말했습니다.

> 우리는 어느 국가國家에 사는 것이 아니다. 어느 국어國語에 사는 것이다. 조국은 국어다. 그 외에는 아무것도 아니다.

이처럼 강렬한 문장은 에밀 시오랑이 고국을 잃은 경험이 없었다면 결코 쓸 수 없었을 것입니다.

에밀 시오랑의 사상은 어둠에 닿아 있는 것이 특징입니다. 하지만 그의 작품을 관통하는 어둠은 유쾌한 절망에 가까워서 시詩나 격언들처럼 중독성이 있습니다. 작가 본인의 생애도 책 못지않게 독특하고요. 에밀 시오랑에 대해 깊이 연구한 오타니 다카시大谷崇는 자신의 저서《태어난 것이 괴로운 당신에게生まれてきたことが苦しいあなたに》(2019)에서 에밀 시오랑의 작품뿐만 아니라 그의 삶의 궤적도 소개했습니다. 처음으로 다른 언어로 번역 출판되어 작가의 대표작이 된《역사와 유토피아》(1987)에 얽힌 일화를 다뤘는데, 거처를 잃은 에밀 시오랑이 중개업소 여성에게 자신의 대표작을 선물하고 그 대가로 믿기지 않을 정도로 허름한 아파트 매물을 구한 이야기는 여전히 흥미롭습니다. 여러 일화를 읽을수록 에밀 시오랑의 삶 자체에 호기심이 생겼습니다. 지금도 생생히 기억나는 문장은 평생 불면증에 시달리던 그가《태어났음의 불편함》(1973)에 서술한 밤의 단상입니다.

곤히 잠든 밤은 마치 존재하지 않았던 것 같은 밤이다. 우리가 눈을 감지 않았던 밤, 그것만이 기억에 불타고 있다. 밤이란 잠들 수 없는 밤이다.

당시 나는 직업도 없고 집도 없고 앞으로 어떻게 해야 할지도 몰라서 잠들지 못하는 불면의 나날을 보내고 있었습니다. 불을 끈 방에 누워 내가 눈을 뜨고 있는지, 감고 있는지조차 모른 채 우두커니 깜깜한 천장을 바라보곤 했습니다. 불안해서 잠을 잘 수 없었습니다.

에밀 시오랑의 글을 만나고 나서야 비로소 '그래, 이것이 밤이구나' 하고 알았습니다.

목적지도 거처도 없이 그저 일자리를 찾기 위해 도쿄를 걷고 있으면, 이전에는 당연했던 일상의 풍경이 괴롭게 다가왔습니다. '학교를 졸업해 탄탄한 기업에 취직해서 이직하지 않고 인사권에 따라 승진하여 정년까지 일하기'를 삶의 큰 틀로 생각해왔던 나는, 인생 게임의 첫판부터 주사위 던지기에 실패하고 말았습니다. 고용 한파가 겹쳐서 다시 주사위를 던질 기회를 갖는 것도 쉽지 않았습니다. 매일 직업소개소에 다니며 구인란을 보고 이력서를 낸 결과, 운 좋게 일자리를 찾을 수 있었지만 내가 불면의 밤들을 견딜 수 있었던 것은 에밀 시오랑의 《태어났음의 불편함》 덕분이었습니다.

스스로를 다독여야 하는 사람들

퇴근길에 자주 가는 입식立食 선술집이 있었습니다. 건더기가 없는 카레를 300엔에 먹을 수 있어서 간단히 '알코올 소독'을 하러 자주 들렀습니다. 싹싹하게 담소 나누기를 좋아하는 손님이 주로 찾았고, 단골끼리 눈이 맞아 결혼하는 일도 있었습니다. 가끔 가게 안에서 누군가가 재미 삼아 심리테스트를 내곤 했는데, 당시 가장 나이가 어렸던 내가 종종 공개적으로 테스트를 받고는 했습니다.

"눈앞에 컵이 놓여 있다고 칩시다. 그 안에 물이 얼마나 담겨 있나요?"

내가 맥주잔 크기의 컵에 반쯤 물이 담겨 있다고 답했더니, 출제자는 컵의 크기와 물 높이만큼이 내가 가진 자기긍정감이라고 말하더군요. 컵에 든 물의 양이 자기긍정감을 의미한다니, 진위 여부는 알 수 없지만 그 말에 좀 놀랐습니다. 당시 내가 하던 생각과 딱 들어맞았기 때문이었습니다.

마침 그 무렵 베스트셀러가 미즈시마 히로코水島広子의 《자기긍정감을 회복하는 시간》(2015)이었습니다. 이후 '자기긍정감'을 다루는 책의 강세는 계속됐고, 《소심한 심리학》(2017)이나 《자기긍정 심리학》(2019) 등 자기계발 분야에 비슷한 책이 꾸준히 쏟아졌습니다.

'자기긍정'이란 얼핏 들으면 좋게 들리지만 그저 좋기

만 한 단어는 아닙니다. 사전적 정의를 보면 '(자기 비판이나 자기 부정을 반복하여 최종적으로) 자신의 있는 그대로를 인정하는 것', 그것이 자기긍정입니다. 이 단어의 탄생 배경에는 '그것이 불가능하다는 전제'가 녹아 있습니다. 내가 살고 있는 시대가 자기긍정감을 필요로 하는 시대라는 생각이 들면 조금 우울해집니다. 하지만 서점의 베스트셀러 서가는 지금이 어떤 시대인지를 고스란히 반영하지요.

자기긍정감의 강세는 종식되기는커녕 계속 확장되고 있습니다. 덴마크 심리학자 일자 샌드Ilse Sand가 쓴 《센서티브》(2016)나 이와나미 아키라岩波明의 《발달장애發達障害》(2017)는 물론이고, 2020년 4월에 니혼TV 쇼프로그램 〈세계에서 가장 받고 싶은 수업〉에 소개되어 단숨에 베스트셀러가 된 《너무 신경 썼더니 지친다》(2018)나 '마인드풀니스' 관련 서적의 인기가 아직까지 계속되고 있습니다. 서점에서 이런 주제의 책을 쉽게 찾을 수 있다는 것은 스스로를 다독이지 않고서는 괴로워지는 현실이 투영되었기 때문이 아닐까요. 이러한 괴로움을 '불편함'이라고 바꿔 말해도 좋을지 모릅니다.

조사하면서 의외였던 점은 철학 분야의 서가에서도 비슷한 움직임이 있다는 것입니다. 〈현대사상現代思想〉 2019년 11월호 특집 '반출생주의를 생각하다'가 발간되기 전후의 일입니다. 이 특집에 앞서 2017년에는 남아프리카공화국의 철학자 데이비드 베너타David Benatar의 《태어나지 않는 것이 낫다》(2006)가 일본에 번역 출간되며 철학계에 큰 파문을 일으켰습니다. 데이비드 베너타는 이 책에서 다음과 같이 말했습니다.

> 모든 사람의 삶에는 나쁜 어떤 것이 늘 있다. 그런 인생에서 '존재하는 것'은 존재하지 않았다면 입지 않았을 해악을 입는다.

데이비드 베너타의 말은 전 세계 철학자로부터 반론을 받았는데, 그는 이 반론을 하나하나 논리적으로 반박해 굴복시키고 맙니다. 그는 '존재함'과 '존재한 적 없음'을 비교하고 '고통'과 '쾌락'의 비대칭성을 내세워 이 세상에 태어나는 것이 왜 항상 해악한지를 이야기합니다. 그는 더 나아가 출산 윤리에 관해 말하는데, 인간이 새로운 존재를 이 세상에 낳는 것, 즉 존재하게 하는 것이 도덕적으로 잘못된 것임을 밝힙니다.

일본의 작가들 중에서도 쓰지 준辻潤, 가네코 미쓰하루金子光晴, 다케다 다이준武田泰淳, 후카자와 시치로深澤七郎 등은 절망과 멸망에 대해서 주로 써왔습니다. 니체나 쇼펜하우어, 에밀 시오랑도 영향을 받은 원시불교 사상을 거슬러 올라가면 '태어나지 않음을 긍정하는 것' 자체는 새로운 생각이 아닐지도 모릅니다. 그럼에도 '태어나면 불행해지니까 아이를 낳는 것은 해악이며 인간은 멸종돼야 한다'는 데이비드 베너타의 사상에는 일말의 공감도 할 수 없습니다. 까마귀에게 알이 먹힐지도 몰라 알을 낳지 않는 제비는 없습니다. 새로 태어난 한 생명이 온전한 존재로 자립할 수 있도록 헌신하는 것이 대부분의 생명체가 갖는 태도니까요. 이는 우리 인간 역시 마찬가지입니다. 새로운 생명과 문화, 사회는 그렇게 지금까지 이어져 왔습니다.

일류대 학생들이 읽는 시대의 '분위기'

《헤이세이론: '살기 힘든' 30년을 생각하다平成論-生きづらさの30年を考える》(2018)에서는 종교학자 우에다 노리유키上田紀行가 도쿄공업대학 수업에서 매년 실시하는 설문조사를 소개하고 있습니다. 당신도 한번 생각해보시기 바랍니다.

> 당신은 도쿄공업대학을 졸업하고 대기업에 취직하여 동남아시아 공장에 파견되었다. 그런데 그 공장에서는 강에 폐수를 유출하고 있었고, 하류에 거주하는 노인과 어린이가 이 때문에 사망한 사실을 알았다. 당신은 그 사실을 공장장에게 보고하고 폐수 유출을 멈추라고 건의했다. 그러자 공장장은 "아니, 그건 우리 잘못이 아니야. 우리는 3년 기한으로 여기에 왔어. 생산 시스템을 구축한 것은 본사 쪽 사람이니까 이 문제는 본사 안건으로 사장이 결정할 일이야. 우리가 목소리를 높이면 우리만 바보가 될 거야. 현장 사람들은 모르는 일

로 하고 가만히 있는 게 가장 좋은 처세술이야"라고 말했다. 당신은 사내의 다른 사람에게도 상담했지만 아무도 동조하지 않았다. 자, 어떻게 하겠는가?

선택지는 세 가지다. ① 자기 이름을 내걸고 내부고발을 한다. ② 익명으로 인터넷에 올린다. ③ 아무것도 하지 않는다.

당신은 어떤 선택지를 골랐나요?

우에다 노리유키가 2006년에 200명의 학생을 대상으로 한 설문조사 결과 ①을 고른 학생은 5명, ②를 고른 학생은 15명, ③을 고른 학생은 180명이었습니다.

도쿄공업대학은 일본의 명실상부한 일류 대학입니다. 혹독한 입시 전쟁에서 이긴 문해력 높은 학생들만이 입학할 수 있습니다. 이 설문조사 결과가 더 심각한 것은, 인간을 자유롭게 하는 학문인 교양 과목을 배우는 학생들의 90퍼센트가 '아무것도 하지 않는다'를 선택했다는 점입니다. 자유를 배우는 학생들로 하여금 지극히 부자유스러운 선택을 하게 한, 보이지 않는 족쇄는 무엇일까요.

여성주의 활동가 오가와 다마카小川たまか는 저서《'거의 없는 사람' 취급을 받는 처지에서 본 사회의 이야기'ほとんどない' ことにされている側から見た社會の話を》(2018)에서 우리가 살고 있는 사회에서는 일이 괴롭다거나 살기가 힘들다는 식으로 속에 있는 이야기를 꺼내면, 눈앞의 세상이 한순간에 바뀌어버릴 위험이 있다고 지적합니다.

세상이 불공평하다고 지적하면 '귀찮은 불평꾼'이 되어버린다. 지독한 꼴을 당해서 잔뜩 주눅 든 목소리를 내면, "그렇게 말하면 아무도 네 편이 되지 않아"라는 말을 듣기 십상이다. 그런 일이 지금까지 몇 번이나 반복되었을까.

튕겨나간 쪽에서 본 세상의 씁쓸한 면. 대부분은 그런 세상을 보고 싶지 않기 때문에 '튕겨나간 쪽'이 되지 않기 위해 조심조심 얇은 필름 위를 걷듯이 살아간다.

조심스럽게 얇은 필름 위를 걷듯이 살아가는 학생들이 소리 내어 내뱉지 못한 마음을, 우에다 노리유키는 심각하게 받아들였습니다. 그는 학생들이 ③을 선택한 배경을 고찰합니다. 그리고 "사회에 '지지'가 없을 때 언론의 '자유'는 없어진다. 권력에 복종하고 자신의 보신만을 생각하게 되는 것이다. 즉, 지지와 자유는 동전의 앞뒷면 관계다"라고 결론을 내립니다. 우에다 노리유키는 한층 더 파고들어, 우리가 지지와 자유를 잃은 것은 '헤이세이(일본 연호의 하나로 1989년 1월 8일부터 2019년 4월 30일까지를 이른다.— 옮긴이)'라고 한데 묶습니다.

과연 헤이세이는 어떤 시대였을까요?《현대용어 기초지식 2019 現代用語の基礎知識2019》(2018)에 실린 특집 '단어로 더듬어 보는 헤이세이'에서부터 주제를 넓혀봅시다.

헤이세이 원년(1989년)	소비세 도입
헤이세이 3년(1991년)	걸프전

헤이세이 4년(1992년)	복합 불황
헤이세이 7년(1995년)	안전 신화 붕괴
헤이세이 10년(1998년)	일본 열도 총불황
헤이세이 13년(2001년)	미국 동시 다발 테러
헤이세이 16년(2004년)	자기책임
헤이세이 18년(2006년)	격차 사회
헤이세이 19년(2007년)	사라진 연금
헤이세이 20년(2008년)	리먼 쇼크
헤이세이 22년(2010년)	무연고 사회無縁故社會
헤이세이 23년(2011년)	3·11 동일본 대지진
헤이세이 26년(2014년)	집단적 자위권
헤이세이 27년(2015년)	1억 총활약 사회
헤이세이 29년(2017년)	촌탁忖度

연도별 유행어로 헤이세이 30년을 살펴보면, 헤이세이란 '붕괴', '불황', '자기책임', '격차', '무연고', '촌탁'인 시대입니다.

경제지표로 살펴봐도, '불황'은 멈출 기미가 없고 어디가 바닥인지도 잘 보이지 않습니다. 2006년(헤이세이 18년) 당시 총리 아베 신조安倍晋三가 앞으로 일본이 나아가야 할 방향을 지칭한 《아름다운 나라로美しい國へ》라는 책을 펴냈는데, 역설적이게도 그해의 유행어는 '격차 사회'였습니다.

시대가 낳는
'마음의 병'

우리가 앓는 '마음의 병'은 시대와 결코 무관하지 않습니다. 그것을 알려주는 책이 바로 논픽션 작가 사이쇼 하즈키最相葉月의 《아주 조용한 치료》(2016)입니다. 사이쇼 하즈키는 "이 세상에 살아가는 한, 마음의 병을 비껴갈 수 있는 사람은 없다"고 주장합니다. 그는 자신을 힘들게 했던 정신적 질환을 똑바로 마주하고 숨김없이 드러내면서 마음의 소리에 귀 기울인다는 것이 어떤 것인지 살펴보는 한편, 심리학과 정신의학의 대가 가와이 하야오河合隼雄와 나카이 히사오中井久夫의 삶을 축으로 그들이 살던 시대의 변화를 상세히 따라갑니다.

고도 경제성장기에 일본의 산업 구조는 큰 변화를 겪었습니다. 농업과 임업, 어업에 종사하는 제1차 산업은 급격히 감소했고 지방에서 도시로의 인구 유입은 계속되었죠. 도시가 확대됨에 따라 판매원이나 사무원 등 화이트칼라 회사원층이 늘어났습니다(제3차 산업). 반면 제조업(제2차 산업)은 인건비가 저렴한 해외로 공장이 점차 이전하면서 축소되었죠. 융 심리학계의 거장 가와이 도시오河合俊雄는 이렇게 산업 구조가 크게 달라진 결과, 사람들의 심리적인 증상에도 변화가 생겼다고 지적합니다.

가와이 도시오는 《발달장애에 대한 심리요법적 접근방

식發達障害への心理療法的アプローチ》(2010)에서 교토대학 심리교육상담실의 상담 사례를 일정 기간 관찰 및 조사한 결과, 마음의 병이 10년 주기로 바뀌고 있다고 분석했습니다.

좀 더 구체적으로 말하자면, 거품경제기였던 1970년대부터 1980년대에는 '경계선성격장애borderline personality disorder'에 관한 상담 사례가 유행했습니다. 경계선성격장애란 스스로나 타인에 대한 평가가 일관되지 않고 변화무쌍하며 정서가 불안정하고 충동적인 특징을 갖는 정신장애입니다.

1990년대에 들어서자 경계선성격장애는 감소했지만 대신 '해리장애dissociative disorders' 증상 사례가 등장했습니다. 해리장애는 충격적인 사건이나 고통스러운 경험(트라우마)으로 인해 의식과 기억, 경험 등이 본래 자신이 가진 것과 일치하지 않게 되는 정신장애입니다. 그리고 2000년대에 들어서자 이번에는 '발달장애'가 두드러졌습니다. 발달장애란 미국 정신의학회에서 공식적으로 사용하는 정신장애진단분류체계인 DSMDiagnostic and Statistical Manual of Mental Disorders에서 나온 호칭입니다.

빠르게 변화하는 사회와 마찬가지로 마음의 병도 급속도로 변화하고 있습니다. 이를 뒷받침하는 자료 중 하나가 일본 후생노동성이 매년 실시하는 '정신질환이 있는 총 환자 수의 추이'입니다. 1989년 약 204만 명이었던 환자 수는 2014년에는 약 392만 명으로 대폭 늘어났습니다. 그중에서도 발달장애를 포함한 '기타 정신 및 행동 장애'는 약 8만 명에서 약

34만 명으로 무려 네 배나 증가했습니다. 정신장애를 앓는 사람이 계속 느는 이유는 무엇일까요?

정신과 의사 구마시로 도루熊代亨는 저서 《건강하고 청결하며 도덕적 질서가 있는 사회의 불편함에 대하여健康的で清潔で, 道徳的な秩序ある社會の不自由さについて》(2020)에서 늘어나는 발달장애의 원인으로 사회의 변화를 꼽았습니다. 그에 따르면 오늘날 발달장애로 불리는 환자의 대부분은 1926년(쇼와 1년) 전에는 의료나 복지의 대상이 되지 않았습니다. 그런 사람들에게 적합한 직무 범위가 넓게 존재했던 시대라 굳이 발달장애를 진단하고 치료를 요하는 사회적 니즈가 부족했다고 구마시로 도루는 지적합니다.

> 그런데 20세기 말부터 상황은 급격히 변해갔다. 인적자원의 유동성이 높아짐에 따라 대부분의 직무 범위에서 커뮤니케이션 능력이 요구되었고, 제1차 산업이나 제2차 산업이 제3차 산업에 압도되어 IT화가 진행되었다. IT 사회에서는 ADHD나 ASD의 특징이 장점으로 활용되는 직무 범위가 좁아지고 있다.

그는 이런 변화에 가장 먼저 반응한 이들은 정신과 의사들이었고, 얼마 지나지 않아 학교 관계자와 복지 관계자들이 그 뒤를 이었다고 분석하고 있습니다. 그는 ADHD(주의력결핍/과잉행동장애)나 ASD(자폐스펙트럼장애) 같은 발달장애가 표면화되는 이유를 이렇게 설명합니다. "헤이세이 시대를 거치며 우리는 더욱 청결하고 예의 바르며 효율적이고 커뮤니케이션 능력을 겸비할 것을 요구받고 있다. (중략) 그에 따라 학생이나 사회인이 넘어야 할 장벽은 높아지고, 공적 영역뿐 아니라 사생활 영역에서도 현대인들은 많은 자질을 요구받는다. 발달장애가 세상에 받아들여진 것은 이러한 사회 변화와 인간의 고품질화를 따라가지 못하는 사람들이 늘었기 때문이다." 그의 지적은 가와이 도시오의 주장과도 겹칩니다.

한편 그러한 사회를 지탱해온 기업의 종신고용이나 연공서열 임금과 같은 일본형 고용은 점차 사라지고 있습니다. 새로운 부가가치를 창출할 수 없게 된 일부 기업은 가장 안이한 해결책, 즉 일하는 시간을 늘리는 방법을 취하였고, 열악한 근로조건과 직장 환경은 사회문제가 되었습니다. 일본의 기업은 세계적으로도 초과 근무시간이 많기로 유명하며, '과로사過勞死'의 영어 표기는 일본어 발음 그대로 'karoshi'가 됐습니다.

시오마치 코나汐街コナ의 《"죽을 만큼 힘들면 회사 그만두지 그래"가 안 되는 이유》(2017)는 극단적 선택을 하는 사람이 본인의 의사와는 무관하게 그러한 선택에 이르는 현실을 알려줍니다. '선배나 동료는 나보다 더 열심히 일하는걸', '회사 동료들에게 폐를 끼칠 수는 없어', '아직까지는 괜찮아', '조금만 더 힘내자' 하고 자신을 힘든 상태에 내버려두면 깨닫지 못하는 사이 시야가 점점 좁아지고 심리적 절벽 상태에 이르게 됩니다. 성실한 사람일수록 회사에서 벗어나지 못한 채 정신

이 피폐해져 끝내 극단적인 선택을 하게 되는 겁니다.

폐를 끼치지 않는 인간이 되라는 주문

많은 기업이 다양성과 포용성, SDGs(지속가능발전목표) 등을 내세우면서 정작 자사 직원을 채용할 때는 그와 반대로 획일적인 인재를 바랍니다. 일본 경제단체연합회가 공표한 '신규졸업자 채용에 관한 설문조사 결과'(2018년)를 봐도, 회사가 바라는 인재이자 입사 전형 대상자의 역량으로 '커뮤니케이션 능력'이 16년 연속 1위에 꼽혔습니다. 커뮤니케이션 능력 다음으로는 '주체적'이고 '도전정신'이 풍부하며 '협동심'이 있고 '성실한' 사람을 선호했습니다. 기업이 겉으로 표방하는 모습과 속내 사이에는 마치 국경선처럼 보이지 않는 선이 그어져 있는 것입니다. 이 조건에 맞지 않는 응시자는 선을 경계로 입사 전형 과정에서 걸러지고 말지요.

우리는 개성과 자유가 존중받는 사회에 살고 있다지만 현실은 그 정반대일 때가 많습니다. 도쿄공업대학 학생들의 설문지는 이 시대의 처세술을 단적으로 보여준 것인지도 모릅니다.

대문호 도스토옙스키는 1850년부터 1854년까지 시베리아 옴스크 요새 감옥에서 죄수 생활을 했습니다. 당시의 체험을 바탕으로 쓴 작품이《죽음의 집의 기록》(1861)입니다.

> 궁전을 하나 지어보면 좋다. 대리석과 그림, 금세공으로 내부를 장식하고, 극락조를 풀어놓고, 형형색색으로 정원을 꾸미고, 온갖 취향을 쏟아부어보자. 그리고 그 궁전에 들어가 보는 것이다. 분명 더는 어디에도 나가고 싶지 않을 것이다. 어쩌면 여러분은 정말 그곳에서 나오지 않을지도 모른다. 모든 것이 갖춰졌기 때문이다. '행복한 사람은 욕심을 내지 않는다'라고 하지 않던가. 그런데 갑자기 변화가 생겼다. 궁궐 주위가 담에 둘러싸이고 누군가가 이렇게 고하는 것이다.
> "모든 것이 네 것이다! 마음껏 즐겨도 좋다! 단 여기서 한 발짝도 나가서는 안 된다!"
> 그러면 그 말을 듣는 순간, 단언컨대 여러분은 자신의 극락을 버리고 담을 넘어 밖으로 나가고 싶어질 것이다. (중략) 그렇다. 그곳에 부족한 것은 딱 하나다. 자유! 자유롭게 내 맘대로 사는 삶 말이다.

인간은 살기 위해 빵을 먹는 것이지, 빵을 먹기 위해 사는 것은 아닙니다. 도스토옙스키가 묻는 것은 '인간에게 가장 중요한 단 하나는 무엇인가'입니다.

우에다 노리유키는 '헤이세이'라는 사회에서 '지지'가 사라지는 과정을 분석했습니다. 지지를 잃으면 생각과 의견을

말할 '자유'도 없어집니다. 철학자 지카우치 유타近内悠太는 《세계는 증여로 이루어져 있다世界は贈与でできている》(2020)라는 책을 통해 신뢰는 조건 없는 '증여'가 전제되어야만 생겨난다는 것을 주지시킵니다. 지카우치 유타는 '업무상 아는 사람'과는 왜 친구가 되기 어려운지를 물으며, 그 대답으로 "서로를 수단으로 취급하기 때문"이라고 말합니다.

"내가 도와줄게. 그러면 넌 나한테 뭘 해줄 거야?"

이것이 '기브 앤 테이크 논리', 즉 교환의 논리로 살아가는 인간의 도그마dogma(독단적인 신념이나 학설)입니다. 더 이상 주고받을 것이 없어졌을 때 교환의 논리는 관계를 끊기를 요구합니다. 그러나 우리가 처음으로 타인과의 연결을 필요로 할 때는 사실 서로 맞바꿀 게 없을 때가 아니었느냐고 저자는 묻습니다.

혼자서도 잘 살아가는 어른의 사회는 겉보기에는 좋아 보이지만, 이는 바꿔 말하면 "누구에게도 폐를 끼치지 않는 사회, 곧 자신의 존재가 누구에게도 필요 없어지는 사회가 아닌가"라고 그는 지적합니다. 그리고 덧붙입니다. "자본주의란 경제 시스템을 말하는 동시에 새로운 인간관을 제시한다"고요. 우리는 교환 논리에 너무 익숙해졌고 그 결과 조건 없는 증여에 '소망'을 품을 수 없게 되었습니다. 중요한 것은 남을 돕는 것이나 선의의 비용 대비 효과가 아니라, 자신이 지닌 힘, 즉 영향력을 무력하다고 간주하지 않고 당장 눈에 띄는 효과가 나타나지 않더라도 꾸준히 시도하는 상상력을 갖는 것입니다.

상상력이라는 우산을 펼치면

브래디 미카코Brady Mikako는 자신의 저서《나는 옐로에 화이트에 약간 블루》(2019)에 영국의 중학교에 갓 입학한 아들과의 일상을 담았습니다. 명문 가톨릭 초등학교를 졸업한 아들이 돌연 '하류층 학군 중학교'에 다니겠다고 말합니다. 아일랜드인 아버지와 일본인 어머니를 둔 소년은 일본에서는 '외국인'이라고 불리고 영국에서는 '칭키' 또는 '니하오'라고 불려서 두 나라 어디에도 설 자리가 없는 이방인이었습니다.

어느 날, 어머니는 아들의 국어 노트 오른쪽 상단 구석에서 파란색 펜으로 '나는 옐로에 화이트에 약간 블루'라고 적힌 낙서를 발견하고는, 이런 글귀를 끄적일 만한 무슨 일이 생긴 건 아닌지 마음이 덜컹합니다.

이 책의 백미는 기말고사에 나온 '엠퍼시empathy란 무엇인가'입니다. 시험 내용을 알게 된 아버지는 놀라서 아들에게 질문합니다.

"갑자기 '엠퍼시란 무엇인가'라고 물으면 나도 어떻게 대답해야 할지 모르겠는데. 너무 심오하잖아. 어렵지 않니? 그래서 너는 뭐라고 답했니?"

"'타인의 신발을 신어보는 것'이라고 썼어요."

브래디 미카코는 '타인의 신발을 신어보는 것'이란 영어의 관용표현으로, '다른 사람의 입장에 서보다'라는 의미라고 합니다. 엠퍼시와 심퍼시sympathy는 혼동하기 쉬운 단어인데, 어린이나 외국인이 영어를 배울 때 주의하는 포인트라고 합니다. 요약하자면 심퍼시는 '타인의 감정이나 행위에 공감하는 것'이고, 엠퍼시는 '타인의 감정이나 경험 등을 이해하는 능력'입니다. 나는 이 둘이 다르다는 것을 이 책을 통해 배웠습니다. 특히 밑줄 치고 싶은 부분은 엠퍼시는 '능력'이기 때문에 누구나 배우고 익힐 수 있다는 것입니다.

내가 '타인의 신발을 신어보다'라는 말을 보고 떠올린 것은 하루노 나나에榛野なな恵의 소녀만화 《파파 톨드 미》 시리즈였습니다. 이 만화는 아내를 잃은 작가 미토바 신키치와 그의 딸 미토바 치세의 일상을 담담하게 보여주는데, 특히 상상력이 결여된 사람은 딱히 악의를 갖지 않아도 삶을 괴롭고 불편하게 만든다는 것을 다양한 형태로 그리고 있습니다.

예를 들어 《파파 톨드 미: 카페에서 노닥노닥》의 '파티 타임'편을 보면, 아버지와 둘이서 스튜를 만들던 치세가 TV 프로그램에서 흘러나오는 광고에 눈길을 멈춥니다.

"엄마표 핫케이크."

"엄마가 세탁한 수건은 언제나 폭신폭신한 마시멜로 같아."

"신제품! 엄마의 따뜻한 스튜!"

반복되는 '엄마'라는 단어에 치세는 "우리는 소외당했어"

라고 혼잣말을 하더니, “왜 TV에서는 행복한 가정의 상징이 언제나 엄마인 걸까?” 하고 아버지에게 질문합니다. 둘은 함께 공원을 산책하면서 이 문제에 대해 마저 이야기를 나누다가 우연히 옛날에 알고 지내던 한 작가를 만나는데, 그는 이렇게 감상을 툭 내뱉습니다.

> 악의가 없고 상상력이 결여된 사람이 사실 제일 무서워요. 난 평소에 늘 생각했어요. 세상에는 차가운 비가 계속 내리고 있고 우리에게는 그것을 멈출 방법이 없지요. 하지만 상상력이라는 우산이 있다면, 그것을 펼칠 수 있어요. 우산이 작으면 나밖에 쓸 수 없지만 우산이 크다면 넓게 펼쳐서 많은 사람이 비에 젖지 않아도 될지 모른다고요.

NHK의 장수 어린이 프로그램 〈엄마랑 함께〉 역시 마찬가지입니다. 엄마가 없는 아이가 그 제목을 보면 어떤 생각이 들까요? 조부모에게 양육되는 아이의 기분은 어떨까요? 더욱이 이 프로그램은 매일 방송되는 데다 수많은 어린이가 시청합니다.

사회학자 기시 마사히코岸政彦는 《단편적인 것의 사회학》(2015)에서 “때때로 ‘행복의 이미지’가 그것을 얻을 수 없는 사람들에게는 폭력이 된다”라고 말합니다. 예를 들어 ‘아이’는 가장 알기 쉽고 강력한 행복의 상징이며 결혼하면 ‘당연히’ 생긴다고 생각하기 쉬운데, 세상에는 아이를 갖지 않는 사람도,

아이를 갖지 못하는 난임 및 불임 부부도 많습니다. 그래서 아이의 사진이 인쇄된 연하장은 받는 사람에 따라 누군가에게는 상처가 될 수도 있습니다. 기본값으로 설정된 '행복의 이미지'는 너무 강력해서 그것에서 자유로워지기 쉽지 않습니다. 그렇다면 부주의하게 다른 사람에게 상처를 주지 않고 더불어 함께 살아가려면 어떻게 생각해야 할까요?

> 요컨대, 좋은 것과 나쁜 것을 가르는 규범을 전부 버려야 한다. 규범이란 반드시 거기에서 배제되는 사람들을 만들어버리기 때문이다. 그러나 동시에 우리의 작고 단편적인 삶의 소소한 행복은, 그러한 규범 또는 '좋은 것'으로 이루어져 있다. 우리에게는 이 사소하고 좋은 것을 모두 내려놓는 일이 너무도 어렵다.
>
> 《단편적인 것의 사회학》

상상력이 약해지면 공감력도 약해집니다. 브래디 미카코가 가르쳐준 것처럼 엠퍼시가 배우고 익힐 수 있는 능력이라고 하더라도, '당연함'이라는 필터로 세상을 바라보면 상상력의 우산을 펼칠 수 없습니다.

어떻게 하면 타인의 신발을 신어볼 수 있을까요?

소년형무소의 시 읽기 수업

17세 이상 26세 미만의 수감자 700여 명이 수용된 나라소년형무소에서 주목할 만한 도전이 시작되었습니다. 바로 '사회성 함양 프로그램'입니다.

사회성 함양 프로그램이란 수감자들의 갱생을 위한 교육으로 '소셜 스킬 트레이닝SST', '그림', '동화와 시' 세 가지 항목으로 구성되어 있습니다. 각각 월 1회, 한 시간 30분간 수업이 이루어지고, 세 항목의 수업은 월 3회 6개월, 총 18회 진행합니다. '동화와 시' 교육 강사로 일했던 작가 료 미치코寮美千子의 저서《흘러넘친 것은 다정함이었다あふれでたのはやさしさだった》(2018)에서 이 프로그램의 진행 과정과 수감자들에 얽힌 이야기를 읽을 수 있습니다.

'소셜 스킬 트레이닝'은 인사하는 방법이나 무례하지 않게 거절하는 방법 등 사람 간의 커뮤니케이션 기술을 알려주는 교육입니다. '그림'은 실제로 미술 전문 교사가 수업합니다. 료 미치코가 담당한 '동화와 시'는 수감자들과 함께 동화나 시를 읽고 직접 시를 써서 발표합니다. 그녀가 엮은 시집《하늘이 파래서 흰색을 골랐습니다》(2011)에는 수감자들이 쓴 시가 실려 있습니다. 그녀는 "그들이 쓴 시가 비록 세상에서 말하는 시의 형식과는 닮지 않았더라도 이 또한 분명 시"라고 말합니다.

한 수감자가 쓴 〈거미〉라는 제목의 시입니다. 〈거미〉는 "하늘이 파래서 흰색을 골랐습니다" 이 짧은 1행이 전부인 시인데, 하늘에 집을 지은 거미가 연상될 뿐 아니라 흰 거미줄 너머의 드넓고 파란 하늘까지 느껴집니다. 또 한 소년이 어머니와의 재회를 주제로 쓴 〈공백〉이라는 시에서는 소년 내면의 갈등과 후회가 또렷이 새겨져 있습니다.

이혼, 부모가 마음대로 정하는 인생
우리를 두고 집을 나갔을 때
엄마는 어떤 기분이었을까
외로웠을까 슬펐을까
아니면 어깨의 짐을 내려놓고 편안해졌을까

엄마가 집을 나간 지 3개월 후
아빠가 사고로 돌아가셨다
할머니와 삼형제의 생활

도시락은 직접 만들어서
이젠 열어보는 재미도 없다
"악, 엄마가 또 오이 넣어줬어!"
그런 말을 한 번쯤 해보고 싶었다

밤늦게 들어와도

친구를 데려와도 화내는 사람이 없다
편하다고 생각했는데 사실은 힘들었어 (후략)

시 한 편 한 편에 수감자들의 삶이 저마다의 언어로 녹아 있어서 읽는 내내 가슴이 뭉클했습니다. 게다가 시를 쓴 이들이 교도소 안에서도 사람들과 보조를 맞추는 데 특히 서툰 이들이었다는 것에 더욱 놀랐습니다. 극단적으로 내성적이거나 과거에 학대받은 경험이 있어서 세상에 마음을 닫아버리기 쉬운 열 명 안팎의 수감자가 이 프로그램에 참여해 동화책을 읽고, 낭독하고, 시를 쓰고, 사람들 앞에서 자작시를 발표하고 박수를 받았습니다. 대단한 일이 벌어진 것은 아니었지만, 내 머릿속에는 마치 마법처럼 '마음의 문이 팡 하고 활짝 열리는 모습'이 그려졌습니다.

료 미치코는 처음 '동화와 시' 교육의 강사를 맡게 됐을 때 주저했다고 합니다. 수강생이 수감자라고 하니 '흉악하고 난폭한 이미지'가 먼저 연상되어 두려운 마음이 들었기 때문입니다. 물론 그들이 저지른 죄는 용서받고 싶다고 해서 용서받을 수 있는 게 아닙니다. 피해자의 억울함이나 마음의 상처는 결코 쉽게 잊어서도, 잊혀져서도 안 되니까요. 하지만 사람은 달라질 수 있습니다. 료 미치코가 엮어낸 글에는 이 메시지가 절절히 담겨 있습니다.

다리를 벌리고 걸터앉던 O군은 하이쿠를 칭찬받은 이후로 걸터앉는 자세가 달라졌다. 수업에 흥미를 보이며 상체를 앞으로 쑥 내밀고 앉았다.

자해 성향이 있고 정서적 안정감이 결여된 K군은 망상이나 공상을 노트에 적음으로써 진심을 꺼내 객관화할 수 있게 됐다. 그러자 마음이 차분해져서 풍기는 분위기마저 달라졌다. 지금은 동료가 인생 상담을 요청하면 들어주는 일까지 가능해졌다.

사람이 겨우 6개월, 그것도 18회의 수업을 듣는 것만으로 이렇게 변할 수 있다니…. 나는 내 눈을 의심했다.

《하늘이 파래서 흰색을 골랐습니다》

'도대체 무엇이 그들을 바꾼 것일까?' 이 질문에 료 미치코가 찾은 답은 인사와 시, 그리고 동료가 있는 자리였습니다. 수감자들의 가능성을 본 그녀는 만약 그들이 이런 교육을 좀 더 빨리 받을 수 있었다면 죄를 짓지 않았을지도 모르겠다면서 그들의 또 다른 삶을 상상합니다.

우리는 누구나 살아가면서 여러 가지 가능성 앞에 놓입니다. 그리고 그때 어떤 선택을 하느냐에 따라 인생의 모습은 달라집니다. 아무리 힘들고 가혹한 인생이라도 단 1밀리미터만 방향키를 움직일 수 있었다면 그 사람의 인생은 완전히 다른 미래를 그릴 수도 있다고 이 책은 알려줍니다.

가드레일 너머

우리에게는 누군가의 지지가 필요하며 그것이 없으면 한 사람으로서 온전히 살아갈 수 없습니다. 정신과 의사 미야지 나오코宮地尚子는《상처를 사랑할 수 있을까傷を愛せるか》(2010)에서 다음과 같이 말합니다.

> 트라우마를 입은 피해자가 회복해 자립적인 생활을 되찾을 때 '임파워먼트empowerment'가 중요하다는 것은 잘 알려져 있다. 임파워먼트란 그 사람이 본래 가지고 있는 힘을 떠올리고 되살려 발휘하는 것으로, 다른 사람이 외부에서 힘을 주는 것이 아니다. 하지만 잊혔던 힘을 떠올려 자신을 다시 한번 믿어보려면 주변 사람들과의 연결이 반드시 필요하다.

나라소년형무소의 수감자들에게 있어서 그것은 시 그리고 강사와 동료의 지지였습니다. 미야지 나오코는 이러한 '지지'는 확고하지 않아도 된다고 말합니다.

> 가끔 생각하지만, 안전줄이나 가드레일 등의 진짜 역할은 실제로 추락하는 사람을 붙잡아 세우는 것은 아닐 것이다. 물론 그런 역할을 위해 강도를 계산해서 재질이나 형태를 결정해 만들어졌으리라. 하지만 안전줄이나 가드레일이 실

제로 물리적 효력을 발휘할 기회는 그리 많지 않다. 그보다는 위험한 곳이지만 이런 장치가 있으므로 괜찮다고 안심시키고 평정심을 유지할 수 있게 하는 기능이 더 크다. 이 최소한의 안전줄을 믿고 사람들은 본연의 힘을 발휘하여 행동할 수 있다.

그리고 '행복'이라는 말이 때때로 그 안전줄로서의 역할을 한다며 이렇게 이야기합니다.

'내가 행복해질 리 없어'라고 생각하는 사람, '나는 행복해서는 안 돼'라고 생각하는 사람에게는 과거의 굴레에서 벗어날 수 있는 말이 필요하다. 공포에 움츠린 사람이 다리를 뻗어 한 걸음 내디디려면 미래를 붙잡을 말이 필요하다. 실제로 안전줄이나 가드레일이 아무리 의지가 되지 않아도, 사람은 무엇인가가 혹은 누군가가 자신의 안전을 지켜주고 있다고 느낄 때만 사람으로서 살 수 있다.

앞서 이야기한 도쿄공업대학 학생들의 설문지가 알려주는 것은, 교양 있는 학생들이라도 자신의 말이 지지받지 못한다고 느끼면 강력한 규범 앞에서 침묵할 수밖에 없다는 것입니다. '지지'와 '자유'를 상실하고 '가드레일'이나 '안전줄'을 보지 못해 사람으로서 온전하게 살 수 없게 되면 도대체 무슨 일이 벌어질까요? 그러한 현실과 마주한 책이 정치학자 나카지마 다케시中島岳志가 쓴《아키하바라 사건: 가토 도모히로의 궤적秋葉原事件: 加藤智大の軌跡》(2013)입니다.

2008년 6월 8일, 사망자 7명과 부상자 10명이 발생한, 일본 범죄 사상 유례를 찾아보기 힘든 흉악 범죄 사건이 일어났습니다. 사건의 발단이 된 것은 보도에 따르면, 가해자가 솔직한 진심을 내보이며 유일한 안식처로 삼은 인터넷의 한 사이트에서 '허풍쟁이' 취급을 받은 것, 그리고 직장에 일하러 갔는데 자신의 작업복이 사라진 것이었습니다.

나카지마 다케시는 아키하바라 사건을 선입견 없이 바라보며, 가해자가 왜 그날 폭주해 비극적인 사건을 일으키게 됐는지, 어떻게 궁지까지 몰렸는지를 가해자의 삶을 따라가며 하나하나 밟아나갑니다. 그 결과, 그는 이 사건의 발단이 된 것은 보도된 내용처럼 깔끔하게 정리되는 결정적 요인 때문이 아니라고 말합니다. 오히려 모친으로부터의 학대, 외모 및 학력 콤플렉스, 가족 붕괴, 선배와 친구의 배신, 취직 포기, 빚, 불안정한 일자리, 파견 계약 만료, 주변 사람들의 무시, 고독과 같은 우울감 등이 마음속에 용암처럼 들끓었고 '허풍쟁이 취급', '작업복 소동'을 계기로 분출된 것이라고 설명합니다.

가토 도모히로는 인터넷 게시판에 줄곧 "나쁜 건 항상 나"라고 썼습니다. 나카지마 다케시는 그 말에 동의하면서 "가토 도모히로 같은 환경에 처한 청년에게 지나치게 채찍질하듯 '자기책임'을 강요하는 사회는 정말 이 사건과 무관한가? 그리고 이 끔찍한 범죄를 저지른 그에게 공감을 표하는 다수의 젊은이가 존재한다는 사실을 우리 사회는 어떻게 받아들여야 하는가?"라고 날카로운 질문을 던집니다.

사건 발생 이틀 전, 가토 도모히로는 인터넷 게시판에 앞뒤 맥락 없이 "꼭두각시처럼 살아가는 매일"이라고 적었습니다. 원래는 파견 계약이 만료되어 해고될 처지였지만, "사람이 부족하니 오라고 전화가 왔다. 내가 필요해서가 아니라 사람이 부족해서란다. 누가 가냐? 누구나 할 수 있는 간단한 일인데"라며 자신이라는 존재가 어디에도 필요하지 않은 현실에 불만을 터뜨립니다.

가토 도모히로 본인도 진술조서에서 "이 일이 잘못된 일이란 것도 알고, 사람을 해치고 싶지 않은 마음도 있었습니다. 준비 상태나 속마음을 게시판에 쓰면서도 누군가가 말려주었으면 좋겠다고 생각했습니다. (중략) 그러나 말리는 사람이 아무도 없었습니다"라고 말했습니다. 의외였던 것은 고독해 보였던 그가 현실 세계에서는 친구도 많고 직장에서도 성실히 일하는 직원이라는 평가를 받았다는 것입니다. 하지만 현실 세계에서 그는 '진심'으로 대화할 수 있는 관계를 맺지 못해, 온라인 게시판밖에는 안식처가 없었습니다. 가토 도모히로는 왜 그렇게 되었을까요? 이에 대해 나카지마 다케시는 이렇게 말합니다.

> 같은 직장 동료, 같은 동네 친구. 그들은 맥락이 있는 타인이었다. 그들에게 '진심'을 털어놓고 미움받게 되면 그것은 특

정 환경까지 잃어버린다는 의미다. 직장 동료에게 미움받으면 안정된 직장을 잃게 될지 모르고, 동네 친구에게 미움받으면 거주지를 잃게 될지 모른다. 현실 세계의 '수직 관계(상사와 부하, 선배와 후배)'와 '수평 관계(동네 친구, 학교 동기)'에서 '진심'을 토로하는 것은 리스크가 높았다.

나카지마 다케시는 직장에서의 '수직 관계'와 주거지에서의 '수평 관계'는 아무래도 이해관계가 바탕이 되기 때문에 진심으로 무엇이든 말할 수 있을 리 없다고 말합니다. 그렇기 때문에 직접적인 이해를 수반하지 않는 비스듬한 '경사傾斜 관계'가 중요하다고 설명합니다. 계약직 노동자로 각지를 전전하고, 가족은 붕괴되어 마땅한 거주지가 없으며, 단골 가게라고는 저렴하게 끼니를 해결할 수 있는 편의점과 덮밥 체인점밖에 없던 가토 도모히로에게 과연 다른 사람과 만날 수 있는 장소가 우리 사회에 없었던 게 아닌가, 그는 묻습니다.

아마 동시대에 사는 우리는 가토 도모히로에게서 잠시나마 자신의 그림자를 보았을 것이다. 그의 딱한 사정에 자신의 딱한 사정이 일부분 겹치는 것은 틀림없다. 그리고 가토 도모히로의 지난 삶에서 주변에 있는 그 혹은 그녀의 모습이 보일 것이다.

그런 마음의 통증에서부터 우리는 출발해야 한다. 그리고 세계와 타인, 자신과 마주해야 한다. 번거로운 일이지만 거기에서부터 시작할 수밖에 없다.

몇 번이고 고개를 끄덕이며 《아키하바라 사건: 가토 도모히로의 궤적》을 읽었습니다. 정치학자인 나카지마 다케시가 마치 논픽션 기자처럼 수치례 취재를 거치면서 세상에 던지려 한 화두는 이 사건과 우리가 사는 사회가 결코 무관하지 않다는 것입니다.

사회학자 미타 무네스케見田宗助도 1968년에 '연쇄살인마'가 된 19세 소년 나가야마 노리오永山則夫가 감옥에서 쓴 한자 연습장에 크게 영감을 받아, 1973년에 논문「시선의 지옥まなざしの地獄」을 발표하며 세상에 화두를 던졌습니다.

기행을 저지른 한 사람의 인생을 특별하게 다루고 끝내지 않고, 한 사람의 삶과 죽음으로 현대 일본의 문제에 아주 중요한 빛을 비추는 연구자의 작업은 동시대에 사는 우리에게는 재산입니다.

자유로 가는
창문

우리는 궁지에 내몰리면 선택지는 없고 시야는 좁아집니다. 어떻게 하면 시야 자체를 넓혀 타인에 공감하고, 보이지 않는 테두리 안에 갇히지 않은 채 자유를 획득할 수 있을까요.

원래 학문은 '기초 교양liberal arts'이라고 불리며 사람을 자유롭게 하고자 탄생했습니다. 극작가 고카미 쇼지鴻上尚史의 《'눈치'를 읽어도 따르지 않는다'空氣' を讀んでも從わない》(2019)에는, 한 아이가 부모에게 "왜 공부해야 돼?"라고 물었을 때 그 부모가 들려준 아름다운 답변이 소개되어 있습니다.

> 공부를 왜 해야 하는지 부모에게 묻자, 컵을 가리키며 "국어라면 '투명한 컵에 들어 있는 탁한 차', 수학이라면 '200밀리리터 컵에 절반 이하 남아 있는 차', 사회라면 '중국산 컵에 들어 있는 시즈오카산 차' 등 하나의 사물을 여러 관점으로 볼 수 있어. 다양한 시점이나 가치관은 마음을 자유롭게 하지"라고 답변했다.

우리는 배움으로써 타인의 관점을 획득하여 조금씩 상상력의 우산을 펼쳐나갈 수 있습니다. 그리고 우리가 '두개골 크기의 보잘것없는 왕국의 거만한 폭군'이 되지 않게, 즉 선입견이나 인지편향에 사로잡히지 않고 자유로워지기 위해서는 무엇보다 기초 교양이 중요합니다. 미국의 포스트모던 작가 데이비드 포스터 월리스David Foster Wallace가 그렇게 말했지요. 작가로서 장래가 촉망됐던 그는, 양극성 장애를 앓고 있어 평생 강한 자살 충동에 시달렸습니다. 여러 차례 자살 미수를 반복하고, 약물치료와 수술을 하며 어떻게든 살아보려고 계속 투쟁했지만 끝내 이겨내지 못했습니다.

사람들 앞에서 말하는 것이 서툴렀던 데이비드 포스터 윌리스가 생전에 단 한 번 했던 강연이 있습니다. 그것이 바로 《이것은 물이다》(2009)입니다. 이 책은 기초 교양 대학인 케니언칼리지의 졸업 축하 강연문으로, 그는 "진짜 교육의 진정한 가치란 30세가 되기 전에 아니, 50세가 될 때까지 어떻게든 그것을 몸에 익히게 해 총으로 자신의 머리를 꿰뚫고 싶지 않게 하는 것"이라고 말합니다.

그는 우리의 일상이 무료하고 뻔하고 초조함과 괴로움으로 가득 찬 것은 세계를 초기 설정값 '나'로 바라보기 때문이라며 다음과 같이 말합니다.

> 진실로 중요한 자유란 집중하고 자각하며, 규칙을 지키고 노력을 게을리하지 않으며, 진정으로 남을 배려하고 그들을 위해 희생을 마다하지 않으며, 질리는 일 없이, 사소한 행동을 섹시함과는 거리가 먼 곳에서 매일 계속하는 것입니다.

도저히 졸업식 축사로는 어울리지 않는 말들이지만, 그의 자살 이후 한 광고회사가 유튜브에 이 강연 영상을 올리면서 일주일 만에 조회수 500만 건을 기록하며 큰 반향을 일으켰습니다.

상황이 끝나면 잊어버리는 사소한 고민거리라도, 당사자에게는 그것이 언제 끝날지 모르는 끝없는 어둠처럼 느껴질 수 있습니다. 이렇게 어둡고 꽉 막힌 터널 같은 일상에 잠시 숨통을 트여주는 창문이 서점에는 무수히 나 있습니다. 그 창문이 꼭 책의 형태는 아닐 겁니다. 영화나 음악, 친구와의 대화, 눈앞의 풍경, 잠깐 올려다본 하늘의 구름 등 형태는 여러 가지겠지요. 하지만 서점에서 일하고 있는 나로서는 좀 더 많은 사람이 책을 매개로 그 창문을 찾았으면 하고 바랍니다.

상상력이 결여된 사람은 딱히 악의를 갖지 않아도

삶을 괴롭고 불편하게 만듭니다.

'당연함'이라는 필터로 세상을 바라보면

상상력의 우산을 펼칠 수 없습니다.

어떻게 하면 타인의 신발을 신어볼 수 있을까요?

제3장

'살아남는' 일 말고 '살아가는' 일

새로운 시대의 일하기 방식

역사적인 일이 한창일 때 인간은 그 중대함을 깨닫지 못한다고 하지만, 코로나바이러스감염증-19COVID-19의 세계적 대유행은 분명 우리의 삶을 바꿔놓았습니다. 인류 역사상 이런 위기는 종종 있어왔고, 안타깝게도 분명 이것이 마지막도 아닐 것입니다. 이탈리아 작가 파올로 조르다노Paolo Giordano는 《전염의 시대를 생각한다》(2020)에서 감염병을 구슬끼리 부딪치는 충돌에 비유하며 세계화 사회의 '새로운 형태의 연대 책임'을 이야기합니다.

> 아무도 모면할 수 없다고 해도 과언이 아니다. 펜으로 선을 그어 인간들의 상호 교류를 표시한다면, 세상은 단 하나의 거대한 잉크 얼룩일 것이다. (중략) 수학 이론으로 표현하자

> 면, 우리는 경로가 매우 복잡하게 얽힌 연결 그래프 속에 산다. 바이러스는 이 경로를 타고 달리며 어디든지 도달한다.

물론 우리 각자가 지구상의 모든 사람과 안면이 있는 것은 아닙니다. 하지만 우리에게는 가족들이 있고 친구들이 있고 연인이 있고 동료들이 있습니다. 많은 사람이 휴대전화 연락처에 100명 이상의 이름이 등록되어 있습니다. 회사에 다니면 수백 명, 어쩌면 수천 명의 거래처 및 고객과 연결되기도 하고 사업을 하거나 글로벌 기업에 다니면 그 규모가 단번에 수백만 명으로 커집니다.

미국의 사회학자 던컨 와츠Duncan J. Watts는 저서 《상식의 배반》(2011)에서 많은 사람이 짧은 '사슬'을 통해 연결된 복잡한 현실을 '작은 세계 연결망Small World Network'이라고 명명했습니다. 작은 세계 연결망의 출발점은 헝가리 작가 프리제시 카린티Frigyes Karinthy가 1920년대에 발표한 단편소설 〈사슬〉입니다. '노벨상 수상자든 포드 자동차 공장 노동자든 단 다섯 명의 지인을 거치면 전 세계 누구에게나 연결 가능한' 세계를 그린 소설입니다. 프리제시 카린티의 소설을 사회심리학자 스탠리 밀그램Stanley Milgram이 실험으로 실증했는데, 이때 '6단계 분리 이론'이라는 개념이 생겼습니다.

'전 세계 누구나 여섯 다리만 거치면 미국 대통령까지 연결되는' 사회에서 우리는 앞으로 어떻게 살아가야 할까요?

한 사람의 서점 직원으로서 동시대를 살아가는 독자들에

게 자신 있게 추천할 만한 책을 서가에 진열하고 싶었습니다. 그런 바람을 품고 서가를 뒤적여 고른 책을 읽으면서 나름대로 고심했습니다. 이렇다 할 답을 내놓지 못한 채 하루하루 시행착오를 거듭하던 중 추천 서비스를 신청한 고객을 통해 한 권의 책을 알게 되었습니다.

저자의 이름은 하마사키 요조浜崎洋三이고 책 제목은《전하고 싶은 것伝えたいこと》(1998)입니다. 1998년 간행되어 3쇄까지 발행된 스테디셀러였는데, 출판사를 검색해보고 깜짝 놀랐습니다. 출판사가 '서점 직원의 성지'로 불리는 돗토리현의 테이유도 서점이었기 때문입니다. '왜 서점이 책을 내는 걸까?' 갑자기 흥미가 생겼습니다.

이 책을 알려준 고객은 돗토리현이 고향이라 테이유도 서점에 자주 갔다고 합니다. 고등학생 때 테이유도 서점의 책꽂이에서 이 책을 만난 이래로, 도쿄에 올라와 취직하고 가정을 꾸리고 아이를 낳고 나서도 틈틈이 읽고 있다고 했습니다. 착불 배송으로 받아볼 수도 있었지만, 추천할 만한 책을 찾고 있던 타이밍에 이 책과 테이유도 서점에 연이 닿은 것은 분명 어떤 계기가 될 듯했습니다. 망설이다가는 결심이 무뎌질 것 같아서 나는 당장 돗토리현으로 향했습니다.

서점 직원의 성지 '테이유도 서점'

고속도로를 빠져나와 돗토리현 중심부로 들어가 예약해둔 역 앞 숙소에 차를 세웠습니다. 해 질녘 상가의 아케이드를 걷고 있는데, 수험생이 쓴 것으로 보이는 합격 기원 종이들이 주변에 장식되어 있었습니다. 도쿄대학을 목표로 하는 사람이 많아 놀랐습니다. 카페에서 풍기는 커피 향, 런치가 훌륭해 보이는 레스토랑, 매장 앞에 진열된 상품이 햇볕에 그을려버린 문구점. 처음 걸어보는 상가인데 왠지 낯설지 않았습니다. 테이유도 서점이라고 적힌 간판 앞에서 심호흡을 한 후 안으로 들어가자 수많은 잡지와 문고, 신간이 반겨주었습니다. 벽면 선반에 둘러진 서점 주인의 메시지를 읽으면서, 독자적으로 편집된 서가를 끝에서 끝까지 살피며 걸었습니다. '우리 서점의 책장에는 보통 묻혀서 존재감이 옅어진 책이 여기에서는 빛나네', '이 책을 이런 관점으로 진열할 수 있구나' 하고 이런저런 생각이 들었습니다.

선반과 선반 사이에 테이유도 서점이 자체 제작한 정보지가 놓여 있었고, 같은 책이 곳곳에 배치돼 있어서 한 권의 책이 마치 분산하는 빛처럼 이웃하는 책과 어우러지는 게 인상적이었습니다. 방문 목적이었던 《전하고 싶은 것》 한 권과 마음에 드는 책 몇 권을 골라 계산대 앞에 서자, 서점 주인인 나라 도시유키奈良敏行 씨가 "안녕하세요" 하고 부드러운 미소로 맞아주었습니다. 그의 상냥함에 긴장이 풀려 서가를 둘러보면서 궁금했던 점을 물어보았습니다.

"니시무라 요시테쓰西村佳哲의 《자신의 일을 만들다自分の仕事をつくる》(2009) 옆에 다카무라 도모야高村友也의 《스몰하우스スモールハウス》(2018)를 놓아둔 이유는 무엇인가요?"

《자신의 일을 만들다》와 《스몰하우스》는 자기계발 서가뿐 아니라 인생관과 라이프 스타일 등 다양한 분야의 서가에 진열되어 있었습니다. 나라 도시유키 씨의 대답은 명확했습니다.

"이 두 권이 코로나19 이후의 삶을 보여주는 책이기 때문입니다. 그리고 테이유도 서점에서 가장 잘 팔리는 책이기도 해요."

두 책 모두 신간은 아니었습니다. 도대체 이 두 책이 잘 팔리는 이유는 무엇일까요?

《자신의 일을 만들다》는 자기계발 분야의 스테디셀러로 우리 주변에 있는 상품들에 주목하고 그 상품의 제작자와 대화하며 일상생활에 접근함으로써, 세상은 누군가의 일로 이루어져 있다고 알려주는 책입니다. 《스몰하우스》는 아직 읽지 않았지만, 저자 다카무라 도모야가 '작은 집' 열풍을 불러일으킨 사람이라는 정도는 알고 있었습니다. '미니멀리스트' 열풍을 불러일으킨 사사키 후미오佐々木典士의 《나는 단순하게 살기로 했다》(2015)와 함께 서점 서가에 자주 진열되는 책입니다.

'아하, 일과 생활이구나.'

나는 이 두 권의 책에서 뜻밖의 힌트를 얻었습니다. 숙소에 돌아오자마자 마트에서 사온 맥주를 마시며 테이유도 서점에서 구입한 《스몰하우스》를 읽기 시작했습니다. 페이지를 넘길수록 읽기 전의 선입견이 사라졌습니다. '테이유도 서점에서 이 책을 만나서 좋다, 좀 멀긴 했지만 돗토리까지 오길 참 잘했다'는 생각이 들었습니다. 《스몰하우스》는 고액 대출이나 비싼 집세에 묶이지 않고 과잉소비를 부추기는 사회에서 좀 더 자유로워질 수 있는 스몰하우스 운동을 저자가 몸소 실천하며 얻은 경험을 녹인 논픽션입니다.

미국에서 스몰하우스 운동을 일으킨 제이 셰퍼Jay Shafer는 "너무 큰 집은 집이라기보다는 채무자의 감옥에 가깝다"며 현실을 꼬집은 통렬한 말을 남겼습니다. 스몰하우스는 2000년경부터 세계 각지에서 동시다발적으로 시작된 운동으로, 2008년 미국의 리먼 사태 이후에 가속화되었습니다. 특히 '집이 커질수록 자유로움도 커지는가'라고 묻는 다카무라 도모야의 말은 내게 통렬한 야유로 들렸습니다. 왜냐하면 내가 그 책을 읽던 바로 그때, 대출을 받아 집을 지어야겠다고 생각하고 있었기 때문입니다. 대출 이자를 지불할 자신도 없고 다른 사정도 겹쳐서 집짓기를 보류했지만 상황만 괜찮아지면 언제든 그럴 마음을 먹고 있었습니다. 하지만 《스몰하우스》를 읽고 난 뒤 집에 대한 고정관념에서 자유로워질 수 있었고 '설사 실직하게 되더라도, 몸이 아프게 되더라도 여차하면 작은 집에서 살면 되겠어' 하고 긍정적으로 생각이 바뀌었습니다.

100세 인생,
어떻게 살 것인가

서점의 진열대에는 그 시대의 흐름이 드러납니다. 특히 경제경영 분야의 베스트셀러 순위를 보면 시대의 변화를 읽을 수 있습니다. 일본 출판중개회사 토한이 해마다 집계하는 연간 베스트셀러의 '단행본 경제경영 도서' 부문을 보면 시대의 변화가 책이라는 형태로 구현되는 것을 볼 수 있습니다.

토한이 공개한 연간 베스트셀러 순위를 대략 보면, 1990년부터 2000년에 걸쳐 베스트셀러 상위를 석권한 저자는 오치아이 노부히코落合信彦, 사카이야 다이치堺屋太一, 하세가와 게이타로長谷川慶太郎, 오마에 겐이치大前研一 등 유명한 경영인이나 정치인이었습니다. 그 시대에는 사회적 지위가 높은 저자가 독자의 지지를 받았습니다. 그런데 일본의 경기 악화와 함께 베스트셀러 순위에 변동이 생깁니다. 호소노 마사히로細野眞宏, 간다 마사노리神田昌典, 가쓰마 가즈요勝間和代 등 외국계 기업 경력의 회사원이나 입시학원의 강사가 베스트셀러 상위권을 휩쓸기 시작했습니다.

산요증권, 야마치증권 등의 경영 도산이 일어난 1997년은 그 세태가 그대로 베스트셀러 순위에 반영되었습니다. 마치 일본의 경영인은 잘못되었다는 것처럼 경제경영 분야의 번역서 열풍이 불었고, 당시 분위기에 힘입어 《성공하는 사람들의

7가지 습관》(1989)이 1위를 장식했습니다.

주식투자가 자유화된 1999년에는 주식 입문서의 수요가 높아져서 이듬해인 2000년의 베스트셀러 순위를 보면 4위가《인터넷 미니 주식거래로 1억 엔 만들기インターネットのミニ株取引から始めて株で1億円作る!》(1999), 6위가《고양이도 이해하는 주식 입문의 입문ネコでもわかる株入門の入門》(1999), 7위가《주식은 이렇게 사라株はこうして買いなさい》(1999), 10위가《주식, 투자신탁, 외화예금을 이해하는 기초 강좌'株' '投資信託' '外貨預金' がわかる基礎の基礎講座》(2000)였습니다.

2001년의 화제는 경제경영 서적의 우화화입니다. 단기간에 밀리언셀러를 달성한《누가 내 치즈를 옮겼을까?》(1998), 경제경영 분야 1위를 오랫동안 지킨《부자 아빠 가난한 아빠》(1997), 소설 형식의 경영서인《더 골》(1984)은 기존 경제경영서의 트렌드를 크게 바꾸었습니다.

2003년의 특징은 독자층의 변화입니다. 단카이 세대(일본에서 1948년 전후에 출생한 베이비붐 세대—옮긴이)를 대상으로 한《정년 후 대전定年後大全》(2003)과 젊은 세대를 대상으로 한《연수입 300만 엔 시대의 경제학年收300万円時代を生き抜く經濟學》(2003)이 동시에 순위권에 진입하여, 앞으로 살아남아야 할 세대와 물러나는 세대가 교차하며 경제경영 분야를 달구었습니다.

2005년 이후에는 저성장 시대에 접어들면서 대기업이 구축한 비즈니스 모델이 붕괴하기 시작했습니다.《기분 좋게 설득하는 대화법》(2008)을 필두로 자신의 가치를 갈고닦아 능력치를 키우는 자기계발 서적이 강세를 보였습니다. 경제경영 분야 베스트셀러 순위만 봐도 당시 회사원들이 얼마나 결과를 내기 위해 안간힘을 썼는지가 절실히 와닿았습니다.

새로운 변화가 나타난 것은 2016년 린다 그래튼Lynda Gratton과 앤드루 스콧Andrew J. Scott이 함께 쓴《100세 인생》(2016)부터입니다. 2012년에 출간된《일의 미래》(2011)에서 일하는 방식과 사고방식을 바꿈으로써 어두운 미래를 밝은 미래로 바꿀 수 있다고 설파한 린다 그래튼이,《100세 인생》에서는 '100세 시대'라는 새 화두를 사람들에게 던집니다. 그녀는 지금을 사는 모든 연령대의 사람이 '길어진 인생, 어떻게 일하고 어떻게 살아갈 것인가?'라는 질문에 스스로의 삶을 통해 답을 찾아야 하는 시대가 왔다고 말합니다.

그렇다면 전혀 다른 시대를 준비하는 새로운 일하기 방식은 무엇일까요?

테이유도 서점의 나라 도시유키 씨는 이 질문에 두 권의 책으로 명확히 답해주었습니다. 그 답을 내 나름대로 정리하자면, '좋은 일을 하는 것'과 '인간다운 삶을 사는 것'이라고 생각합니다.

일과 생활을 새삼 다시 생각해보니 지금껏 시야에 들어오지 않았던 농업과 식품 관련 책이 궁금해졌습니다. 솔직히 말하자면 지금까지 내 관심 밖에 있던 주제였습니다. 그런데 최근 몇 년간 경제경영 분야 베스트셀러 순위에서도 볼 수 있

을 정도로 이 분야에 대한 독자들의 관심이 커졌습니다. 도쿄 도심의 서점에서 경제경영 분야를 담당하는 동료가 사가와 도모히코佐川友彦의 《도쿄대 졸업생, 농가의 오른팔이 되다東大卒, 農家の右腕になる》(2020)가 출간 직후부터 반응이 뜨겁다고 하여 그 이유를 물어보았습니다.

"도심에 사는 일반인들이 농업 관련 책을 사 보는 이유가 뭘까요?"

"농업 관련 책이라기보다는 오히려 삶의 태도에 관한 책이었어요. 내용이 좋았습니다. 경제경영 책으로도 읽혀서 그 분야 담당인 저도 공감할 수 있었어요."

서점을 방문하는 고객층도, 책의 속성도 내가 근무하는 서점과도 맞을 것 같아서 "그럼 저도 빨리 읽어보고 주문해야겠어요" 하고 통화를 마무리하려는데 "아, 맞다. 저 회사 그만둡니다"라는 생각지도 못한 말을 들었습니다. 순간 말문이 막혔지요.

"이 책을 읽고 결심한 건 아니지만, 과감하게 도시를 떠나 농사에 도전해보려고 해요. 원래는 잡지를 직접 만들어보려고 주말과 휴일에 농가를 방문해 인터뷰를 했었거든요. 그 때문에 이 책을 읽어본 거죠. 여하튼 인터뷰한 사람과 연이 닿아서 나스에서 쌀농사를 지을 생각이에요."

동료의 해맑은 대답을 듣다 보니, 나와 그의 눈앞에 펼쳐진 풍경은 다를지도 모른다는 생각이 들었습니다.

"잡지를 완성하면 서점에 놓아주실래요?" 하고 묻는 동료에게 "물론이죠"라고 답하면서도, 내 머릿속에는 '새로운 일하기 방식을 다룬 책과 동료의 행동력이 어딘가 연결점이 있지 않을까?' 하는 생각뿐이었습니다.

사람이 왜 일하는지를 생각해보면 대부분은 '생활' 때문입니다. 당연한 말이지만 먹지 않으면 살 수 없으니까요. 나는 유니클로에서 주로 옷을 사고 인터넷에서 최저가 상품을 찾아 주문합니다. 외식할 때는 주로 체인점이나 백반집에 들릅니다.

우리의 일상은 누군가가 만든 '상품'으로 유지됩니다. 상품에 의존하지 않고 살아가기란 거의 불가능합니다. 집을 나와 역까지 가는 짧은 길에도 사고 싶은 상품과 매력적인 서비스가 즐비합니다. 우리는 무엇을 하든 반드시 한 번은 '돈'을 경유하는 사회에 살고 있습니다. 사고 싶은 상품을 손에 넣으려면 돈이 필요하지요. 그래서 우리는 일하지 않으면 안 됩니다.

하지만 동료가 첫발을 내디딘 것처럼, 자신이 먹을 것을 돈을 주고 소비하지 않고 직접 만들 수 있다면 굶을 일은 없을지도 모릅니다. 돈을 벌지 않아도 농사지은 쌀을 반찬이나 맥주로 교환할 수 있을지도 모릅니다. 내 시간을 팔아 돈을 버는 삶이 아니라 내 시간으로 만든 것을 교환하는 삶입니다. 먹기 위해 일하는 게 아니라 살기 위해 일하는 것이지요. 동료의 말에 귀를 기울여 일하기 방식을 처음부터 다시 생각해보았습니다. 자연스럽게 '앞으로 어떻게 살아갈 것인가?'라는 물음이 떠올랐습니다.

'먹기 위해' 일하는 게 아니라 '살기 위해' 일한다

도시의 삶을 훌훌 털고 귀농한 동료의 이야기를 듣다 보면 자급자족하는 삶이 부러워집니다. 하지만 나는 도저히 '책과 동떨어진 삶을 사는 나'를 상상할 수 없었습니다. 동료처럼 자급자족할 수는 없어도, 이대로 돈을 벌어 소비하고 또 돈을 벌어 소비만 하는 사이클 속에 평생 눌러앉아 지내는 것도 왠지 찜찜하고 불편했습니다.

어중간하게라도, 사회와 완전히 떨어지지 않은 채 동료와 같은 삶이나 사고방식을 조금씩 실천하는 게 가능하다면 세상을 바라보는 시각이 바뀔지도 모릅니다. 그런 생각으로 시행착오를 겪고 있을 때 만난 책이 〈아사히신문〉의 베테랑 기자 곤도 고타로近藤康太郎가 쓴《최소한의 밥벌이》(2015)입니다.

자본주의 사회의 원리는, 노동자가 대량으로 만든 상품을 다시 노동자가 소비자가 되어 대량으로 사들이는 사이클의 순환입니다. 그 원동력은 스스로 생산할 수단이 없는 노동자와 소비자입니다. 곤도 고타로는 "노동자에게는 만든다는 선택지가 없고, 소비자에게는 사지 않는다는 선택지가 없는 것이 사회를 왜곡시키고 있는 것 아닐까?"라고 질문을 던집니다. 그리고 자본주의 사회에 대한 의문을 단순히 기사화하는 것으로 끝내지 않고, 실제로 자신의 삶에 적용해보며 새로운 대안을 진지하게 찾아나갑니다.

우선 곤도 고타로는 자신의 천직을 '글 작가'라고 정의하며 "글쓰기는 곧 삶"이라고 말합니다. 그리고 한 번뿐인 인생을 자신이 좋아하는 일에 몰두하고 싶다고 다짐하며 이를 위해 어떻게 해야 할지 전략을 세웁니다. 그는 '만약 직장에서 잘리더라도 계속 글 작가로서의 업무에 몰두하면서 굶어 죽지 않으려면 최소한의 생활양식, 즉 쌀만큼은 내 손으로 직접 수확할 수 있어야 한다. 만약 그게 가능하다면 평생 글을 쓰며 작가로 살 수 있다'는 가설을 세웁니다. 실제로 그는 신문기자로 일하면서, 출근하기 전 한 시간 동안 논에서 일하고 1년 치 먹을 쌀을 수확할 수 있을지 실험합니다. 인생에서 단 한 번도 도시 밖을 벗어나 살아본 적이 없는 저자가 지방으로 내려가 '얼터너티브alternative(대안적) 농부'라는 새로운 개념의 생활에 도전한 것입니다. 직장을 다니면서도 이렇게 살 수 있다는 것에 대해 감탄하면서 책을 읽다가 문득 곤도 고타로는 어떤 사람일까 궁금해졌습니다. 그에게 매료된 나는 그의 데뷔작《리얼 록リアルロック》(1997)부터 최신작까지 전부 찾아 읽었습니다.

아니나 다를까 곤도 고타로의 도전은 쌀농사로 끝나지 않았습니다.《알로하에서 사냥꾼을 시작했습니다アロハで猟師,はじめました》(2020)에서는 사냥꾼으로 진화하고, 문장력 지침서《세 문장으로 적중三行で撃つ》에서는 쓰기와 읽기와 삶, 3박자로 만들어가는 일상의 모습이 담겨 있습니다. "인간의 창조는 언어에서 나온다. 그러므로 책을 읽고 글을 쓰는 것이 중요하며 이는 삶을 더 풍요롭게 가꾸어준다." 그의 말 속에 담긴 일관된 태도가 감명 깊었습니다.

부끄러운 이야기지만, 나는 사회생활을 시작한 이후로 줄곧 출세하고 싶다고 생각했습니다. 그래서 대학 동기가 출세했는지가 늘 궁금했습니다. 하지만 사회적으로 성공하고 싶은 이유까지 생각해본 적은 없습니다. 당시의 내 기분을 언어화하면 '남들처럼 돈을 벌고 싶고 내 나이에 걸맞은 자리에서 안정적으로 일하고 싶다' 정도가 아니었을까요.

하지만 곤도 고타로의 자전적 독서 가이드《'줄거리'만으로 인생의 의미를 파악하는 세계 고전 13'あらす' だけで人生の意味が全部わかる世界の古典13》(2013)을 읽고 흥미가 생겨 찾아 읽은, 톨스토이의《전쟁과 평화》(1869)에 '왜 나는 출세하고 싶어 하는가?'에 대한 이유가 적혀 있었습니다.

> 인간의 모든 욕망, 삶의 의욕은 자유 확대의 희망밖에 목표가 없다. 부와 빈곤, 명성과 무명, 권력과 복종, 강함과 약함, 건강과 질병, 교양과 무지, 노동과 여가, 포식과 기아, 선과 악은 자유의 정도와 크기 차이일 뿐이다.

부자인지 가난뱅이인지, 유명한지 무명인지의 차이는 단순히 '자유의 차이'라는 말에 나도 모르게 소리 내어 감탄했습니다. 100여 년 전에 쓰인 톨스토이의 작품이 내 인생의 화두를 관통하리라고는 생각도 못 했습니다. 작가가 살았던 장소도, 시대도, 언어도 초월해 한 권의 책이 한 사람의 인생과 이렇게 연결됩니다. 서가에 진열된 책들이 새삼 달리 보였습니다.

그렇다면 내가 바라던 자유란 도대체 무엇이었을까요? 구체적으로 예를 들어보면, 쉬고 싶은 날에 쉬거나, 마음이 내킬 때 휴가를 잡거나, 출근 시간을 내 마음대로 정하거나, 개인 시간을 위해 일하는 시간을 조정할 정도의 자유에 불과했습니다. 내가 바라던 자유의 크기가 작아서 좀 실망했지만, 그 덕분에 '꼭 출세할 필요는 없겠구나' 하고 깨달았고 사는 게 한결 편안해졌습니다.

소비를 줄이면
불행한가

1997년 8월의 어느 날, 요트로 호놀룰루를 출항해 샌타바버라로 향하던 찰스 무어Charles Moore 선장은 강력한 고기압의 영향으로 바람과 파도가 잔잔해진 태평양 한복판에서 옴짝달싹 못 하게 됐습니다. 연료가 다 떨어지기 전에 순풍을 잡기 위해 통상적인 항해 루트를 벗어나자 믿을 수 없는 광경이 시야에 들어왔습니다. 《플라스틱 바다》(2011)에는 당시 찰스 무어 선장이 목격한 광경이 펼쳐집니다.

항해 중에 갑판에서 보이는 플라스틱 조각을 토대로 대강 계

> 산했을 때 쓴 메모를 찾았다. 나는 7일간 내내 1,000해리 이상 흩어지는 플라스틱 조각을 목격했다. 이 '플라스틱 수프'는 직경 1,000해리의 원형 해역에 퍼져 있을 것이므로, 100평방미터에 약 230그램이라고 어림잡아도 그곳에는 670만 톤의 플라스틱이 있다는 것이다.

우리가 끊임없이 버리는 쓰레기가 쓰레기장도 매립지도 아닌 태평양 한가운데 떠 있습니다. 전 세계 각지에서 흘러온 페트병과 뚜껑, 공갈젖꼭지와 칫솔, 일회용 용기와 비닐봉지, 어망과 부표 등 대량의 쓰레기가 몇 년 동안 아무도 보지 못했던 장소에 모여 마치 거대한 유물처럼 떠돌고 있습니다. 일본 면적의 열 배에 가까운 거대한 쓰레기 소용돌이는 나중에 '태평양 쓰레기 벨트'라는 이름이 붙여져 대량 소비사회의 어두운 이면을 적나라하게 드러냈습니다.

바다에서 점차 부식되어 생긴 플라스틱 알갱이는 바닷물에 섞여 플랑크톤과 함께 해양생물의 체내에 유입되어, 인간의 몸에도 축적됩니다. 플라스틱이 위에 쌓여 소화기능이 떨어져 굶어 죽은 바닷새와 바다거북, 고래의 사체가 세계 곳곳에서 잇따라 발견됐습니다. 스웨덴 의회 앞에서 '기후를 위한 학교 파업' 1인 시위를 한 그레타 툰베리Greta Thunberg가 환경문제를 생각하게 된 계기도, 학교 수업에서 본 전 세계 바다를 떠다니는 대량의 쓰레기를 다룬 영화였다고 《그레타 툰베리의 금요일》(2018)에 소개되어 있습니다.

대량생산과 과잉소비, 일회용품으로 점철된 문화는 이제 충분합니다. 더는 쓰레기를 늘려서는 안 된다고 경고하는 기사도 자주 보입니다. 나 역시 그렇게 생각합니다. 하지만 우리는 소비를 멈출 수 없습니다. 그 이유는 대체 무엇일까요?

프랑스의 사회학자 장 보드리야르Jean Baudrillard는 데뷔작 《사물의 체계》(1968)에서 현대사회의 '소비'를 정의하고 그 이전 시대와의 차이를 명확히 구별합니다.

> 소비의 대상이 물질적인 물건이나 생산물이 아님을 분명히 해두어야 한다. 그런 것은 필요와 만족감의 대상일 뿐이다. 모든 시대의 사람들은 사고, 소유하고, 즐기고, 사용했지만 결코 '소비'하지 않았다. 원시인의 제사, 봉건사회 영주의 낭비, 19세기 부르주아의 사치는 소비가 아니다. (중략) 소비는 물질과 관련된 행동이 아니고, '풍족함'의 현상학도 아니다. 그것은 식료품에 의해서도, 의복에 의해서도, 자동차에 의해서도, 이미지나 메시지와 같이 눈에 보이거나 입으로 전해지는 실체에 의해서도 정의될 수 없다. 그러한 모든 사물의 인식 방식이 그 실체를 통해서가 아니라 그 사물에 대한 의미작용으로 정의된다. (중략) 소비되는 물건이 되기 위해서는 물건은 기호記号가 되어야 한다.

그리고 다음과 같이 서술합니다.

> 소비에는 한계가 없음이 이로써 설명된다. (중략) 소비에 대한 이러한 강박 충동은 (지금까지 술을 마시던 사람은 앞으로도 마실 것이라는) 어떤 심리적인 운명에 의한 것이 아니며, 사회적 위신 같은 단순한 강제에 의한 것도 아니다. 만약 소비가 억누를 수 없는 것으로 보인다면, 그것은 바로 소비가 (어떤 한계를 넘어서면) 필요성과 만족감과도, 현실원칙과도 무관한 완전히 관념론적 행위이기 때문이다.

카피라이터 이토이 시게사토糸井重里가 세이부 백화점 광고에 "갖고 싶은 것을 갖고 싶다"라는 카피를 쓴 때는 고도 경제성장기였던 1988년이었습니다. 아무리 물건을 사도 흡족하지 않고, 자신이 원하는 것이 무엇인지도 모르겠고, 그러면서도 소비를 멈출 수 없는 것은 우리가 사는 것이 물건 자체가 아니라 '기호'이기 때문입니다. 기호는 아무리 사도 만족감을 얻을 수 없습니다. 끝없이 사들인 소비자는 집에 다 보관하지 못할 만큼 물건이 늘자 창고를 대여해서 수납을 계속합니다. 이러한 현상은 그야말로 장 보드리야르가 지적한 '소비'의 개념 그 자체입니다.

다만 제조사의 시각으로 바꿔 생각하면 '소비자'가 반복적으로 구매하는 일회용 상품은 한계가 없는 수익원입니다. 일회용 상품뿐만이 아닙니다. 모델 변경이나 업그레이드를 반복하는 상품군도 마찬가지입니다. 일본 후생노동성의 자료 '평균수명의 연도별 추이'를 보면, 1947년에 50세였던 일본인의 수명은 2010년에는 79.6세로 30년 늘어났지만, 반대로 우리가 사용하는 상품의 수명은 점점 줄어들고 있습니다. 일본에서 출시 10년 만에 누적 판매 12억 대를 돌파한 아이폰은 2007년부터 2019년 사이에 12세대의 업그레이드를 거듭했습니다. 마치 기술의 진보가 상품의 수명을 단축시키는 듯합니다.

사람들은 대개 오래된 골동품보다는 신상품을 좋아합니다. 사고 버리기를 반복하며 소비 사이클을 확대하고 자본주의 사회를 지탱해왔지요. 이러한 세계관은 마치, 태아 시절부터 '낡은 옷은 최악', '고치기보다 버려라'라고 수면 암시 교육을 받아 대량생산과 소비야말로 행복한 사회를 구현하는 진리라고 세뇌당하는, 올더스 헉슬리Aldous Huxley의 소설 《멋진 신세계》(1932)를 떠올리게 만듭니다. 무한한 쇼핑 목록의 악몽에서 깨어나려면 우리는 무엇을 해야 할까요?

영국의 언론인 제임스 블러드워스James Bloodworth는 저서 《하이어드Hired》(2018)에서 아무리 상상력이 풍부한 사람도 도저히 상상하지 못할 '간소화의 뒷면'을 알려주었습니다. 세계적인 IT 기업이자 세계 최대의 소매업체 아마존의 노동 현장에서는, 외국인 노동자들이 의무적으로 포켓용 단말기를 휴대한 채 '뛰지 말라'는 경고가 붙은 복도 통로를 할당된 짐을 나르느라 뛰어다니고 있었습니다. 생산성이 떨어지면 가차없이 잘리는 고용 환경에서는 복지도 휴식도 사라지고 없습니다. 제임스 블러드워스는 아마존과 우버 등 생산성이 높다고 알려진 세계 기업을 잠입 취재함으로써 "과거 많은 사람에게 자긍심의 원천이었던 '노동'은 존엄과 인간성을 빼앗으려는 가차 없는 공격으로 바뀌었다"며 현실을 고발합니다.

'소유'에서 '공유'로, 'Me'에서 'We'로

미국의 볼링 인구를 분석하여 커뮤니티 붕괴 현상과 사회적 유대의 필요성을 조명한 책이 있습니다. 하버드대에서 공공정책을 연구한 로버트 퍼트넘Robert D. Putnam이 쓴《나 홀로 볼링》(2000)입니다. 로버트 퍼트넘은 1980년부터 1993년 사이에 미국의 볼링 인구가 10퍼센트 증가한 반면 볼링 리그 소속 선수의 수는 40퍼센트 감소한 것을 발견합니다. 그리고 '도대체 왜 볼링 인구는 늘었는데 단체로 볼링을 치는 사람은 줄어든 걸까? 그 배후에는 어떤 현상이 있는 걸까?' 하고 의문을 품습니다. 그는 '사회적 자본social capital'을 사회적 네트워크 및 그로부터 생성되는 상호성과 신뢰성의 규범이라고 정의하고, 미국이 주도한 소비문화가 사회자본을 극적으로 줄였다고 밝혔습니다. 편리함과 쾌적함이 인간관계를 약하게 만들고 우리 사이에 보이지 않는 벽을 세우고 있다고 말이지요.

배우 모건 스펄록Morgan Spurlock이 감독한 다큐멘터리 영화

〈슈퍼 사이즈 미〉는 '싸고 빠르고 맛있음'을 장점으로 내세운 패스트푸드가 미국 사회에 만연한 비만의 원인 중 하나임을 자신의 신체 변화로써 증명합니다.

'패션의 민주화'를 표방하며 젊은 층을 타깃으로 한 '패스트 패션'은 디자인부터 공정, 소매까지 걸리는 시간을 줄여서 대량의 상품을 시장에 투하하며 급성장했습니다. 하지만 이렇게 만들어진 옷들은 빠르게 변화하는 트렌드로 인해 바로 쓰레기가 됩니다. 특히 개발도상국에 있는 의류 공장은 선진국에 사는 사람들의 옷장을 채우기 위해 쉴 새 없이 돌아가고, 가혹한 노동환경 속에서 노동자들은 기본적인 권리조차 누리지 못합니다. 1,100명 이상의 사망자를 낸 방글라데시의 의류업체 '라나 플라자 참사'는 패스트 패션의 비극을 전 세계에 알린 사건입니다.

애덤 스미스Adam Smith로 시작해 밀턴 프리드먼Milton Friedman이 이어받은 신자유주의 사상은 의식주 문화에 구석구석 침투해 궁극의 소비문화를 만들어냈습니다. 하지만 '태평양 쓰레기 벨트'처럼 자연으로 돌아가지 않는 대량 쓰레기를 만들어내며 인간관계뿐만 아니라 노동환경까지도 계속해서 망가뜨리고 있습니다.

삐걱거리고 비극이 연쇄하는 세상에 우리에게 진정으로 필요한 것은 무엇일까요? 이러한 사회 변화를 재빨리 알아챈 책이 레이철 보츠먼Rachel Botsman과 루 로저스Roo Rogers가 함께 쓴 《위 제너레이션》(2010)입니다. 이 책은 소비사회가 도대체 어떻게 생성되어 사회를 손상시켰는지에 주목하며, 이런 소비사회를 바꿀 가능성이 있는 대안으로 '공유 경제'를 소개하고 그 역사와 전망을 상세히 그렸습니다.

레이철 보츠먼과 루 로저스는 공유 경제의 핵심을 '자원의 재분배와 유동화'로 보고, 어디선가에는 넘치는 자원이 어디선가에는 부족하다고 지적합니다. 그리고 그 결핍을 해소하는 것이 바로 '공유'라는 개념이라고 말합니다. 이 책은 "물리적인 사물, 사적 소유, 자기 정체성의 관계성이 근본부터 진화하고 있다"고 말합니다. 예를 들어 미국의 가정은 절반가량, 즉 약 5,000만 가구가 전동드릴을 소유하고 있습니다. 다만 미국인의 대다수는 전동드릴을 생애 단 6~13분밖에 사용하지 않습니다. 레이철 보츠먼과 루 로저스는 '우리가 진정으로 원하는 것이 전동드릴을 갖는 것이었을까?'라는 질문을 던집니다. 대부분은 CD를 원하는 것이 아니라 음악을 듣고 싶을 뿐이고, DVD를 원하는 것이 아니라 영화를 보고 싶을 뿐이었으니까요. 즉 '물건 그 자체'보다 그것에 의해 충족되는 바람과 경험을 원하는 게 아닐까요. 이 책은 소유 자체의 개념이 바뀌고 '공유'가 소유보다 나은 세상의 도래를 말합니다.

한편 뉴욕에 거주하는 작가 사쿠마 유미코佐久間裕美子는 저서 《We의 시민혁명Weの市民革命》(2020)에서 대량 소비문화의 발원지 미국에서 시작되는 시민혁명을 소개합니다. 그는 온갖 악의 근원으로 여겨졌던 '소비'가 세상을 더 좋게 만들 수도 있다고 합니다. 도널드 트럼프 행정부로 접어들면서 인종

주의와 다양성을 둘러싼 혐오, 전 세계 미래에 대한 위기감이, 미국 인구의 7,000만 명 이상을 차지하고 세대별 구매력 1위를 달리는 MZ 세대를 뭉치게 했습니다.

MZ 세대는 반대하는 정치인과 유대한 기업이나 브랜드에 불매를 표명하는 '보이콧Boycott'과 사회적 책임을 다하려는 기업이나 브랜드에 기꺼이 돈을 쓰는 '바이콧Buycott'을 무기로 지갑에 든 돈을 '영향력'이라는 관점에서 바라봅니다. 단순히 소비만을 추구하는 게 아니라 기업이 전달하고자 하는 가치가 자신의 가치에 부합할 때 그 브랜드에 돈을 씁니다.

'소유'에서 '공유'로.

'Me'에서 'We'로.

2015년 9월에 열린 UN 정상회담에서 만장일치로 채택된 SDGs가 상징하는 것처럼, 소비자 의식은 이제 지속가능하고 투명한 사회로 향하고 있습니다. 당연한 일이지만, 인간은 혼자서는 살 수 없습니다. 작가 미야자와 겐지의 말처럼, 세계 전체가 행복해지지 않는 한 개인의 행복은 있을 수 없습니다.

하고 싶은 일을
찾을 수 없다

우리는 자신의 인생 대부분을 일하는 데 바치는데, 일본인은 세계적으로도 일에 대한 만족도가 낮은 것으로 알려져 있습니다. NHK방송문화연구소가 국제여론조사그룹 ISSP에 의뢰한 2005년 조사에 따르면, 일본인의 업무 만족도는 세계 32개국 중 28위입니다.

또 인력관리 및 컨설팅 업체 랜드스타드가 아시아와 태평양 지역의 근로자들을 대상으로 설문조사한 결과를 담은 리포트 '워크모니터Workmonitor'의 2019년 '직무 만족도 조사'에서도 일본은 34개국 중 최하위를 차지했습니다. 여론조사나 인재 컨설팅을 다루는 미국의 리서치 전문업체 갤럽이 세계 각국의 기업을 대상으로 근로자들의 업무 열의도를 조사했는데, 일본은 '열의가 넘치는 직원'이 단 6퍼센트에 그쳤다고 합니다(2017년 5월 〈일본경제신문〉).

우리는 무엇을 위해 일하고 도대체 어디로 향하고 있을까요?

영국의 뉴이코노믹스재단NEF, New Economics Foundation이 2009년에 실시한 흥미로운 조사가 NEF 홈페이지에 공표되어 있습니다. 이 조사에서는 고수익 직업 세 가지와 저수익 직업 세 가지, 총 여섯 가지 직업을 대상으로 일의 가치를 '사회적 가치'로 분석한 결과를 제시합니다.

① 투자은행가(연수익 7,500만~15억 엔): 1파운드(약 1,580원)의 이익을 창출할 때마다 7파운드의 사회적 가치를 파괴
② 보육교사: 급여 1파운드를 벌 때마다 7~9.5파운드의 사회적 가치를 창출

③ 광고회사 임원(연수익 750만~18억 엔): 1파운드의 이익을 창출할 때마다 11파운드의 사회적 가치를 파괴
④ 병원 청소부: 급여 1파운드를 벌 때마다 10파운드 이상의 사회적 가치를 창출
⑤ 세무사(연수익 1,123만~3,000만 엔): 1파운드의 이익을 창출할 때마다 47파운드의 사회적 가치를 파괴
⑥ 재활용업 종사자: 1파운드의 이익을 벌 때마다 12파운드의 사회적 가치를 창출

이 조사는 일의 사회적 가치와 그 대가로 지급되는 임금 사이에는 아무 관계가 없다고 밝히고 있습니다. 분석된 여섯 가지 직업의 경향이 항상 들어맞는 게 아니란 것은 차치하고라도, 일의 대가와 일이 사회에 가져다주는 가치와의 관계성에는 큰 물음표가 붙습니다.

물론 우리에게 일이란 먹고살기 위해 하는 것입니다. 돈이 있어서 안 좋을 일은 없습니다. 그러나 결코 돈이 전부가 아니라고 용기를 북돋는 조사 결과가 있습니다. 바로 일본 교육기업 베네세가 매년 발표하는 '고등학생이 희망하는 직업 순위'입니다. 2021년도의 순위를 보면 현재 고등학생들의 직업 가치관을 알 수 있습니다.

1위	간호사
2위	지방 공무원

공동 3위	프로그래머
공동 3위	시스템엔지니어
5위	보육교사
6위	약제사
7위	관리영양사·영양사
8위	심리상담사
9위	고교 교사
공동 10위	뮤지션
공동 10위	게임크리에이터

희망 직업 1위가 간호사라는 데 우선 놀랐습니다. 안정적인 직업의 대표인 공무원이 2위였고, 의외로 '꿈'을 좇는 뮤지션이나 게임크리에이터는 공동 10위였습니다. 어느 시대나 현실적인 사람이 있고 꿈을 좇는 사람이 있습니다. 하지만 누군가에게 도움이 되는 직업을 선택하는 고등학생이 이렇게 많을 줄은 몰랐습니다.

한편 아무리 하고 싶은 일이 있어도 그 일에 종사하지 못하는 경우도 있습니다. 꿈을 좇았으나 꿈을 이룰 수 없어서, 가능한 한 일하지 않고 살기로 한 이시이 아라타石井あらた는 저서 《산골에서 니트족으로 삽니다山奥ニートやってます》(2020)에서 목표했던 교사를 포기하고 니트족이 된 경위를 이렇게 이야기합니다.

> 나는 나름대로 나처럼 삐뚤어진 아이를 이해해줄 수 있는 선생님이 되고 싶다는 마음가짐이 있었다. (중략) 나는 부푼 마음으로 의기양양하게 드디어 교육 실습에 나갔다. 이로써 지옥의 3주가 시작되었다. 단 3주. 그 짧은 시간만으로도 인간은 망가진다. (중략) 늘 내 머릿속을 괴롭혀온 생각은 '이 정도도 할 수 없다면 다른 무엇도 잘할 리가 없다'였다.

깊은 좌절을 맛본 이시이 아라타는 결국 집에 틀어박힙니다. 대학에도 발길을 끊어 졸업도 어려워진 마당이었지만, 그는 중학교 동창의 졸업여행에 무작정 따라나섭니다. 친구와 히로시마에서 오코노미야키를 먹던 이시이 아라타는 뉴스 속보로 전해지던 게센누마 항구의 실시간 모습에 시선을 빼앗깁니다. 2011년 3월 11일이었습니다.

4박 5일 동안 여행 중이었던 그는 '만약 내가 저곳에 있었다면 어떻게 됐을까?'에 생각이 미칩니다. 고민 끝에 그는 후쿠시마로 가서 봉사활동을 시작합니다. 재해 현장 복구 봉사활동을 하고 나서 '결국 인간의 삶과 죽음을 가르는 것은 운일 뿐이다. 그렇다면 죽는 순간 후회하지 않도록 살아야겠다'고 결심합니다. 남들만큼 돈을 벌지 못해도, 장시간 노동을 하지 않아도 누군가에게 도움이 되고 싶다는 그의 간절한 바람은 읽는 이를 깊이 생각하게 합니다.

어디에도 이르지 못하는 직업

2013년, "당신이 하는 일은 세상에 의미 있는 공헌을 하고 있습니까?"라고 묻는 한 편의 칼럼이 폭발적인 반향을 불러일으키며 11개국 이상에 번역 출간되었습니다. 처음 칼럼이 게재되었던 웹진 〈스트라이크!〉의 서버는 계속해서 다운되었고, 조회수는 100만을 기록했습니다. 많은 사람이 읽으며 계속 확산된 이 칼럼은 무정부주의 인류학자 데이비드 그레이버David Graeber가 기고한 "불쉿 직업이라는 현상에 관하여"입니다.

'불쉿 잡Bullshit Jobs'이란 그가 만든 단어로, 저서 《불쉿 잡》(2018)에 따르면 "피고용인 본인조차 그 존재를 정당화하기 어려울 정도로 완벽하게 무의미하고 불필요하며 유해한 유상 고용 형태다. 그렇다고 해도 그 고용 조건의 일환으로 본인은 그렇지 않은 척해야 한다고 생각하는" 업무입니다. 그레이버는 어째서 이런 칼럼을 쓸 수밖에 없었을까요?

> 그 칼럼은 어떤 직감에 바탕을 둔 것이었다. 외부인이 보기에는 별로 하는 일이 없는 것 같은 일자리가 있다. 인사관리 컨설턴트, 커뮤니케이션 코디네이터, 홍보 조사원, 금융전략가, 기업 법무팀 변호사 등이다. 혹은 어떤 위원회가 불필요한지 여부를 논하기 위한 위원회… (중략) 그러한 일자리 목

록을 적어보자면 끝이 없을 듯했다. 내가 궁금했던 것은 '만약 이러한 직업이 정말로 무익無益한 것이라면 이 직업에 종사하는 사람들은 그것을 알고 있을까?'였다.

칼럼이 처음 게재된 후 토론과 논란이 일자 2015년 여론조사 대행사 유고브는 데이비드 그레이버의 가설을 검증합니다. 그 결과, 놀랍게도 영국과 네덜란드와 같이 부유한 나라의 노동자 37퍼센트(남성 42퍼센트, 여성 32퍼센트)가 자신의 일이 낭비라고 생각하고 있음이 밝혀집니다.

데이비드 그레이버의 정리에 따르면, 불쉿 잡이 급속히 증식하기 시작한 것은 1950년대 이후로, 그 대부분은 경제학자들이 FIRE 부문(금융Finance, 보험Insurance, 부동산Real Estate)이라고 정의하는 4차 산업 분야의 종사자였습니다. 그는 이 모든 노동자가 '내 일은 불쉿 잡이다'라고 생각하는 것은 아니라고 한발 물러서면서도, 이러한 일자리의 증대가 금융자본 증대와 관련이 있다고 지적합니다. 특히 월스트리트의 이윤이 무역이나 제조업 관련 기업이 아닌, 부채와 투자 등 복잡한 금융상품에서 나오고 있는 현실을 '일종의 사기'라고 갈파하며 "금융 부문 대부분의 일자리가 하는 업무는 기본적으로 교묘한 속임수"라고 분석합니다.

또 "쓸데없는 소비와 '불쉿' 사이에는 구조적으로 깊은 유사성이 있다"고 지적하며 자본주의의 출현이 '자본을 소유하는 인간'과 '자본을 소유하지 않아 온갖 일을 강요당하는 인간'과의 관계를 변화시켰다고 말합니다.

데이비드 그레이버는 인류 역사 전체를 훑음과 동시에 SNS를 통해 접수된 방대한 노동자의 목소리에 귀 기울여 불쉿 잡 현상을 거울 삼아 '인간에게 일이란 무엇인지'를 분석합니다.

> 일을 함으로써 얻을 수 있는 가장 중요한 것은 ① 생활을 위한 돈과 ② 세계에 적극적인 기여를 할 수 있는 기회다. 그리고 그 둘 사이에는 '거꾸로 된 관계성'이 있다. 즉, 그 노동이 다른 사람에게 도움을 주고 편익을 제공할수록, 생성되는 사회적 가치가 높을수록 아마도 그에 따른 보수는 더 적어진다.

그러면서 데이비드 그레이버는 애초에 인간이 일을 선택할 때의 초기 충동은 그렇지 않았을 것이라고 말합니다. 그는 "인간의 생활이란 인간인 우리가 서로 형성해가는 과정이다. 극단적인 개인주의자조차 오로지 동포의 보살핌과 지원을 통해서만 개인이 된다. 그리고 따지고 보면 '경제'란 인간의 상호 형성을 위해 필요한 물질적 공급을 조직하는 방법"이라며 새로운 각도에서 조명합니다.

쓸데없이 예산을 탕진하는 정부의 공공사업을 지칭하는 데 쓰이는 영어 표현이 있습니다. 바로 'Bridges to nowhere(어디에도 가지 않는 다리)'인데, 데이비드 그레이버는 실제로 이

다리가 미국 로스앤젤레스에 존재한다고 말합니다.

> 우리는 매일 아침 눈을 뜨고 자본주의를 다시 만들고 있다. 만약 어느 날 아침 눈을 뜨고, 우리 모두가 다른 무언가를 만들기로 마음먹는다면 자본주의는 사라질 것이다. 다른 무언가가 거기에 나타날 것이다.

'불쉿'한 현실에서 미래로 다리를 놓는 방법이 있을까요.

다시 내일을 기대하기 위해

일에서 보람을 찾는 사람이 많은 이유는 무엇일까요? 보람되고 안정된 일자리를 얻는 게 점점 더 어려워지는 오늘날, '일한다'는 건 어떤 의미를 가질까요?

《비정착민The Unsettlers》(2017)의 저자 마크 선딘Mark Sundeen은 "이른바 커리어를 쌓는 길을 지향하지 않고 (중략) 겨우 문명에 속할 만큼의 최소 수입을 벌면서 일하는 삶에서 탈출하는 길", 즉 '굿 라이프'를 찾다가 세 가족과 만납니다. 그중 하나가 미국 미시간주 디트로이트시에 사는 그렉과 올리비아의 가족이었습니다. 디트로이트시는 헨리 포드Henry Ford가 혁신을 일으킨 미국 자동차 산업의 탄생지입니다. 디트로이트시는

'민주주의의 무기고', '중서부의 파리'라고 불리며 한때 영화를 누렸지만 포드의 몰락과 2008년 리먼 브라더스 사태가 연쇄적으로 터지면서 2013년 재정 파산을 선언하고 맙니다.

그렉 가족은 쓰레기 수거와 구급차 같은 기본적인 사회 서비스가 부족해지고, 대중교통과 전력공급 인프라 등도 사라진 디트로이트에 머무르며, 말 그대로 아스팔트로 뒤덮인 '도시'를 일구기 시작합니다. 우선 도로 소화전에서 몰래 호스를 끌어와 물을 확보하고, 중금속과 화학약품으로 오염된 도시를 조금씩 농지로 바꿉니다. 마약 판매원에게 밭의 흙을 도둑맞거나 이웃에게 기른 채소를 도둑맞기도 하지만 그렉 가족은 작물 경작을 포기하지 않습니다. 그렉 가족을 계속 취재해온 마크 선딘은 "오늘날 '열심히 일하기hard work'라는 행위가 '좋은 일을 하기good work'와 반드시 등호로 성립되지는 않는다. 오히려 인간의 노동이야말로 동포인 인간에게 해를 끼치고 지구 환경을 망가뜨리며 정의와 같은 질서를 훼방 놓는다"고 지적합니다. 그러면서, 우리는 행복하기 위해 일할 뿐인데 현실은 일을 할수록 불행해지고 있다고 꼬집으며 일이 불행을 만드는 이유가 무엇이냐고 묻습니다.

물론 그렉 가족처럼 디트로이트시의 문제를 세계적 문제라고 확신하고 '붕괴'에서 도망치지 않고 그곳에 머무르는 것은 아무나 할 수 있는 일이 아닙니다. 테이유도 서점의 나라 도시유키 씨는 '앞으로의 일하기 방식은 우리의 일과 생활에 시선을 집중하는 방식'으로 탈바꿈하지 않겠느냐고 말했습니다. 코로나19의 세계적 대유행은 세상의 구조를 완전히 바꾸었습니다. 한번 바뀐 것은 다시 그 이전 상태로 돌아가지 않습니다. 지금까지의 구조나 일하기 방식에 집착하는 것보다 더 나은 사회를 위해 우리에게 새로운 기회가 주어졌다고 생각하는 편이 선택지를 더 넓히는 길일 겁니다.

책장에 손을 뻗으면, 사회가 지금보다 훨씬 더 불안정했던 시대에 평등한 세상을 향해 묵묵히 걸으며 미래를 개척한 사람을 만날 수 있습니다. 바로 마틴 루터 킹Martin Luther King Jr. 목사입니다. 킹은 "인생에서 다른 사람을 위해 무언가를 하는 것 이상의 위대한 일은 없다"고 말했습니다. 그는 자신이 말한 대로 살다가 비록 흉탄에 쓰러졌지만, 그가 남긴 설교집《한밤의 노크 소리》(2001)에는 여전히 같은 메시지가 녹아 있습니다.

> 설령 당신들의 운명이 환경미화원이라고 해도 부디 미켈란젤로가 그림을 그린 것처럼 도로를 청소해주길 바란다. 부디 헨델이나 베토벤이 음악을 만든 것처럼 도로를 쓸고 닦아주면 좋겠다. 셰익스피어가 시를 쓴 것처럼 청소해달라. (중략) 부디 앞으로 하늘과 땅의 모든 군대가 멈춰서 '이곳에는 일찍이 자기 일을 훌륭하게 해낸 위대한 청소부가 있었다'라고 할 정도로 자신이 맡은 일을 훌륭하게 해주었으면 한다.

실제로 하네다공항이 '세계에서 제일 깨끗한 공항'으로 선출

되는 데 일조한 전문 청소부 니쓰 하루코新津春子는 저서《세계에서 제일 깨끗한 공항의 청소부世界一清潔な空港の清掃人》(2015)에서 "청소부를 마치 하인이나 투명인간으로 여기는 사회의 가치관 자체를 바꾸고 싶었다"고 말합니다.

> 그러려면 우리 청소부가 좋은 일을 할 수밖에 없습니다. 자신의 일에 자부심을 가지고 납득할 때까지 잘해내는 것이지요. 그러다 보면 알아주는 사람이 반드시 나타납니다. "여기 화장실은 항상 깨끗해요. 고마워요. 깨끗하게 써야지." (중략) 이런 말을 들으면 정말 기쁩니다. 내가 칭찬받아서 기쁜 게 아니라 청소 업무를 제대로 인정해주어서 기쁩니다.

내가 일하는 서점에서 곧바로 눈에 띄는 책은 그레이스 보니Grace Bonney의《독립수업》(2016)입니다. 다양한 분야에서 새로운 인생의 문을 연 112명의 여성을 대상으로 '좋아하는 것이나 꿈을 좇아 해당 분야에서 자신의 위치를 다진 스토리'를 취재한 아주 근사한 책입니다. 이 책이 더 특별한 이유는 경제경영 도서에 자주 등장하는 백인 여성뿐 아니라 유색인종 여성, 성적소수자 여성, 장애인 여성 등의 자전적 이야기가 등장하는 데다 연령대도 19세부터 94세까지 폭넓다는 것입니다. 책에 등장하는 개성적이고 매력적인 112명의 여성은 어릴 적 꿈과 스스로 사업을 일궈나가기 위해 치른 희생, 자신감을 잃거나 난관에 부딪혔을 때 극복하기 위해 한 일, 성공의 정의 등을 자신만의 언어로 이야기합니다. 아무도 걷지 않은 길을 홀로 걸어야 할 때 나침반이 되어줄 책입니다.

수학자 마커스 드 사토이Marcus du Sautoy는 저서 《우리가 절대 알 수 없는 것들에 대해》(2016)에서 인간이 모든 지식을 동원한들 주사위의 숫자조차 맞출 수 없다고 이야기합니다. 주사위는 던지기 전에는 어떤 숫자가 나올지 알 수 없습니다. 주사위의 숫자를 맞히지 못하는 것처럼 미래를 예측하는 것은 어렵습니다. 하지만 자신의 손으로 자신의 미래를 만드는 것은 우리 인간밖에 할 수 없는 인생의 일대 사업이지요.

자신의 삶을 직접 디자인하고 싶지만 어디서부터 어떻게 해야 할지 몰라 막막하고 불안한 사람이 서점을 찾는다면 같은 고민을 했던 이들의 경험을 공유하고 용기를 북돋아줄 수 있는 책을 꼭 한 권 추천해주고 싶습니다. 그것이 서점에서 일하는 나의 소소한 기쁨입니다.

새로운 시대를 준비하는 일하기 방식은 무엇일까요?
테이유도 서점의 나라 도시유키 씨는 이 질문에
두 권의 책으로 명확히 답해주었습니다.
그 답을 내 나름대로 정리하자면,
'좋은 일을 하는 것'과 '인간다운 삶을 사는 것'입니다.

제4장

능력을 '부'로 입증하는 시대에 부쳐

'성장'이라는 악몽

나는 상품을 파는 일을 매우 좋아합니다. 누군가가 어떤 상품을 원하고 그 상품이 실제로 도움이 될 때 상품은 팔립니다. 내 일은 서점에서 책을 파는 것입니다. 나는 이 일을 하고 얻는 수익으로 생활합니다. 돈을 벌고 돈을 쓰는 것, 단순한 구조 같아 보이지만 사실 이 사이에는 또 하나의 선택지가 있습니다. 바로 저축입니다.

나는 돈을 은행에 맡기는 편인데, 은행에서 일하는 사람의 입장에서는 정기예금도 '상품'이겠지요. 금융기관은 저축과 대출, 보험 등의 상품을 팔아 이익을 냅니다. 도심 한복판의 금싸라기 땅에 은행이나 생명보험 빌딩이 우뚝 서 있는 모습을 보면 얼마나 많은 이익을 내고 있는지 짐작할 수 있습니다. 하지만 나는 지금껏 그 연관성에 대해 깊이 생각해본 적이 없었습니다.

새삼 서점의 '재테크' 코너에 가보니 저축, 머니플랜, 주식투자, 투자신탁, 연금보험 등 재테크 책이 다양했습니다. 경제지를 넘기면 평안한 노후를 위해서는 얼마가 필요한지, 아이를 키우는 데는 얼마의 비용이 드는지가 시간 순으로 게신되어 있습니다. 금융기관의 잡지나 팸플릿에 공통적으로 적힌 문구는 '노후 대비에는 많은 돈이 필요하므로 반드시 저축해야 한다'는 것입니다.

하지만 은행에 돈을 맡겼다고 해도 2021년 기준 일본의 은행 금리는 대략 0.01퍼센트 이하입니다. 만약 일본은행이 목표로 내걸고 있는 2퍼센트의 물가 상승을 실현했을 경우, 아무리 열심히 돈을 모았어도 저금한 돈의 가치는 떨어져버립니다. 아무리 지급 조건이 좋은 생명보험에 가입했다 하더라도 일본인의 평균수명은 남성이 81.64세이고 여성이 87.74세(2020년 일본 후생노동성 집계)입니다. 자신이 살아 있을 때 보험금을 받을 수 없는 데다 받는다고 해도 배우자나 자녀는 이미 고령입니다.

경제지의 특집을 읽다 보면 미래가 불안해져서 쇼핑이나 여행보다 저축을 하고 싶어지는데, '예금'이나 '보험'이 판매되는 상품이라면 이야기는 달라집니다. 《부자 아빠 가난한 아빠》를 필두로 투자 고전 《바빌론 부자들의 돈 버는 지혜》(1926)에도 부자가 되는 법칙이 확실히 적혀 있습니다. 그 제1법칙은 역시 '수입의 10분의 1을 저금하라'입니다.

그렇다면 왜 저금을 해야 할까요?

은행에 돈을 맡기면 이자가 쌓이기 때문입니다. 그중에서도 '악마의 발명'이라고도 불리는 복리에는 믿을 수 없는 마법이 깃들어 있습니다. 예를 들어 1만 엔이 매년 7퍼센트 이율로 증가할 경우, 1만 엔은 10년 만에 두 배가 됩니다. 그 놀라운 원리가 독일이 낳은 세계적 작가 미하엘 엔데Michael Ende를 취재한 책《엔데의 유언》(2000)에 다음과 같이 소개되어 있습니다.

> 요셉이 아들 예수의 탄생 때 5퍼센트의 이자로 1페니히(독일의 옛 화폐단위, 100분의 1 마르크)를 저금했다고 칩시다. 그리고 요셉이 1990년에 저금을 찾으러 나타났다면 그는 지구와 같은 무게의 황금구슬을 은행에서 13억 4,000만 개 인출할 수 있습니다.

금화 한 장의 이자가 복리로 2000년간 쌓이면 지구와 같은 무게 이상의 황금이 됩니다. 만약 현실 세계에 이런 일이 일어난다면 지구는 붕괴될 것입니다.

그렇다면 이자가 눈덩이처럼 쌓이는 이유는 무엇일까요? 애초에 돈의 본질은 무엇일까요? 역사를 거슬러 올라가 생각해봅시다.

무한증식하는 돈

'이자'는 역사상 대부분의 종교에서 금지되었습니다.

이탈리아가 낳은 최고의 시인 단테 알리기에리Dante Alighieri는 14세기 초에 100곡으로 이루어진 서사시《신곡》(1472)에 생전에 악을 행한 인간들을 징벌과 보복 상대로 등장시킵니다. 저자와 같은 이름의 여행자 단테는 베르길리우스가 안내하는 9층 구조의 지옥에서 이자를 취급하는 은행가나 고리대금업자가 어떤 벌을 받는지 묘사합니다.

> 그곳에는 비참한 자들이 앉아 있었다. 그들의 괴로움은 눈을 통해 밖으로 격렬하게 쏟아져 나왔고, 이리저리 손을 바삐 움직이며 어떤 때는 불의 증기를, 어떤 때는 작열하는 지표면을 피하려 했다. (중략) 그중 몇 사람의 얼굴에 시선을 돌려봤지만 고통의 불이 지금도 내리쬐고 있어 그들 중 누구도 분간할 수 없었다. 하지만 나는 깨달았다. 각각의 목에는 정해진 색깔과 디자인의 지갑이 매달려 있었는데, 그들은 그것을 탐하고 기뻐하는 듯했다.

당시 이탈리아 상인들은 13세기 이후 크게 확산된 국제 무역망을 이용해 막대한 이익을 창출하는 금융 기술을 발명했습니다. 단테는 노동으로 새로운 가치를 창출하지 않고 금전의 이자로 새로운 금전을 낳는 금융 기술에 개인적 원한을 품는 동시에 죄를 보았습니다.

세계 연극사를 통틀어 최고 극작가인 셰익스피어는《베니스의 상인》(1596)에서 고리대금업자의 이미지를 못 박았습니다.《베니스의 상인》은 부유한 귀부인을 사랑하게 된 친구를 위해 무역상 안토니오가 유대인 고리대금업자 샤일록으로부터 자신의 살 1파운드를 담보로 '투자금'을 빌려 빚을 지면서 이야기가 시작됩니다. 샤일록은《성서》에 그려지는 야곱이 쌓은 부와 자신의 부를 비교하며 자신이 신에게 축복받은 존재라고 자랑하지요.

그 이야기를 듣고 안토니오는 다음과 같이 말합니다.

안토니오 야곱이 행운을 얻은 것은 양치기로서 오랜 세월 땀 흘리며 일한 수고를 하느님께서 인정해주셨기 때문입니다. 자신은 아무런 고생도 하지 않고 단지 이자가 굴러 들어오기를 기다리는 것과는 사정이 다르지요. (중략) 하지만 지금 기나긴 이야기는 요컨대 이자를 받는 게 훌륭한 일이라는 말인가요? 당신의 금과 은이 양처럼 자연스럽게 새끼를 낳는 것이라는 말인가요?

샤일록 글쎄, 과연 그럴까요? 어쨌든 금도 은도 훌륭히 새끼는 낳습니다. 내 입장에서는 말이지요.

안토니오는 샤일록을 돈의 망자라고 폄훼하며 "나는 앞으로도 당신을 개라고 부르고 침을 뱉고 발길질을 할 것"이라고 매도합니다. 샤일록은 이자를 취했다는 이유만으로 다짜고짜 욕을 먹습니다. 왜 돈을 빌리는 쪽이 고압적 태도를 보이고 빌려주는 쪽이 도리어 비굴한 모습을 보일까요?

이 희곡을 열심히 탐독한 경제학자 이와이 가쓰히토岩井克人는 저서《베니스 상인의 자본론ヴェニスの商人の資本論》(1992)에서 고리대금이 미움받는 이유를 "공동체 사회에서 가장 위험한 경제행위이기 때문"이라고 말합니다. 공동체 사회는 사람과 사람과의 연대로써 성립합니다. 반면 가치척도로서 온갖 물건과 등가교환이 가능한 화폐란 이 연대를 끊는 '이물질' 그 자체라고 말하고 있지요.

그는, 화폐 자체를 장사 대상(상품)으로 삼고 이자라는 형태로 이익을 취하는 고리대금업자를 향해 "기존의 공동체는 스스로의 존립 기반을 무너뜨리는 행위로 간주해 항상 격렬한 적의를 보여왔다"고 말합니다. 그리고 화폐의 수수께끼를 다음과 같이 해독합니다.

> 화폐란 비축되어 있는 한 아무것도 낳지 않은 상태다. 그것은 '더 이상 자신을, 희망을 높이지 않은' 정태적 존재일 뿐이다. 하지만 일단 사장된 상태에서 풀려나 유통되기 시작하면 화폐는 화폐인 동시에 화폐 이상의 존재로 전환된다. 왜냐하면 그것은 자신에게 없는 물건과 물건과의 교환 때 필요한

단순 매개가 본래 가치인데도, 바로 그렇기 때문에 이번에는 반대로 특정 물건에 얽매일 수 없는 추상적이고 일반적인 교환 가치를 담당하기 때문이다. (중략) 즉, 화폐는 사람들의 무한한 욕망의 대상이 됨으로써 100배, 1,000배, 1만 배 아니, 무한 배로 자기를 증식하려는 존재가 된다. 무한히 자기증식하려는 화폐는 곧 '자본'이 되려고 한다.

무기물이면서도 증식을 반복하는 돈이란 대체 무엇일까요? 이와이 가쓰히토는 그 수수께끼를 좇은 저서 《자본론貨幣論》(1998)에서 이렇게 말합니다.

화폐를 논하는 많은 사람을 연애보다 더 헷갈리게 한 것은 바로 '화폐란 무엇인가?'라는 물음이다. 왜냐하면 화폐에 만약 본질이 있다면 그것은 화폐에는 본질이 없다는 말이기 때문이다. (중략) 화폐에 대해 제대로 논하고 싶다면 '화폐란 무엇인가?'라는 물음에 제대로 답해서는 안 된다.

이 말은 '돈에는 실체가 없다'는 의미일까요?

돈의 테크놀로지는 어떻게 진화했을까

경제학자 데이비드 버치David Birch는《바빌론 이전, 비트코인 너머Before Babylon, Beyond Bitcoin》(2017)에서 돈 자체는 물질이 아니라 로봇이나 인공지능과 같은 '테크놀로지'라는 놀라운 지적을 합니다. 그는 먼저 "바빌로니아인들이 사용한 돈, 우리가 지금 사용하는 돈, 미래에 사용할 돈은 모두 완전히 다르다"며 돈이 쓰이는 시대를 과거와 현재, 미래로 나눕니다. 그리고 시대별로 사회와 과학기술을 조명하고 그 교차 지점에서 돈의 속성을 탐구합니다.

돈이 최초로 역사에 기록된 것은 5000년 전입니다. 화폐의 기원은 고대 아시리아와 메소포타미아 왕국에서 사용되던 곡물은행으로 거슬러 올라갑니다. 데이비드 버치는 우선 돈의 기원을 대출이나 담보 내용이 적힌 '점토판'이라고 정의합니다. 애초에 돈이란 교환 가치가 아니라 신용이자 부채였다는 것입니다.

돈의 테크놀로지에 변화가 일어난 곳은 2500년 전의 리디아(현 튀르키예)에서였습니다. 바로 금속화폐가 발명된 것입니다. 금속화폐와 함께 돈은 급속히 보급되었습니다. 특히 9세기에 잉글랜드의 알프레드 대왕Alfred the Great이 주조제도를 구축한 뒤로는 금속화폐 주조 기술이 더욱 발전했습니다.

그리고 제2의 개혁이 일어납니다. 바로 지폐의 탄생입니다. 탄생지는 지금의 중국이었습니다. 송나라 때 개발되어, 금융에 선견지명이 있던 원나라 황제 쿠빌라이 칸忽必烈이 지폐 대신 금이나 은을 사용하면 극형에 처하는 단순 무식한 방법으로 지폐를 보급시킵니다. 다만 그 이후의 지배자들이 운용을 잘못해, 제국의 금고에 있던 금은보화보다 더 많은 지폐를 유통시켰고 그 탓에 하이 인플레이션이 일어나 지폐제도는 붕괴하고 말았습니다. 17세기 서양에서 지폐가 다시 제조될 때까지 지폐 기술은 역사의 바다에 잠겼습니다.

돈의 기술 혁신 역사를 거슬러 올라가보면, 상품에 대한 신용으로 시작해 기술의 발전과 함께 상품의 소유권으로 이행했음을 알 수 있습니다. 이후 우리가 쓰는 현대 화폐가 등장합니다. 그 시작이 1871년 세계적 송금 기업 웨스턴유니온이 실시한 전보를 활용한 전자 송금입니다. '전보'라는 뜻밖의 발명은 점토판, 금속화폐, 지폐, 수표 등 형태가 있는 돈에서 형태가 없는 전자화폐, 즉 비트데이터로 건너가기 위한 기술의 토대가 됩니다.

데이비드 버치는 금본위제도(화폐단위의 가치와 금의 일정량의 가치가 등가관계를 유지하는 본위제도—옮긴이)가 종식된 1930년대를 기점으로 닉슨 대통령이 미국 달러와 '금'의 교환을 공식 중단한 1971년 8월 15일에 돈과 가치의 분리가 완료되었다고 말합니다. 바로 변동환율제도(각국 통화의 가치(환율)을 고정하지 않고 시장의 추세에 따라 변동하는 제도—옮긴이)로의 이행입니다. 실질적으로 이 시점에서 돈의 가치가 상품의 소유권이 아닌 신뢰로 전환되었습니다.

일본의 경영지 〈블록체인 핸드북 2018: 디지털 아이덴티편Blockchain Handbook for Digital Identity 2018 volume 1〉(2018)에 따르면, 2008년 '사토시 나카모토中本哲史'라 자칭하는 인물 혹은 집단이 투고한 논문이 인터넷에 공개되면서 화폐는 새로운 진화를 맞습니다. 개인 간에 화폐를 주고받을 수 있는 시스템이 구축되고 금속화폐나 지폐 같은 화폐 형태 없이도, 공공 금융기관을 거치지 않고도 전자데이터로만 주고받을 수 있는 디지털 화폐가 탄생합니다.

비트코인, 블록체인, 암호화폐 같은 용어는 낯설어서 이전과 다른 새로운 시대의 화폐라고 생각하기 쉽지만, 돈과 테크놀로지의 역사를 살펴보면 현대의 돈은 도리어 그 기원인 '점토판' 시대의 신용이나 부채로 회귀하고 있습니다.

데이비드 버치는 "신용설을 주장하는 자들에 따르면, 부채로서의 돈은 물건의 가치를 측정하는 단위가 아니라 타인에의 신뢰를 묵시적으로 측정하는 단위"라고 말합니다. 신용제도와 차용증서와 같이 신뢰로 성립된 '부채'는 5000년 전부터 존재해왔으며, 문명과 같이 기나긴 역사를 갖고 있습니다. 그러나 현대의 금융 테크놀로지는 이 부채를 가속화하여 굉장한 모습으로 변모시키고 있습니다. 《금융의 지배》(2008)를 쓴 경제사학자 니얼 퍼거슨Niall Ferguson은 다음과 같이 말합니다.

> 2006년, 전 세계의 GDP 합계는 48조 6,000억 달러였다. 세계 주식시장의 시가총액은 50조 6,000억 달러로, GDP보다 4퍼센트가량 많다. 세계 채권시장의 규모는 67조 9,000억 달러로, 40퍼센트나 많다. 금융이라는 행성은 지구 자체보다 더 크게 부풀려져 있다.

미하엘 엔데가 현대의 경제제도가 얼마나 황당무계한 것인지를 요셉 이야기에 빗대어 비판한 것처럼 니얼 퍼거슨 또한 금융을 중심으로 보면 자본이 현실 세계를 크게 웃돌고 있다고 지적합니다.

'부채'의
시대

"현대는 돈과 빚의 시대이며 후세에는 아마 '채무 시대'로 기억될 것이다." 이처럼 도발적인 말을 남긴 이색 사상가가 있습니다. 한때 자본주의 사회가 아닌 공산권이었던 체코공화국 출신의 경제학자 토마스 세들라체크Tomáš Sedláček입니다. 그는 경제학을 선과 악의 시점에서 고찰한 《선악의 경제학》(2011)으로 단숨에 베스트셀러 작가가 되었습니다. 이 책에서 그는 경제학을 숫자나 통계를 들어 분석하기보다는 그리스 신화와 성서, 문학, 철학, 종교학, 사회학, 현대사상, 정신분석, 인문과학 등의 지식을 총망라해 그 본질을 깊이 파고듭니다. 그 결과 토마스 세들라체크는 '채무와 이자가 없는 현대사회는 상상하기 어렵다'는 결론에 이릅니다. 그는 동전이든 지폐든 돈의 가치는 매개체와는 아무런 관계가 없다며 "화폐는 신용이자 신앙"이라고 말합니다. 그리고 이 신용의 구체적 행위야말로 돈을 빌리는 대신 치르는 '이자'라고 덧붙입니다.

이자를 받는 것이 죄인지 아닌지는 수천 년에 걸쳐 논의되어왔습니다. 이자를 악惡으로 여기는 전통은 아리스토텔레스로부터 비롯됩니다. 아리스토텔레스는《정치학》에서 다음과 같이 서술합니다.

> 그러므로 미움받는 게 가장 당연한 사람은 고리대금업자다. 그것은 그가 재물을 화폐 그 자체로 얻어서, 즉 화폐가 만들어진 진짜 목적(교환 과정)으로 얻은 게 아니기 때문이다. 화폐는 교환을 위해 만들어진 것인데 이자는 교환 없이 화폐를 더 부풀린다(여기서 '이자Tόκος, 利子'라는 이름도 나왔다. 왜냐하면 생성해낸 것이 생성한 것을 닮았기 때문이다. 이자는 화폐의 자녀 화폐로서 태어난다). 그러므로 이것은 재산을 취득하는 방법 중 가장 자연스러움에 반대되는 것이다.

아리스토텔레스는 애초에 돈은 교환이 목적이지 이자를 늘리는 것을 상정하지 않는다며 고리대금업을 비판했습니다.

또한 중세 시대 가장 영향력 있던 신학자이자 철학자 토마스 아퀴나스Thomas Aquinas도 저서《신학대전》의〈이자의 죄에 대하여〉에서 성서를 종횡무진 누비며 사상을 전개하고 있습니다.

토마스 아퀴나스는 우선 이자의 죄를 네 가지 항목으로 나누어 검증했습니다.

제1항	빌려준 돈으로 이자를 받는 것은 죄인가?
제2항	어떤 사람은 빌려준 돈 때문에 뭔가 다른 편익을 요구할 수 있는가?
제3항	어떤 사람이 이자의 돈으로 취득한 것은 모두 반환하여야 하는가?
제4항	이자를 내는 조건으로 돈을 빌리는 것은 허용되는가?

토마스 아퀴나스의 논의 방식은 먼저 이자를 긍정적으로 받아들일 수 있는 성서 구절을 여러 항목 연결한 후, 그 모든 것을 마구 동강냅니다. 빈곤에 시달리는 사람을 돕거나 자선활동에 활용될 여지는 남기면서도 논리적으로 이자의 죄를 논파해나가는 토마스 아퀴나스의 솜씨에 등골이 오싹해졌습니다.

아리스토텔레스와 토마스 아퀴나스의 말대로, 애초에 시간은 인간의 것이 아니므로 이자를 받아선 안 된다며 고리대금업자는 비판받아왔습니다. 그런데 토마스 세들라체크의 특이한 점은 오히려 이 시간과 이자에 대해 독자적인 고찰을 했다는 것입니다. 그는《선악의 경제학》에서 이렇게 말합니다.

> 화폐는 어느 정도 에너지와 비슷하고 시간 축을 따라 이동할 수도 있다. 이 에너지는 매우 유용한 동시에 위험하기도 하다. 이 에너지를 시공간의 연속체 안에 두면, 어디에 두어도 거기에 무슨 일이 일어난다. 에너지로서의 화폐는 3차원으로 이동할 수 있다. 수직 방향(자본을 가진 자가 자본이 없는 자에게 빌려줌), 수평 방향(지리적 이동의 속도와 자유로움 정도는 세계화의 부산물, 아니 추진력임)은 물론 인간과는 달리 시간 축을 따라서도 이동할 수 있다. 화폐의 시간여행이 가능한 것은 바로 이자가 있기 때문이다. (중략) 화폐의 이러한 성질 때문에 미래의 에너지를 오늘날의 이익을 위해 이전할 수 있다. 채무가 미래에서 현재로 에너지를 이전할 수 있는 반면, 저축은 과거에서 현재로 에너지를 이전할 수 있다.

토마스 세들라체크는 이자의 발명으로 인간이 에너지를 과거와 미래 쌍방으로 이용할 수 있게 됐다고 말합니다. 사실 현재 다량으로 모인 돈의 에너지 총량은 GDP 통계로 측정할 수 있습니다. 하지만 그가 지적했듯이 만약 부를 얻기 위해 막대한 빚을 졌다면 그 부를 헤아리는 것이 도대체 무슨 의미가 있을까요.

'빌린 돈은 갚아야지'라는 믿음

근대 국민국가國民國家는 적자 지출 위에 성립하고 있습니다. 인정하고 싶지 않지만 소비자 부채와 대출은 우리 사회의 엔진이자 빼놓을 수 없는 구조로 자리잡고 있습니다.

국제통화기금IMF이나 국제사회는 항상 '부채'를 해결해야 할 핵심 과제라고 언급하지만 상황은 나아지기는커녕 계속 악화되고 있습니다. 왜 그렇게 된 걸까요?

인류학자 데이비드 그레이버는 '부채'의 본질을 이해하지 못한 것이 그 원인 중 하나라고 말합니다.

데이비드 그레이버가 쓴 《부채, 첫 5000년의 역사》(2014)는 700페이지가 넘는데, 그 시작을 여는 것은 어느 파티에서 알게 된 젊은 여성과의 대화입니다. 데이비드 그레이버는 자선단체에서 일하는 여성에게 자신이 참여하는 글로벌 저스티스 운동을 설명합니다. 그 단체의 행동 목표는 IMF가 최빈국에 지운 불합리한 채무를 탕감하는 일입니다. 자선단체에서 일하는 그 여성이 당연히 찬의를 표할 줄 알았던 그는 돌아온 답변을 듣고 깜짝 놀랍니다.

> "그들은 돈을 빌린 거예요. 빌린 돈은 당연히 갚아야죠(Surely one has to pay one's debts)."

IMF가 강압한 긴축 재정 때문에 1만 명 가까운 사람이 사망하고 있습니다. '자선단체'에서 일하는 그녀는 자식을 잃고 비탄에 잠긴 이들의 눈물보다 수입과 지출에 별반 영향이 없을 듯한 '메가뱅크'의 빚을 이들이 모두 갚는 것을 더 중시했습니다.

최빈국의 상당수가 이미 차용분의 서너 배가 되는 금액을 갚았는데도 '복리'가 일으키는 마법 때문에 거의 원금조차 줄지 않고 있습니다. 데이비드 그레이버는 "1만 명의 사망이 '돈을 빌렸음'이라는 이유로 정당화되는 이유는 무엇일까?"라는 의문을 품고 깊이 사색합니다. 그리고 "빌린 돈은 갚아야지"라는 그녀의 말이 어째서 강력한 정당성을 갖는지에 대해서 역사를 거슬러 올라가서 고찰합니다.

그는 부채의 역사를 살펴보며 다음의 두 가지 생각이 공존하고 있음을 발견합니다.

① 빌린 돈을 갚는 것은 순전히 윤리moral의 문제다.
② 습관적으로 돈을 빌려주는 사람은 누구든 사악하다.

그리고 두 가지 생각을 토대로 '빌린 돈은 갚아야 한다'는 윤리로 왜 불합리한 부채가 정당화되는지를 파고듭니다. 데이비드 그레이버는 "세속 세계에서 윤리는 대부분 다른 사람에 대한 의무를 다하는 것으로 성립되며 우리에게는 그러한 의무를 부채로 여기는 뿌리 깊은 경향이 있다"고 말합니다. 본래 의무와 부채는 같은 것이 아닌데도, 의무가 부채 상환의 논리에 따라 강화되고 더 나아가 폭력 및 화폐를 통한 수량화까지 깊이 관여함으로써 윤리적 혼란이 생겨 진실을 직시하기 힘들어졌다는 것입니다.

그 딜레마가 분명히 드러나는 것이 종교의 경제사상입니다. 데이비드 그레이버는 "세계 종교는 시장市場을 향한 분노의 고함이다. 또 한편으로 그러한 이의를 상업적인 관점으로 틀에 박히게 파악하는 경향 역시 세계 종교의 한 단면"이라며 그 양의성兩意性을 지적합니다.

있는 사람은 넘치고 없는 사람은 빼앗기는

종교학자 호사카 슌지保坂俊司는 《종교의 경제사상宗教の経済思想》(2006)에서 사회학자 막스 베버Max Weber가 미국을 떠났을 때의 에피소드를 몇 가지 소개하고 있습니다. 그중 다음은 막스 베버가 장거리 열차에서 합승한 보따리 상인에게 들은 이야기입니다.

> 나는 남 일에 일절 신경 쓰지 않습니다. 다만 어떤 교회에도 나가지 않는 농민이나 상인은 50퍼센트도 신용하지 않습니다. 아무것도 믿지 않는 자이니 제대로 돈을 낸다는 보증이 없잖아요?

또 어느 독일인 의사에게서 들은 이야기도 소개합니다. 한 환자가 진찰 전에 어째서인지 달라진 말투로 "저는 ○○거리의 뱁티스트(침례교) 교회에 다니는 신자입니다"라며 본인 이름을 댔다고 합니다. 이 독일인 의사는 치료와 관계없는 이야기에 당황했는데, 나중에 미국인 의사에게 물어보니 그것은 '진료비를 내지 못할까 봐 걱정할 필요가 없다'는 뜻이었다고 합니다. 막스 베버는 미국을 취재하며 신앙과 돈이 이어져 있음을 발견했습니다.

《성서》를 경제학 관점으로 분석한 토마스 세들라체크도 〈신약성서〉가 경제와 특히 깊은 관련이 있다고 서술합니다. 〈신약성서〉에서 경제나 사회, 부, 금전에 관련된 기술은 수천 줄이나 되며 그중에서도 경제에 관련된 언급은 열여섯 줄에 한 번씩 나온다고 지적합니다.

실제로 〈신약성서〉를 보면 '어리석은 부자'의 비유(〈루카복음〉 12장), '부정한 관리인'의 비유(〈루카복음〉 16장), '부자 의원'의 비유(〈루카복음〉 18장), '황제에게 내는 세금'의 비유(〈루카복음〉 20장) 등 돈과 관련된 이야기가 여럿 눈에 띕니다. 다만 거기에 서술된 메시지는 서로 모순적일 때가 많습니다.

은행가와 세무사, 회계사, 조합사의 수호성인守護聖人인 성 마태오는 〈마태오복음〉 6장에서 "당신들은 지상에 부를 쌓지 말라"고 확실히 말합니다. 그러나 25장에서는 '달란트'의 비유를 들며 그와 반대되는 말을 합니다.

어떤 사람이 여행을 떠날 때 종들을 불러 자기 재산을 맡겼다. 각자의 능력에 따라 한 사람에게는 5달란트를, 또 한 사람에게는 2달란트를, 또 다른 한 사람에게는 1달란트를 맡기고 여행을 떠났다. 5달란트를 받은 사람은 곧 가서 그것으로 장사하여 5달란트를 더 벌었고, 2달란트를 받은 사람도 2달란트를 더 벌었다. 그러나 1달란트를 받은 사람은 가서 땅을 파고 돈을 묻어두었다. 오랜 후 주인이 돌아와 그들과 청산을 시작했다.

의외로 셋 중 주인에게 가장 비난받는 사람은 1달란트를 묻어둔 하인입니다.

악하고 게으른 종이다. (중략) 그렇다면 내 돈을 은행에 맡겼다가 내가 돌아왔을 때 이자와 원금을 함께 받도록 했어야 하지 않느냐? (중략) 누구든지 있는 사람은 더 받아 넘치게 되고 없는 사람은 있는 것마저 빼앗길 것이다. 이 쓸모없는 종을 바깥 어두운 곳에 내쫓아라. 거기서 통곡하며 이를 갈 것이다.

마태오는 이자로 인한 재산 축적을 적극적으로 긍정하고 있습니다.

일반적으로 이자가 존재하지 않는다고 알려진 《코란》에도 다음과 같은 구절이 나옵니다.

> 이자를 받는 사람들은 사탄이 들려 쓰러졌다가 일어나는 사람처럼 허우적거리는 것밖에 하지 못한다. 그 이유는 그들이 "장사도, 이자를 받는 것과 같지 않은가"라고 말하기 때문이다. 신은 장사를 허락하고 이자를 받지 못하게 했다. (2장 275절)

> 신에게 좋은 대출을 해주는 사람은 누구인가. 그러면 신은 그것을 몇 배나 내리셨다. (2장 245절)

종교를 믿는 것과 돈을 버는 것 사이에는 언뜻 아무런 연결고리도 없어 보입니다. 그런데 가장 금욕적이고 자본주의에 적대적이라고 여겨지는 개신교Protestant가 자본주의 정신을 명백히 드러내고 있다고 주장한 책이 있습니다.

자본주의가 탄생한 장소

막스 베버는《프로테스탄트 윤리와 자본주의 정신》(1905)에서 자본주의의 정신과 청교도주의의 역사적 관계를 사회학적으로 고찰합니다. 이 책의 핵심 중 하나가 자본주의가 탄생한 장소입니다. 막스 베버는 '자본주의는 왜 영리營利를 적대시하고 금욕을 내세우는 개신교 국가에서 탄생했는지'를 파고듭니다.

사회학자 이매뉴얼 월러스틴Immanuel Wallerstein이 주요 저서 《근대세계체제》(1974)에서 밝힌 바와 같이 '헤게모니' 국가인 강대국 네덜란드와 영국, 미국은 프로테스탄티즘이 우세한 국가일 뿐만 아니라 자본주의 국가의 최전선이기도 합니다.

《프로테스탄트 윤리와 자본주의 정신》을 여러 번 읽어도 이해하기 어려운 이유는 '금욕을 권하는 개신교가 끝없는 탐욕을 발휘하는 자본주의를 구현시켰다'라는 주장 때문입니다. 막스 베버가 주목한 프로테스탄티즘 중 칼뱅파가 주장하는 '혜택에 의한 선택의 교설', 즉 예정설은 이 책의 불가사의함을 더 돋보이게 합니다. 막스 베버는 이를 1647년의 '웨스트민스터 신앙고백'으로써 설명합니다. 그 일부를 소개하면 다음과 같습니다.

> **제5항** 하느님은 인류 중 영원한 생명을 부여받을 사람들을 세계의 초석이 세워지기 전에 그의 영원불변한 지향과 그의 알 수 없는 의도와 선한 기쁨을 따라 그리스도 안에서 영원한 영광을 누리도록 선정하였다. 어떤 믿음이나 선행들 또는 그것들이 끝까지 유지될 것을 미리 보지 않고, 즉 피조물 안에서 하느님으로 하여금 그렇게 행하도록 하게 하는 조건들이나 원인들과 같은 다른 어떤 것들을 미리 보지 않은 채, 그저 순전히 값없이 주시는 은혜와 사랑으로 선택을 하셨다. 이 모든 것은 영광스러운 은혜를 찬미하도록

하기 위함이다.

영국의 시인이자 청교도 사상가인 존 밀턴John Milton은 예정설을 비판하며 "설사 지옥에 떨어지더라도 나는 이런 신을 도저히 존경할 수 없다"고 반발합니다. 요약해서 말하면, 예정설이란 각각의 사람이 구원받을지 받을 수 없을지는 처음부터 신에 의해 결정되어 있다는 교리입니다. 인간이 아무리 발버둥쳐도 그 결정을 바꿀 수 없으며 최후 심판의 날이 되어서야 그 결정의 내용을 알 수 있다면 나 또한 존 밀턴의 비판에 찬성합니다. 다만 중요한 것은 예정설이 어떻게 자본주의로 이어지느냐는 것입니다.

나는 이 책에서 처음 예정설을 읽었을 때 '자본주의는커녕 도리어 게으름을 피우게 되지 않을까?' 하고 생각했습니다. 예정설을 현대사회에 적용해보면, 내가 얼마만큼 일하든, 열심히 하든 하지 않든 승진이나 강등은 입사 시점에 이미 회사 대표가 결정했고 내게는 그 결정을 뒤집을 방도가 아예 없다는 것이니까요.

예정설에 따르면 인간의 의지나 노력은 아무런 가치가 없습니다. 선한 행위도, 좋은 직업도, 이웃에 대한 사랑도 똑같이 무가치합니다. 그렇다면 영리에 적대적인 청교도주의 사회의 지배계층은 도대체 어떻게 무조건 열심히 일하는 정신을 획득할 수 있었을까요?

막스 베버의 이론이 신비로운 이유는 예정설과 자본주의

에 다리를 놓아 그 연결고리를 정밀히 해석하기 때문입니다.

'시간은 돈'이라는 생각

막스 베버는 페르디난트 퀴른베르거Ferdinand Kürn-berger가 소개한 '벤저민 프랭클린Benjamin Franklin의 설교'를 사료로 제시하며 다음과 같이 설명합니다. "자본주의의 정신을 거의 고전적일 만큼 순수하게 포함하는 동시에 종교적인 것과의 직접적인 관계를 완전히 상실했기 때문에—우리가 다루는 주제에서는—'선입견이 들어 있지 않다'는 장점을 지닌다."

가장 먼저 소개된 벤저민 프랭클린의 말은 "시간은 화폐라는 것을 잊어서는 안 된다", 즉 "Time is money"입니다.

막스 베버는 벤저민 프랭클린의 설교를 통해 "자신의 자본을 증가시키는 것을 자기 목적으로 여기는 것은 각자의 의무"이며 이 설교의 '논리'에 위반하는 것은 "우둔할 뿐만 아니라 의무를 망각한 행위"가 되었다고 말합니다.

시간이 소중한 것이라는 생각은 고대 그리스 시대부터 계속 구전되어왔지만, '시간은 금'이라는 사상은 분명 그와는 차원이 다릅니다. 왜냐하면 시간이라는 추상적인 것을 화폐라는 개념으로 변환하기 위해서는 비약이 필요하기 때문입니다. 우리 대부분은 근무시간이 정해져 있고 시간 단위로 매일 일하다 보니 이 말이 전혀 이상하게 느껴지지 않을지 모르지만, 애초에 산업혁명 이전에는 일의 성과물 자체가 일을 측정하는 단위였습니다.

데이비드 그레이버는《불쉿 잡》에서 다음과 같이 서술합니다.

> 일단 '시간은 금'이 되어버리면 시간을 그저 '지나가는' 것 이상으로 '쓰거나 지출'할 수 있다. 심지어 낭비하거나 허비하거나 절약하거나 손해 보거나 견줄 수도 있다.

그리고 그는 "지금까지 존재해온 인간 사회의 대부분이 이를 의식하지도 않았다"면서 이러한 사고방식을 기묘하다고 말합니다. 더욱 놀라운 것은 시간과 돈을 교환할 수 있게 한 이 사고방식이 탄생한 이유가 '시간은 돈'이라는 메타포 그 자체라는 점입니다.

언어학자 조지 레이코프George P. Lakoff와 철학자 마크 존슨Mark Johnson이 함께 쓴《삶으로서의 은유》(1980)에 따르면, 우리 일상을 영위하는 모든 곳에 침투한 수사rhetoric나 은유metaphor는 단순한 시적 언어가 아니라 메타포 그 자체가 우리의 평소 생각이나 행동인 '개념체계의 본질'을 이루고 있다고 말합니다. 원래 메타포란 갑자기 발생하는 것이 아니라 일관된 체계를 가지고 있으며, 그 체계에 근거해 우리는 자신의 경험을 개념화한다는 것이죠. 특히 그중에서도 '시간은 금'이야말로 세계 여러 문화를 서구화한 계기가 된 메타포라고 분석합니다.

《삶으로서의 은유》의 일본어판 번역가 와타나베 쇼이치渡部昇一는 역자 후기에서 'Time is money'라고 처음으로 단언한 사람이 벤저민 프랭클린이며, 이 말이 유포되기 시작한 때가 산업혁명과 같은 시기인 것은 결코 우연이 아니라고 설명합니다. 그리고 이 메타포가 보급되면서부터 'time'에 대한 동사, 형용사, 글의 구성 등이 'money'와 동일한 의미로 변하고 이 단어를 사용하는 인간의 사고방식과 행동을 좌우하기 시작했다고 말합니다.

지속가능한 성장이란 없다

대공황이 한창이던 1930년 겨울, 경제학자 존 메이너드 케인스John Maynard Keynes는 「손자 손녀의 경제적 가능성Economic Possibilities for our Grandchildren」이라는 독특한 제목의 논문을 발표했습니다. 100년 후의 미래를 예측한 것이었습니다. 그는 이 논문에서 만약 인류가 '인구 증가를 억제하는 능력, 전쟁과 내전을 회피할 결의, 과학적 결정이 필요한 문제는 과학 분야에 맡기는 지혜, 자본을 축적할 공간'이라는 네 가지 요인을 지킬 수 있다면, 인류 역사상 처음으로 '경제적 최상의 행복'이라는 목적지에 도달할 거라고 예측했습니다.

존 메이너드 케인스는 우선 100년 후에는 선진국의 생활수준이 1930년의 네 배에서 여덟 배 좋아질 것으로 상정합니다. 그리고 생활수준이 여덟 배가 되면 일하는 시간은 하루 세 시간, 주 15시간으로 충분하다고 예측합니다. 경제문제는 해결되고 돈과 부의 축적에서 자유로워지며 여가를 보내는 방법을 고민하는 꿈같은 세계가 펼쳐지는 겁니다. 실제로 그의 예측대로 기술의 진보, 생산성 향상, 디지털 혁명으로 생활수준은 향상되었지만 그 이외의 예측은 거의 빗나갈 것 같습니다. 우리는 경제성장이 인류에 번영을 가져다줄 것이라고 믿었고 그래서 열심히 일해왔지만 아직도 만인의 번영은 이루어지지 않았습니다. 도대체 그 이유가 무엇일까요?

그 문제의 근원이 자본주의 자체에 있다고 주장한 사람이 경제사상가 사이토 고헤이齋藤幸平입니다. 그는《지속 불가능 자본주의》(2020)에서 "자본주의란 가치 증식과 자본 축적을 위해 새로운 시장을 끊임없이 개척해나가는 시스템"이라며 다음과 같은 커다란 질문을 던집니다.

> 세상은 경제성장을 위한 구조 개혁이 반복됨에 따라 오히려 경제 격차, 빈곤, 긴축이 갈수록 넘쳐났다. 실제로 세계에서 가장 부유한 자본가 26명은 빈곤층 38억 명(세계 인구의 약 절반)의 총자산과 같은 액수의 부를 독점하고 있다.
>
> 이것은 우연일까? 아니, 자본주의야말로 희소성을 창출하는

시스템으로 생각해야 한다. 우리는 자본주의가 풍요로움과 윤택함을 가져다준다고 흔히 생각하지만, 사실은 그 반대가 아닐까.

그리고 끝없이 욕망을 자극하는 자본주의 아래에서 사람들은 풍요로워지기는커녕 오히려 빚을 진다고 말하며 그 대표적인 예로 주택담보대출을 듭니다. 대출을 떠안은 사람들은 그것을 갚기 위해 장시간 일해야 합니다. 이런 장시간 노동이 과잉생산으로 이어지고, 나아가 집안일이나 집 보수 따위를 할 여유조차 빼앗기며 일상생활을 상품에 의존하게 되는 것입니다. 이처럼 자본주의는 사람들의 삶의 질을 의도적으로 계속 희생시키면서 발전하기 때문에 아무리 경제성장을 해도 그 혜택이 사회 구석구석에 미치지는 않습니다.

게다가 현대사회에서 일어나는 결정적인 문제, 즉 인권과 기후변화 등의 배경에도 자본주의가 관련되어 있다고 지적합니다. 무한한 경제성장을 목표로 계속 확대되는 자본주의와 제대로 대치하기 위해 사이토 고헤이는 칼 마르크스Karl Heinrich Marx의 저작물을 꼼꼼히 읽었습니다. 그는 저서《마르크스의 생태사회주의》(2019)에서 "마르크스가 경제학을 비판한 진정한 목적은 생태계적 관점이 없이는 제대로 이해할 수 없다"며 마르크스의 환경 사상에 새로운 지평을 열고 만년의 마르크스가 생각한 이상에 도달합니다.

마르크스가 만년에 품은 사상은 초기에 품었던 '생산력

지상주의'와 '유물론'이라는 진부한 사관에서 벗어나 공동체의 지속가능성과 경제성장을 좇지 않는 정상형 경제 원리를 도입한 '탈성장 코뮤니즘'입니다. 탈성장 코뮤니즘이란 더 많이 생산하는 것을 최고로 여기는 소비주의적 풍요 대신 '사용가치'를 더 중시하는 근본적 풍요가 실현되는 사회이며, 상호부조와 자치에 기초해 지구 자체를 코먼common(공유재산)으로 삼아 다 함께 민주적으로 관리하는 사회입니다.

우리는 어떻게 하면 잃어버린 코먼을 되찾을 수 있을까요?

'성장'은 왜 악몽이 됐는가

누구나 행복한 삶을 바랍니다. 그러나 아무리 열심히 일해도 생활은 풍족해지기는커녕 고통스럽기만 합니다. 《포지셔닝》(2000)으로 마케팅 분야에 혁명을 일으킨 잭 트라우트Jack Trout는 《빅 브랜드, 성공의 조건》(2002)에서 왜 기업이 실패를 거듭하는지를 자세히 분석하고 있습니다. 이 책에서 그는 신자유주의 경제학자 밀턴 프리드먼의 "기업은 꼭 성장할 필요가 없다"라는 말을 인용하며 "성장하고 싶은 바람이야말로 많은 기업이 망하는 결정적 이유"라고 마케팅 전문가답지 않은 말을 합니다. 그리고 그 상징으로 다음의 이야기를 소개합니다.

어느 미국인 사업가가 코스타리카의 작은 어촌에서 부두에 계류된 작은 보트를 발견했다. 어부 한 명이 타고 있던 그 보트 안에는 커다란 청다랑어 여러 마리가 들어 있었다.

미국인은 티코Tico(코스타리카인 남자)의 청다랑어를 칭찬하며 포획하는 데 얼마나 걸렸는지 물었다. 티코는 "아주 짧은 시간이 걸렸지요"라고 답했다. 그래서 미국인은 왜 시간을 더 들여 더 많은 청다랑어를 포획하지 않았느냐고 물었다. 그러자 티코는 "내 가족이 당장 먹을 정도의 양이면 충분하지요"라고 답했다.

미국인은 이어, 그럼 남은 시간에는 무엇을 하느냐고 물었다. 티코는 "늦잠 자고 일어나 고기잡이를 좀 하고, 아이와 놀고, 아내 마리아와 함께 낮잠을 자고, 매일 밤마다 마을을 돌아다니며 와인을 마시고, 친구들과 기타를 치지요. 매일 할 일이 많아서 바빠요"라고 답했다.

미국인이 비웃고는 말했다. "나는 월스트리트의 기업 대표요. 당신을 도와주지. 더 오래 고기잡이를 해서 큰 보트를 사고, 인터넷으로 홍보할 수도 있소. 성장 계획을 세우면 더 많은 돈을 벌어 새 보트를 몇 척이나 살 수 있소. 어쩌면 함대를 이룰 만큼 어선을 많이 소유할 수도 있지. 생선을 중간업자에 팔 게 아니라 직접 가공업자에게 팔 수도 있고. 머지않아 당신 소유의 가공 공장이 생길 수도 있고 말이네. 상품을 관리하고 가공하고 유통시킬 수 있지. 이 작은 어촌을 떠나 코스타리카의 수도 산호세로 가서 사업이 성공하면 로스앤젤레스나 뉴욕으로도 갈 수 있어. 어획부터 판매까지 통합해 확대된 기업의 일감을 제3자에게 아웃소싱할 수도 있고 말이야." 어부는 "그러려면 얼마나 오래 걸리나요?" 하고 되물었다. "15년에서 20년은 걸리네"라고 미국인이 답하자 "그럼 그 후에는 어떻게 되나요?"라고 다시 물었다. 미국인은 웃으며 "그게 핵심이야. 때가 되면 상장해서 기업의 주식을 팔면 당신은 부자가 되는 거지. 수백만 달러를 벌 수 있어"라고 답했다. "아, 수백만 달러요. 그럼 그다음에는 뭘 하죠?" 어부의 대꾸에 미국인은 이렇게 답했다. "은퇴해서 경치 좋은 작은 어촌에 내려와 늦잠도 자고, 고기잡이를 좀 하고, 아이와 놀고, 아내 마리아와 함께 낮잠을 자고, 매일 밤마다 마을을 돌아다니며 이웃들과 와인을 마시고, 친구들과 기타를 칠 수 있잖아."

이 이야기는 유명해서 직업과 설정을 바꾼 몇 가지 패턴이 있을 정도입니다. 공통적인 메시지는 '어부는 처음부터 행복했다'는 것입니다.

미국인 사업가의 추천대로 어부가 사업을 시작했다고 해서 성공할지는 알 수 없습니다. 설령 성공할 수 있다고 해도 '그다음에 어떻게 할 것인지'가 없으면 의미가 없다는 것은 현대사회에 대한 통렬한 야유입니다.

돈으로 무엇을 살 수 있는가

2015년 그리스 금융위기 때 재무장관을 지낸 야니스 바루파키스Yanis Varoufakis는 저서《작은 자본론》(2013)에서 "경제는 자연과 달리 우리가 어떻게 생각하느냐에 영향을 받아 요동친다"며 우리의 생각에 따라 미래가 달라진다고 말했습니다.

> 모두가 끝이 오리란 것을 알면 화폐경제는 계속될 수 없다. 화폐경제의 지속 여부는 전부 사람들이 신뢰하느냐에 달려 있다. 오이디푸스의 신화처럼 붕괴를 예측하는 것만으로도 경제는 붕괴되고 만다.

야니스 바루파키스에 의하면 경제학은 '공식이 있는 신학'이고, 경제학자는 '옛날 점술사'와 같습니다. 그는 "경제를 학자에게 맡기는 것은 중세인이 자신의 명운을 선학자나 교회나 이단 심문관에 맡긴 것과 같다. 즉 최악의 방식"이라고 설명합니다. 사실 경제학의 시조 애덤 스미스는 도덕철학 교수였고, 도덕철학은 원래 신학의 일부였습니다.

야니스 바루파키스의 말처럼 경제가 우리의 생각에 따라 바뀌는 점술 같은 것이라면, 절차탁마해 일류기업에 취직하고 재산을 모으고 투자에 힘쓴다고 해도, 극단적으로 말해서

전 재산을 날릴 가능성이 없는 것은 아닙니다.

실제로 경제학자 존 케네스 갤브레이스John Kenneth Galbraith는《금융 도취의 짧은 역사A short history of financial euphoria》(1994)에서 왜 투자자들은 폭락이 닥칠 때까지 '나'만은 현명하다고 믿는지, 그 수수께끼를 풀기 위해 지난 수 세기 동안의 투자 사례를 구체적으로 분석합니다. 존 케네스 갤브레이스는 투자의 역사를 되돌아본 후 "모든 투자 사례의 공통점은 세상에 뭔가 새로운 것이 나타났다는 생각"이었다고 지적합니다. 그에 따르면 "투자는 상업 혹은 금융 분야에서 언뜻 보기에 새로운 무언가에 대해 대중적 상상력이 정착될 때 일어난다. 이 역할을 처음 맡았던 것 중에는 아름답고 다채로운 튤립이 있다"라고 서술합니다.

훗날 '튤립 광Tulipomania'으로 역사에 기록된 이 폭발적인 투기는 17세기 초 네덜란드에서 일어났습니다. 튤립의 아름다움과 희소성으로 가격이 계속 오르자 너도나도 투자하려는 움직임이 일어났습니다. 그 결과 튤립 가격은 엄청나게 치솟아 '새 마차 한 대, 갈색 말 두 마리, 마구 한 벌'과 교환이 가능해졌죠. 가격이 오를 때마다 더 많은 사람이 투기에 참여해 끝도 없이 상승할 것 같았지만 갑자기 전세가 역전되었습니다. 튤립 가격이 폭락한 것입니다. 그 결과 갑자기 빈털터리가 된 사람, 파산한 사람이 속출해 네덜란드 경제는 심각한 타격을 입었습니다.

노벨 문학상을 수상한 미국의 작가 존 스타인벡John Steinbeck

은《분노의 포도》(1939)에서 거품경제가 꺼지고 대공황을 맞은 미국의 참혹한 현실과 광란을 그려냅니다. 그것은 자본주의에 농락당하고 자기 땅에서 착취당하고 속고 맞고 굶고 죽어가는 구원받지 못한 불쌍한 인간의 모습입니다.

> 비옥한 땅에 심긴 과일나무가 억센 줄기를 가지런히 늘어놓고 탐스러운 과실을 맺었다. 그런데 오렌지가 이익을 가져다주지 않자 아이들은 니코틴산 결핍증으로 죽어갔다. 사람들이 일부러 식량을 폐기하는 구조 때문에 검시관은 사망증명서 사인死因란에 '영양실조'라고 써넣을 수밖에 없다.

과일 가격을 올리기 위해 오렌지에는 호스로 석유가 뿌려졌습니다. 커피는 배의 연료가 되었고 옥수수는 불을 떼는 장작이 되었습니다. 돼지는 죽여서 묻히고 식용 감자도 강에 버려졌습니다. 그 결과 바보 같은 시스템을 돌리기 위해 구원받을 수도 있었을 100만 명이 굶었습니다.

이 이야기가 소설로 끝나지 않는 것은 오늘날 우리 자신의 일상생활도 같은 문제에 직면해 있기 때문입니다. 그것을 가르쳐주는 책이 야마자키OK컴퓨터ヤマザキOKコンピュータ의《쓸모없는 미래를 바꿀 수 있을지도 모르는 투자 이야기くそつまらない未来を変えられるかもしれない投資の話》(2020)입니다. 야마자키OK컴퓨터는 "격차는 돈의 시스템이 만들어낸 부산물로 재난과 같은 것"이라고 지적하며 현대사회의 큰 문제점을 두 마리의 나쁜

용 '가쿠사(격차)'와 '오센(오염)'의 우화로 풀어냅니다.

우선 첫 번째 용 가쿠사의 탄생에는 농경이 깊이 관련되어 있습니다. 남아도는 밀 더미 속에서 화폐가 생기고 인간이 저축과 빚을 배움으로써 가쿠사는 몸을 키웁니다. 이어서 가쿠사는 인신을 부호와 빈민으로 갈라놓고 싸움을 붙이거나 굶어 죽게 하거나 자살로 몰아넣거나 전쟁을 일으켜 사람들을 계속 선동합니다.

게다가 가쿠사는 대량의 석회를 사용해 인간 노동의 기계화를 촉진하는데, 이 석회 불 속에서 두 번째 용 오센이 탄생합니다. 오센은 석회의 거대한 불길 속에서 탄생해 '열의 오센', '바람의 오센', '물의 오센', '흙의 오센', '핵의 오센' 등 한 몸에 다수의 머리를 가진 환경오염의 히드라로 맹위를 떨칩니다.

야마자키OK컴퓨터가 강조하고 싶은 점은 두 마리의 용에게는 자신의 의지가 없다는 것입니다. 두 마리의 용을 만들어낸 것은 어디까지나 인간이고, 그 악의 근원에는 구조적으로 부의 보존이라는 '돈'의 본질이 관련되어 있습니다. 즉, 우리가 마주해야 할 것은 '도대체 돈이 무엇이냐'인 것입니다.

미래는 이미 여기 와 있다

나는 학교 선생님이나 직장 상사로부터 종종 "네 머리로 생각해봐"라는 말을 듣곤 했습니다. 하지만 이 말은 두 가지 점에서 잘못됐다고 가르쳐준 책이 있습니다. 바로 철학자 노야 시게키野矢茂樹의 《처음 생각할 때처럼》(2001)입니다.

노야 시게키는 우선 '생각'은 머리나 뇌로 하는 일이 아니라 손이나 종이를 사용해서 하는 일이라고 말합니다. 또 생각은 나 혼자서 하는 것이 아니라 '사람과의 만남'에서 얻는 것이라고 말합니다. 원래 '자신의 머리로 생각하는 것'은 타인에게 좌우되지 말고 본인의 의견을 가지라는 의미인데, '의견을 갖다'와 '생각하다'는 전혀 다르다고 지적합니다.

> 언어가 없으면 생각할 수 없다. 그리고 언어란 자기 혼자서 만들어낼 수 없고, 커뮤니케이션을 필요로 하는 집단이 역사 속에서 만들어가는 것이다. 그렇다면 언어를 사용하는 이상 거기에는 타인의 압도적인 영향력이 작용한다.
> 새로운 언어만이 새로운 가능성을 열어준다. 새로운 언어 또한 타인에게서 온다. 우리는 타인으로부터 언어를 배웠고 지금도 타인으로부터 언어를 배우고 있다. (중략) 우리는 보이지 않는 틀에 얽매여 있다. 보이지 않는 무수한 틀이 없으면

> 생활할 수 없다. (중략) 하지만 생각하는 것은 그러한 보이지 않는 틀과의 싸움이기도 하다. 보이지 않는 적과의 싸움, 그것은 너무도 어렵다.

노아 시게키는 우리가 생각할 때 사용하는 것은 머리가 아니라 '언어'이며, 언어를 주의 깊게 관찰하면 거기에는 '보이지 않는 틀'이 있다고 말합니다. 그리고 이 틀을 가시화하는 것이 '사람과의 만남'이며, 닫힌 세계를 열려면 '새로운 언어'가 필요하다고 말합니다.

우리는 '돈'이 초래한 닫힌 세계를 열 새로운 언어를 어떻게 획득할 수 있을까요?

돈은 처음에 '부채'라는 형태 없이 '개념'에서 시작되었습니다. 그러다가 '화폐'라는 육체를 손에 넣고 '이자'라는 마술과 결합함으로써 그 활동 범위를 대폭 확대했습니다. 종교와 결합되어 확고한 지위를 얻게 되자 한층 더 '시간'과 결합해 세계를 변혁했습니다.

돈의 기원부터 미래까지의 역사를 살펴본 데이비드 버치는 "돈은 물건이 아니라 테크놀로지"라는 사실을 알려주었습니다. 돈의 근원인 부채의 역사를 정성껏 풀어낸 데이비드 그레이버는 "자선단체에서 일하는 여성이 1만 명에 가까운 사람들의 목숨보다 채무를 갚는 것이 더 중요하다고 생각할 정도로 부채의 개념은 강력하다"는 현실을 알려주었습니다. 토마스 세들라체크는 인문 지식을 총동원하여 "이자의 본질이 미래를 포함한 모든 것에 대한 선점"이라고 밝혔습니다. 그 모습은 마치 '의자 차지하기' 게임 같습니다. 음악에 맞춰 사람이 의자 주위를 걷다가 갑자기 음악이 그쳐 앉으려고 하면 의자는 항상 하나가 부족하지요.

토마스 세들라체크는《선악의 경제학》에서 '성장자본주의와 석 잔째 맥주'에 대해 다음과 같이 서술합니다.

> 술집에 손님이 셋 있는데 맥주가 두 잔밖에 없는 상황을 상상해보자. 어떻게 나누는 것이 공평할까?
> 가장 가난한 사람한테 맥주 없이 즐기라고 할까? 아니면 가장 돈이 많은 사람? 여자? 아니면 술을 좋아하는 사람에게 양보해야 할까? 한 번도 맥주를 마셔본 적이 없는 사람에게 양보해야 할까? 아, 술집 주인에게 결정권이 있는 것일까?
> 여기에는 경제와 철학의 복잡한 문제들이 존재한다. (중략) 그러나 이 귀찮은 문제는 '석 잔째 맥주'가 마법처럼 테이블에 등장하는 순간 해결된다. 세 사람 모두에게 맥주가 한 잔씩 돌아간다. 모든 일이 해결되고 웃음꽃이 핀다. (중략) 이 '석 잔째 맥주'의 마술은 경제성장을 상징한다. 그리고 현재 경제가 안고 있는 문제는 석 잔째 맥주가 나타나지 않았다는 것이다. 요컨대 경제가 성장하지 않았다는 말이다. 그러면 경제성장이 풀어야 할 철학적 난제로 돌아가야 한다.

이것이 우리의 현 상황입니다. 물론 우리가 마주해야 할 난제는 경제성장만이 아닙니다. 동화작가 고미 타로五味太郎는 《쇼핑 책買物繪本》(2010)에서 돈으로 무엇을 살 수 있는지를 이야기로 엮었습니다.

돈으로 '돈에 얽매이지 않는 삶'을 살 수 있습니다.
돈으로 '돈을 쓰지 않는 삶'을 살 수 있습니다.
돈으로 굳이 '검소한 삶'을 살 수 있습니다.
즉 '부자연스러운 삶'을 살 수 있다는 뜻입니다.

돈으로 상품의 가치를 측정할 수 있다면 인간의 삶과 관련된 대부분의 것을 돈으로 살 수 있습니다. 가령 우리는 과자를 사 먹어서 충치가 생기고 다시 충치를 치료하려고 돈을 씁니다.

상품에는 반드시 가격이 있습니다. 그러나 이 가격이 어떻게 정해지는지 그 과정을 전부 알 수는 없습니다. 어떤 사람이 만들고, 어디에서 운반되어 우리 눈앞까지 온 걸까요? 우리의 인생을 우리 자신의 손으로 되찾으려면 지갑 속에 있는 적은 돈을 쓸 때에도 오늘 어디에서 무엇을 살지, 누구에게서 살지, 내 돈을 누구에게 맡길지를 신경 쓰는 것부터 시작해야 하지 않을까요?

경제학은 단순히 돈을 벌기 위한 학문이 아닙니다. 노벨 경제학상을 수상한 아비지트 배너지Abhijit V. Banerjee가 에스테르 뒤플로Esther Duflo와 함께 쓴 《힘든 시대를 위한 좋은 경제학》(2019)이 전하는 메시지는, '좋은 경제학'이란 '더 인간답게 살 수 있는 세상을 만든다는 목적에 가까워지기 위해' 불을 밝힌 희망이며, '희망이야말로 인간을 나아가게 하는 연료'라는 것입니다. 우리 개개인의 인생을 소비하고 희생하는 것이 아니라 긍정적으로 희망의 불을 계속 밝혀나가려면 도대체 무엇이 필요할까요?

보이지 않는 틀을 직시하고 새로운 가능성을 열기 위해 내가 할 수 있는 일은 많지 않지만, 날마다 들어오는 신간을 서가에 진열하여 '희망을 밝히는 말'을 소개하는 일에 힘쓰려 합니다.

우리가 생각할 때 사용하는 것은 머리가 아닙니다.

'언어'입니다. 언어를 주의 깊게 관찰하면

거기에는 '보이지 않는 틀'이 있습니다.

이 틀을 가시화하는 것이 '사람과의 만남'이며,

닫힌 세계를 열려면 '새로운 언어'가 필요합니다.

제5장

우리는 왜 지금처럼 먹게 됐을까

현대의 식탁과 요리의 기원

어렸을 때부터 맛있는 음식을 좋아했습니다. 초등학생 때 생일날이 되면, 어머니에게 컵라면을 장바구니 한가득 사달라고 졸랐습니다. 중학생이 되고 나서는 생일날 '특별식'이 바뀌었는데, 맥도날드에 가서 식판 한가득 감자튀김을 담고 피라미드처럼 쌓아 올린 햄버거를 먹었습니다. 한입 가득 햄버거를 베어 물고 함박웃음을 지었더랬지요.

고등학생이 되면서 독서량이 쌓이자, '많이 먹는 것' 외에도 음식의 즐거움이 있다는 걸 알게 되었습니다. '맛있는 음식'을 먹으려면 어떻게 해야 하는지 알고 싶어 책을 찾아보았는데, 처음에는 어떤 책을 읽어야 할지 몰라 음식 카테고리의 첫 칸부터 읽기 시작했습니다. 그렇게 만난 책이 이케나미 쇼

타로池波正太郎의 《남자의 예절男の作法》(1984)입니다. 나는 이 책을 읽고 소바 먹는 법과 초밥 주문하는 법을 배웠습니다.

난생처음 아르바이트를 하고 처음으로 급료를 받은 날, '내가 번 돈으로 먹는 첫 끼'를 선택하는 순간이 오자 왠지 신중해졌습니다. 가이코 다케시開高健의 음식 소설 《새로운 천체新しい天体》(2006)를 읽고 곧바로 오사카에 있는 어묵바 '다코우메たこ梅'로 향했습니다. 또 야마구치 히토미山口瞳의 《단골 가게行きつけの店》(1999)에 나오는 가게도 들렀고요. 책에는 음식 가격이 적혀 있지 않아서 내 아르바이트비로 감당 가능할지 걱정되어 음식점 문을 열 때 다소 용기가 필요했습니다. 160년간 이어온 전통, 여러 매체에 소개된 유명세에도 불구하고 점심 메뉴 가격이 합리적이었습니다. 그 이후로 식도락 에세이를 읽고, 책에 나온 가게를 찾아가 음식 맛보기를 즐겼습니다.

대학에 입학해 도쿄로 상경한 뒤에는 JR중앙선 헌책방을 샅샅이 훑던 중 헌책방 주점 '칵테일'을 만났습니다. 돌이켜보면 이때가 내 독서 인생에 혁명을 맞은 시기였습니다. 칵테일에서는 문학작품 속에 그려진 요리를 실제로 '작가 요리'라는 메뉴로 맛볼 수 있었습니다. 그 레시피는 《작가 요리 입문文士料理入門》(2010)이라는 책으로도 읽을 수 있지만, 가게에 가면 다케다 유리코武田百合子의 가지당근볶음, 단 가즈오檀一雄의 다이쇼 고로케, 우노 지요宇野千代의 조폭 스키야키를 직접 먹어볼 수 있었죠. 칵테일에 들르면서부터 책을 읽는 것에 그치지 않고, 머릿속으로만 상상했던 요리를 직접 먹어볼 수도 있어서 독서의 폭이 훨씬 넓어졌습니다.

일본 식탁 100년사

1917년(다이쇼 6년)에 창간되어 '주부主婦'라는 단어를 세상에 정착시킨 잡지가 있었습니다. 2008년(헤세이 20년)에 휴간한 〈주부지우主婦之友〉(1954년 〈주부의 친구主婦の友〉로 개칭)입니다. 이 잡지가 걸어온 약 100년의 역사를 엮은 《일본의 주부 100년의 식탁ニッポンの主婦１００年の食卓》(2017)에 따르면, 지금처럼 매일 매끼 다른 요리를 만들게 된 것은 고도 경제성장기 이후입니다. 그전까지 일반 가정의 식탁에는 국 한 그릇, 반찬 한 가지가 올라왔고 때때로 주요리가 있거나 없는 정도였습니다.

쇼와 초기, 즉 1930년대에는 세계적 경제 대공황, 만주사변, 2·26사건(1936년 2월 26일 일본 군부의 일부 청년 장교들이 중심이 되어 일으킨 국수주의적 반란 사건—옮긴이) 등 전쟁의 광풍이 불어닥친 시기였는데, 어쩐 일인지 주방은 그와 반대로 점차 분위기가 밝아졌습니다.

1926년부터 1935년까지는 봉급생활자가 급증하고 〈주부지우〉도 100만 부를 돌파했습니다. 주방 구조를 좌식에서 현재와 같은 입식으로 고치는 가정도 늘어났고요.

일본 고도성장기인 1952년부터 1973년이 되자, 태평양 전쟁 패전으로 최악의 상태에 빠진 일본은 한국전쟁의 특수로 경제가 급성장합니다. '전업주부'라는 말이 탄생한 것도 이 무렵입니다. 매일 똑같은 옷을 입던 일본인이 매일 씻고 깨끗한 옷으로 갈아입고, 매일 똑같은 국과 반찬만 먹다가 다양한 식단의 식사를 식탁에 차릴 수 있었죠. 이 시대에 탄생한 요리가 바로 지금 우리가 알고 있는 '가정 요리'입니다.

원래 일본에서 가정 요리는 전쟁 이후 국가의 주도로 시작되었습니다. 처음에는 국민의 영양 상태를 개선하기 위한 운동으로서 보건소 같은 곳에서 수시로 "고기와 치즈를 먹자", "기름으로 볶자" 하고 알렸지만, 당시 전업주부들은 고기와 유제품, 기름 같은 식재료에 익숙하지 않아 어떻게 다루어야 할지 잘 몰랐습니다. 이런 전업주부들의 고민에 응답한 것이 주부를 타깃으로 한 잡지와 TV 프로그램의 '양식 만드는 법' 가이드입니다.

1955년은 TV 방송국이 개국한 때이기도 하고, 니혼TV의 〈마님 요리 메모〉나 NHK의 간판 요리 프로그램 〈오늘의 요리〉의 원형이 등장한 해이기도 합니다. TV를 통해 전문가의 노하우가 각 가정에 전달되었죠. 기시 아사코岸朝子와 같은 초창기 요리 저널리스트들이 '누가 만들어도 같은 맛이 나는 레시피'를 완성했고, '직접 만드는 가정 요리'가 이 시기에 널리 퍼졌습니다.

또한 1955년은 도시바가 일본 최초로 자동식 전기솥을 내놓아 가전 혁명을 일으킨 해입니다. 자동식 전기솥은 일본의 생활양식에 큰 변화를 가져왔습니다. 1956년의 경제백서에는 "이제 '전후戰後'는 끝났다"라고 기록되어 있으며, '신의 기기 3종(흑백텔레비전, 세탁기, 냉장고)'이 가정에 빠르게 보급되기 시작합니다.

의외인 점은 당시 혁명적인 가전 도입이 여성의 가사 시간을 줄여주지는 않았다는 것입니다. 오히려 편해진 만큼 전업주부는 새로운 일을 늘렸습니다. 그중 하나가 '직접 만든 가정 요리'였습니다. 수고는 들이지 않으면서 시간은 쏟는 집안일이야말로 사랑의 증표로 여겨지며 찬양된 것이 당시의 특징입니다. 잡지나 TV에서도 '손수' 하는 것이야말로 '엄마의 사랑'이라고 거듭 호소했죠.

1970년대는 주부 잡지의 황금기였습니다. 이때부터 매일 다른 식단으로, '국물 하나 반찬 세 가지'를 갖추어야 진정한 가정 요리라 여겨지게 된 것입니다.

시간 절약형
요리의 혁명

이윽고 이러한 시대 흐름에 반기를 드는 요리연구가들이 등장합니다. 그 선봉이 1968년 카파

북스에서 간행되어 22만 부 넘게 팔린 이누카이 도모코犬養智子의 《집안일 비법서: 땡땡이 잘 치는 법 400家事秘訣集: じょうずにサボる法 400》입니다. 이누카이 도모코는 편리한 주방과 풍부한 식재료, 나날이 풍족해지는 사회 속에서 가족을 잘 돌보는 것이 주부의 일이라는 '전업주부의 프로의식'이 계속 높아졌다고 먼저 인정합니다. 하지만 그녀는 집안일은 가족이 쾌적하게 살아가기 위한 수단일 뿐 주부의 생애 목적이 되어서는 안 된다며, 전업주부가 입 밖으로 내뱉지 못한 속마음도 대변했습니다.

시점은 다르지만, 기리시마 요코桐島洋子 또한 1976년에 출간된 《똑똑한 여자는 요리를 잘한다聰明な女は料理がうまい》에서 "여자의 자립은 부엌의 자립에서" 시작된다고 말하면서, '전업주부'들에게 다음과 같이 조언했습니다.

> 세상에는 수고를 들이면 들일수록 마음이 담긴다고 믿는 사람이 많다. 더구나 그런 사람은 옛날 방식이나 절차를 무작정 고집하고 합리화나 간소화에 눈살을 찌푸린다. 그런 시끄러운 선배의 설교가 물론 유익하기도 하지만, 적당히 받아들이지 않으면 자칫 '요리가 이렇게 귀찮은 거였어?' 하고 아예 의욕을 잃어버릴 우려가 있다.

요리가 번거로운 일이 되어서는 안 된다며 주부의 부담을 덜어준 것입니다.

'수고를 들여 정성을 담은 요리'에서 '시간 절약형 요리'로 흐름을 결정적으로 바꾼 사람은 "수고로움 없는 요리도 맛있다"라고 명확하게 말한 요리연구가 고바야시 가쓰요小林カツ代입니다. 손수 만든 요리가 당연한 시대에, 인스턴트 돈가스로 돈가스덮밥을 만드는 것도 훌륭한 가정 요리라며 시대의 흐름을 바꾼 것이지요. 고바야시 가쓰요는 사망 전까지 고안한 레시피가 1만 개가 넘고, 집필한 요리 책도 230권이 넘을 정도로 활발하게 활동했습니다. 그녀의 대표작 '고기감자조림'은 후지TV 계열의 TV 프로그램 〈요리의 달인〉에 1944년 8월 26일에 출연해, 중화요리의 달인 진 겐이치陳建一와의 대결에서 승리를 안겨준 요리입니다. 그러나 그녀가 힘을 쏟은 것은 창작 레시피 수를 높이는 것도, 요리의 달인이 되는 것도 아니었습니다. 고도 경제성장이 만들어낸 '가정 요리' 사상 그 자체였습니다.

고바야시 가쓰요는《음식의 사상食の思想》(2017)에서 "나는 '가정 요리'란 말 뒤에 끈적끈적한 무엇이 숨어 있는 것 같다. 거기에는 '가정 = 주부 = 식사 만드는 사람'이라는 도식이 딱 보인다"라고 말하며 고도 경제성장기에 정착한 가정 요리의 숨은 배경을 비판하고 있습니다.

또 시대의 변천과 함께 가정 요리 그 자체도 달라졌습니다. 요리 분야 베스트셀러에는 그 변화가 여실히 드러납니다. 고바야시 가쓰요와 함께 가정 요리의 양대산맥이라 불렸던 구리하라 하루미栗原はるみ는《잘 먹었습니다가 듣고 싶어서ごちそ

うさまが,ききたくて》(1992)에서 1990년 이후 맞벌이 시대에 걸맞은 레시피를 고안해 밀리언셀러에 올랐습니다.

2000년대에 들어서며 이번에는 '요리하는 젊은 남성'에게 이목이 집중되었습니다. 후지TV 계열 프로그램 〈SMAP×SMAP〉에서 크게 히트한 연예인 요리 코너를 책으로 엮은 《집에서 간단! 비스트로 스맙おうちで簡単!ビストロスマップ》(2011)이나 《하야미 모코미치가 만드는 레시피 50速水もこみちが作る50のレシピ》(2010)과 같이 연예인의 요리 책이 인기가 많았습니다. 동시에 고바야시 겐타로ケンタロウ, 구리하라 신페이栗原心平, 고겐테쓰コウケンテツ 등의 요리연구가도 주목을 받았습니다.

이외에도 중년의 주인공이 혼자서 묵묵히 도쿄의 식당을 순례하는 이색 하드보일드 맛집 투어 만화 《고독한 미식가》, SNS 시대를 상징하는 인기 블로거 야마모토 유리山本ゆり의 《syunkon 카페 음식syunkon カフェごはん》 요리 책 시리즈, 인스타그램 팔로워가 많은 사람의 책, 당질 제한을 테마로 한 책 등 요리 분야의 베스트셀러는 시대와 함께 빠르게 변화하고 있습니다.

2016년에는 요리연구가 도이 요시하루土井善晴의 《국 한 그릇, 반찬 하나로 좋다는 제안一汁一菜でよいという提案》과 요리 레시피 대상을 수상한 노조미nozomi의 《만들어두기: 주말에 몰아서 만드는 레시피つくおき: 週末まとめて作り置きレシピ》(2015)가 베스트셀러가 됐습니다. 시스템엔지니어로 근무하는 워킹맘 노조미는 주말에 일주일치 반찬을 한꺼번에 만들어놓는 노하우를 터득

합니다. 그 레시피를 기록한 블로그 '만들어두기'가 맞벌이 가정을 중심으로 큰 인기를 얻어 주목을 받았습니다.

시간 절약형 요리 트렌드는 이후 더 가속화되어, 2019년에는 《의욕 따위 필요 없는 100가지 레시피》(2019)가 요리 레시피 대상을 수상합니다. 이제 집안일은 '빠르고 효율적으로' 하는 게 시대의 표준이 됐습니다. 같은 해 요리 레시피 대상의 에세이 부문 수상작 《요리는 고통이다料理が苦痛だ》(2018)는 '왜 여자가 요리를 해야 하는가'라는 본질적인 의문을 제기합니다.

또 경제평론가 가쓰마 가즈요勝間和代는 《가쓰마식 초논리적 요리勝間式超ロジカル料理》(2020)에서 "요리는 품을 들일수록 맛없어진다"며 기존의 관념을 깨뜨립니다. 기술이 발달한 현대에는 빨래는 세탁기가, 건조는 건조기가, 청소는 로봇청소기가 맡아 해 집안일 부담이 크게 줄어들었습니다. 그런데 왜 요리는 이런 테크놀로지의 물결이 오지 않느냐고 그는 묻습니다. 그는 냄비와 프라이팬 대신 '조리 가전'을 이용하면 가정의 행복도를 더 높일 수 있다며 자신만의 요리 레시피를 공개하고 있습니다.

음식의 한 장르인 '가정 요리' 하나만 봐도 이처럼 계보가 방대하며 그 시대를 사는 인간 및 사회와 밀접하게 연결되어 있습니다.

농경도 식문화

고대 로마의 시인 베르길리우스 Vergilius Maro가 농경을 요리의 한 형태로 여겼던 것처럼, 식문화를 둘러싼 생각과 발상의 차원은 각각의 지역과 문화, 역사에 따라 다릅니다. 어떤 문화에서는 '좋은 냄새'로 여겨지는 것이 다른 문화에서는 생각만 해도 역겨운 것이 되기도 하고, 종교적인 이유로 먹을 수 있는 것과 없는 것이 엄격하게 나뉘기도 하지요. 오랜 역사의 전통 못지않게 음식 문화의 배경도 각 사회와 밀접한 관계를 갖습니다.

특히 음식과 전쟁은 서로 긴밀히 연결되어 있습니다. 모든 동물은 먹이를 두고 서로 싸웁니다. 당연히 고기든 채소든 음식으로 조리된 것은 원래 살아 있던 생물이었습니다. 생물은 에너지를 서로 빼앗으며 살고 있습니다. 그것은 인간도 마찬가지지요.

일본 환경성이 발표한 '일본 식품폐기물 및 식품손실 발생량 추계치(2018)'에 따르면 먹을 수 있는데도 버려진 식품이 무려 600만 톤이나 됩니다. 상상하기 어려울 만큼 방대한 양입니다. 그만큼 먹을 것이 풍족하지만, '후생노동성의 인구동태조사(2018)'에 따르면 식량 부족에 따른 사망자가 남성 15명, 여성 7명으로 집계돼 아사餓死 문제는 아직 해결되지 않았습니다. 2007년 7월, 생활보호대상에서 제외된 한 남성이

"삼각김밥이 먹고 싶다"는 메모를 남기고 굶어 죽은 채 발견됐다는 뉴스 보도는 여전히 충격으로 남아 있습니다.

아사 문제뿐만 아니라 한 나라의 운명을 뒤흔들 수 있는 기근 문제도 해결되지 않았습니다. 현재 기후변화의 영향을 직격탄으로 맞은 아프리카에서는 사막 메뚜기 떼가 습격해 구약성서에서나 볼 법한 초유의 대기근이 일어났습니다.

거시적인 것부터 미시적인 것까지 음식이라는 주제는 다방면에 걸쳐 있기 때문에 그 장르 하나하나를 살펴보기가 쉽지 않습니다. 하지만 우리가 매일 앉는 식탁에 대해서, 그리고 인간에게 식사를 한다는 것은 어떤 것이고, 그 식사가 '맛있다'라는 것은 또 어떤 의미인지에 대해 한 번쯤 생각해보고 싶었습니다.

요리를 못하는 현대인

미식가로 알려진 브리야-사바랭Brillat-Savarin은 저서 《미식 예찬》(1825)에서 "어떤 것을 먹고 있는지 말해보라. 당신이 어떤 사람인지 맞혀보겠다"라는 명언을 남겼습니다. 이것을 "마트의 카트에는 인생이 가득 차 있다"며 마트 카트로 바꿔 비유한 사람이 있습니다. 바로 미국의 요리사 캐슬린 플린Kathleen Flinn입니다.

캐슬린 플린은 박스 포장된 가공식품이나 냉동식품, 통조림만 고르고 있는 어느 주부의 카트를 따라갑니다. 그리고 대담하게도 초면인 주부에게 말을 걸어 요리법을 알려줍니다. 또 제대로 식단을 짜서 직접 식재료를 구입하면, 비싸다고 알려진 유기농 식재료를 쓰고도 최종 가격만 따져보면 도리어 저렴한 비용으로 음식을 만들 수 있고, 무엇보다도 몸에 좋은 음식을 먹을 수 있다고 설득합니다. 그녀는 왜 그런 참견을 시작하게 된 걸까요?

예전에 캐슬린 플린은 다니던 회사에서 갑자기 정리해고를 당해 백수가 된 적이 있었습니다. 직장을 잃고 우울해하던 당시에 애인이 잃어버렸던 꿈을 되찾게 해준 이야기를 플린은《칼이 날카로울수록 눈물은 잦아든다The Sharper Your Knife, the Less You Cry》(2007)에 소개한 바 있습니다. "만약 무엇이든 할 수 있다면 어떤 인생을 살고 싶어?"라는 애인의 질문에 그녀는 "사실 내 꿈은 런던에서 2년 정도 일한 다음에, 일을 그만두고 파리로 날아가 르 꼬르동 블루에서 정식으로 프랑스 요리를 공부하는 거야"라고 답했습니다.

애인의 적극적 권유로 캐슬린 플린은 굳게 마음먹고 세계 굴지의 요리학교 르 꼬르동 블루에 도전합니다. 그리고 멋지게 난관을 뚫고 르 꼬르동 블루 수료 시험에 합격하죠. 요리로 인생이 바뀐 그녀는, 요리를 못해서 어려움을 겪는 이들을 상대로 요리 교실을 시작합니다. 그 고군분투의 현장 기록이《요리가 자연스러워지는 쿠킹 클래스》(2011)에 담겨 있습니다.

부모와의 추억이 깃든 음식이 '맥도날드'뿐인 여성부터 아이를 영양 부족으로 만든 워킹맘까지, 요리에 지레 겁먹고 주방 칼 들기를 두려워한 어른들이 단 6개월 만에 주방에 설 수 있도록 도와줍니다. 읽다 보면 나도 모르게 요리가 하고 싶어져서 슬쩍 주방에 들르기도 했습니다. 자취할 때 내가 마트 카트에 자주 담는 것은 주로 쌀과 낫토, 달걀, 참치캔, 토마토캔, 치킨 라면, 콩나물, 건면, 소프트면, 레토르트 식품, 식빵, 치즈, 슈크림 등이었습니다. 선택 기준은 대부분 '칼질할 필요 없이 즉석으로 먹을 수 있는 간단한 것'이었죠. 과거의 나는 요리해서 먹는다는 개념이 없었고, 되도록 싸고 간단하게 그러면서도 효율적으로 배를 불릴 수 있으면 된다고 생각했습니다. 《요리가 자연스러워지는 쿠킹 클래스》를 읽고 가장 놀란 것은 나의 생각이 바뀌었다는 것입니다. '이런 요리라면 나도 할 수 있겠는데?' 하고 희망을 품게 되었습니다.

함께 만드는
요리 교실

캐슬린 플린의 책을 읽고 나서 요리를 해보고 싶어진 나는 서둘러 요리 책 코너로 향했습니다. 그곳에서 만난 책이, 표지에 '희망가득'이라고 적힌 깃발이 펄럭이는 레시피 책 《자유학원 최고의 식사自由學園 最高の「お食事」》

(2017)입니다. 이 책을 읽고 놀란 것은 학교 학생들이 600명분의 학교 점심을 수업의 일환으로 직접 만들고 있다는 것입니다.

자유학원은 하니 모토코羽仁もと子가 남편 요시카즈羽仁吉一와 함께 1921년에 창립한 선동학교입니다. 그녀는 학교를 세우면서 '아이들에게 차가운 도시락 대신 따뜻한 점심을 먹이고 싶다'는 바람을 가졌고, 학교 요리 수업을 자신들의 점심을 만드는 시간으로 바꾸었습니다. '학생들이 스스로 그날의 점심을 만드는' 것이죠. 이 요리 수업이 서너 해도 아니고 100년간 유지되고 있다는 사실에 또 한 번 놀랐습니다.

밥 짓는 일은 옛날처럼 부뚜막에서 장작불을 때는 것에서부터 시작합니다. 한 솥에 200인분의 밥을 짓는데, 실패하면 200명이 탄 밥을 먹어야 하는 긴장감 넘치는 시간입니다. 밭에서 직접 기른 채소를 따 오고, 직접 키운 돼지를 전문 업체에 맡겨 정육해 오기도 합니다. 식탁에 같이 둘러앉아 함께 밥을 먹는 학생들이 힘을 모아 만든 요리이기 때문에 설령 밥이 좀 타더라도 아무도 불평하지 않으며, 오히려 실패했을 때 그 추억이 기억에 더 오래 선명히 남는다고 합니다. 밥 짓기에 실패해도 그 배경, 즉 함께 만든 사람과 쏟은 노력을 생각하면 쌉싸래한 맛마저 맛있는 음식으로 바뀐다는 것입니다.

이 부분을 읽고 문득 의문이 들었습니다. 음식의 맛이 '맛있다'의 기준이 아니라면 인간은 도대체 무엇을 맛있다고 표현하는 것일까요?

맛은 분자가 혀의 미뢰味蕾에 접촉함으로써 일어나는 단순한 화학적 현상입니다. 식품과학연구원은 과학기술을 이용해 식품의 맛을 '맛있게' 만들 수 있습니다. 인스턴트식품과 맥도날드 같은 패스트푸드는 20세기 과학으로 탄생한 기술의 결정체입니다. 하지만 우리가 보통 친구와 연인, 가족 혹은 혼자서 '맛있는' 가게를 찾을 때 굳이 맥도날드를 검색하지는 않습니다. 그렇다면 도대체 우리는 무엇을 '맛있다'라고 표현하고, 어떤 기준으로 '맛있는' 맛을 찾는 것일까요?

'맛있다'의 기준은 무엇일까

음식문화학자이자 역사학자 후지하라 다쓰시藤原辰史는 중고생들과 함께 음식에 대해 진지하게 탐구한 책《먹는다는 것은 무엇인가食べるとはどういうことか》(2019)의 첫머리에서 여덟 명의 참가자에게 이렇게 묻습니다.

"지금까지 먹어본 음식 중 가장 맛있었던 것은 무엇인가요?"

그는 대학에서 음식의 역사를 강의할 때에도 이 질문을 학생들에게 자주 한다고 말합니다. 언뜻 보면 누구나 별 고민 없이 대답할 수 있을 것 같지만, 그가 이런 질문을 던지는 데는 다음과 같은 네 가지 이유가 있습니다.

첫째, '맛있다'의 기준은 무엇인가입니다. 기준을 나름대로 언어화하지 못하면 이 질문에 대답하기가 쉽지 않습니다.

둘째, 단순한 식사는 선택 대상이 되기 어렵다는 것입니다. 하루 세끼를 20년으로 계산해도 식사 횟수가 2만 1,900회나 되는데, 이중 가장 맛있었던 식사를 떠올리기란 쉽지가 않습니다.

셋째, 애초에 그 식사가 맛있었던 이유를 딱 꼬집어 말하기란 의외로 어렵습니다.

넷째, 사람들 앞에서 이름을 밝히고 발표하기 때문에 주변 사람을 의식한 채 대답하기 쉽습니다. 그래서 얼핏 간단해 보이는 이 질문에 솔직하고 평범한 답변을 내놓지 못하게 되는 거죠.

후지하라 다쓰시는 그때까지 받은 학생들의 답변을 집계해 '맛있었던 음식'에는 세 가지 유형이 있다고 분석합니다. 바로 '엄마의 맛 유형', '특정 가게 유형', '상황 의존 유형'입니다. '엄마의 맛 유형'에는 변형 버전으로 '할머니의 맛 유형'도 있는데, 답변 중에는 '엄마' 또는 '할머니'가 등장하는 횟수가 월등히 많다고 합니다. 다음으로 '특정 가게 유형'에는 라멘집이 가장 많았고, 또 여행을 가서 가족과 찾은 식당처럼 기억에 남는 가게의 음식을 선택하기도 했습니다. 마지막으로 '상황 의존 유형'은 가령 등산한 뒤 산 정상에서 먹었던 주먹밥과 같이 특별한 음식이 아닌데 상황에 따라 맛이 강렬하게 새겨진 경우가 많았습니다.

이 책을 읽으며 나도 '지금까지 먹어본 것 중 가장 맛있었던 음식'을 생각해보았고, '할머니의 달걀말이'를 골랐습니다. 나는 소바 가게든 정식 가게든 이자카야든 메뉴에 달걀말이가 있으면 일단 시키고 볼 정도로 달걀말이를 좋아하는데, 그런 내게 할머니가 만들어주신 달걀말이는 각별합니다. 마요네즈를 아주 좋아하는 나는 어릴 때부터 어떤 음식이든 마요네즈를 뿌렸습니다. 그 모습을 본 할머니가 달걀말이 안에 마요네즈를 빙빙 둘러 말아주셨지요. 아주 간단한 요리지만 마요네즈가 들어간 통통한 달걀말이는 한 입 베어 먹는 것만으로도 행복해집니다.

즉, 후지하라 다쓰시의 질문은 우리의 '맛있다'는 화학으로 통제된 맛이 아니라 다른 사람이나 기억이 층층이 얽힌 네트워크라는 것을 깨닫게 합니다.

인간이 느끼는
다섯 가지 미각

한편 패스트푸드나 화학조미료를 이용한 음식처럼, 첫입부터 마치 조건반사 버튼을 누른 것처럼 '맛있다'고 느껴지는 요리가 횡행하고 있습니다. 맛있는 맛을 화학적으로 통제당할까 봐 이런 류의 먹거리를 불신하는 사람이 많습니다. 《오로지 일본의 맛》(2009)으로 이방인

미식 기행의 새로운 지평을 연 마이클 부스Michael Booth는 "식품 첨가물 중에서도 사람들이 특히 경계하는 것은 글루탐산나트륨, 이른바 MSG"라며 감칠맛의 대명사인 MSG를 생산하는 종합식품화학회사 아지노모토를 재치 있게 돌격 취재합니다.

2000년, 마이애미대학 연구팀은 '감칠맛 수용체'에 대한 연구 성과를 발표했습니다. '감칠맛'이 인간의 제5의 미각으로서 기본 맛 중 하나라는 것이었죠. 과학자들 사이에서 이 연구는 꽤나 유명했지만, 해외 요리인들 사이에는 널리 알려지지 않았습니다.

다만 일본에서는 이미 1908년에 감칠맛이 발견되었습니다. 화학자 이케다 기쿠나에池田菊苗가 건조된 다시마에 생긴 하얀 결정을 발견해 단맛, 신맛, 쓴맛, 짠맛과 구별되는 독특한 글루타민산의 풍미를 '감칠맛umami'이라고 명명한 것입니다. 다시마는 일본에서는 예로부터 육수 재료로 사용되어서 이미 식재료로서 2000년의 역사가 있습니다.

역사를 거슬러 올라가면 인간의 다섯 가지 미각, 즉 단맛과 신맛, 쓴맛, 짠맛, 감칠맛은 인류가 살아가는 데 필요한 영양소를 선택하게 하고 위험한 음식을 가릴 수 있도록 했습니다. 단맛은 당분이 제대로 채워진 에너지가 있는 식품을 선택하게 합니다. 음식은 썩으면 시고 쿰쿰한 맛이 납니다. 식물의 독은 예외적인 경우를 빼면 대부분 쓴맛이 납니다. 신맛과 쓴맛은 먹으면 안 되는 음식을 삼키기 전에 인간에게 주의를 환기시킵니다. 인간이 살아가는 데 꼭 필요한 소금은 짠맛이고,

인간이 제일 처음 먹는 모유는 감칠맛입니다.

즉, 우리는 단순히 맛있는 것을 먹고 싶어서가 아니라 생존을 위해, 더 잘 살기 위해 '맛있는 맛'을 탐구해온 것입니다. 맛은 인생을 사는 데 필요한 지도입니다. 인류는 이 다섯 가지 미각에 이끌려 진화했습니다.

유인원은 무엇을 먹고 '사람'이 되었나?

맛있든 맛없든 인간은 살기 위해 먹어야 합니다. 계속 음식을 섭취하지 않으면 생명이 위태로워집니다. 이 조건에서 자유로울 수 있는 생명체는 없지요.

인류의 조상은 원래 아프리카 대륙의 열대우림에서 생활한 것으로 추정됩니다. 하지만 기후변화로 인해 열대우림이 줄어들면서 인류의 조상은 곳곳에 흩어져 있는 숲과 초원으로 밀려나게 됩니다. 식량이 풍부한 숲에 남은 침팬지나 고릴라와 달리, 가혹한 환경에서 살 수밖에 없었던 유인원이 '인간'으로 진화한 계기는 무엇이었을까요?

그 답을 도구 제작도 사냥도 육식도 언어도 아닌 '불의 사용과 음식의 발명'이라고 주장한 진화인류학자가 있습니다. 저서 《요리 본능》(2009)에서 '요리설'을 주장한 리처드 랭엄Richard Wrangham입니다.

인간 이외의 영장류는 대체로 음식을 그 자리에서 바로 먹습니다. 왜냐하면 '날것'을 먹고 소화 흡수하는 데에는 시간이 걸리기 때문입니다. 리처드 랭엄은 탄자니아 침팬지가 하루에 여섯 시간 이상 음식을 씹는다고 보고합니다. 실제로 영장류가 음식을 씹는 저작咀嚼 활동에 쓰는 시간은 몸의 크기와 비례합니다. 만약 인간이 대형 유인원과 같은 음식을 날로 먹는다고 하면 최소한 하루의 42퍼센트(열두 시간 동안 깨어 있다고 한다면 약 다섯 시간)를 음식을 씹는 데 시간을 소비해야 합니다. 또한 음식을 날로 먹는 유인원의 하루는 소화 리듬 때문에 제한을 받게 됩니다. 식사량이 증가할수록 소화하는 데 시간이 걸리므로 휴식을 취해야 하기 때문이죠. 먹고 쉬고 또 먹고 쉬기를 반복하느라 그 밖의 다른 일을 할 시간이 없는 겁니다. 게다가 육류를 섭취한다면 근육섬유를, 식물을 섭취했다면 세포벽의 단단한 셀룰로오스cellulose를 분해해야 합니다. 그러지 않으면 아미노산amino acid과 지질을 흡수할 수 없습니다.

그러나 음식은 열을 가하면 무르고 부드러워집니다. 화력을 이용해 요리하면 복잡한 탄수화물을 분해하여 단백질을 더 소화하기 쉬운 형태로 바꿀 수 있습니다. 즉, 인간은 요리한 음식을 먹음으로써 하루에 필요한 칼로리를 섭취하는 데 들어가는 생물학적 저작 활동 시간에서 해방된 것입니다. 요리는 음식의 안전성을 높이고 독소를 낮추며 부패를 줄여줍니다. 게다가 요리는 인간의 몸이 음식으로 섭취할 수 있는 에너지를 확대했습니다.

인류의 뇌는 체중의 약 2.5퍼센트를 차지하지만 기초대사량의 약 20퍼센트를 소비하고 있습니다. 열량 소비가 큰 뇌를 유지하려면 대량의 에너지를 공급해줘야 합니다. 효율적으로 에너지를 흡수하기 위해 인류는 요리를 할 수밖에 없었던 것입니다.

리처드 랭엄은 요리의 발명이 인류 진화의 길을 바꿀 정도로 큰 칼로리 증가를 가져왔다고 주장합니다. 이를 위해 현대 생식주의자들이 영양 불량이 있다는 연구 사례와 날로 된 먹이와 조리한 먹이를 먹였을 때의 효과를 알아보는 비교 실험을 소개하며, 가열해야 음식 에너지가 증가한다는 명백한 사례를 열거합니다. 그리고 소가 초식에 적응하고, 벼룩이 흡혈에 적응하는 등 각각의 동물들이 나름의 식사법에 적응한 것처럼 유인원 또한 불과 열, 요리의 힘으로 인간으로 진화한 것이라고 자신의 가설을 검증합니다.

불의 기원에 관한 신화

요리에 없어서는 안 되는 것이 있습니다. 바로 불입니다. 불을 사용한 기원은 오래되었고 그것이 인류 역사상 가장 큰 전환점이 되었기 때문에 많은 신화와 전설이 탄생했습니다.

《황금가지》(1922)로 유명한 사회인류학자 제임스 조지 프레이저James George Frazer의 저서 중에는 인류가 어떻게 불을 얻었는지를 좇은 《불의 기원의 신화Mythes of the Origin of Fire》(1930)가 있습니다.

제임스 조지 프레이저는 세계 각지의 방대한 신화와 전설 중에서 '불의 기원'에 대한 것만 모아 분석했고, 그 결과 인류를 세 가지 시대로 분류할 수 있다고 말합니다.

처음은 '불이 없는 시대', 그다음은 '불을 사용한 시대', 마지막은 '불을 피울 수 있는 시대'입니다. 그가 모은 신화 중에서 가장 상징적인 것이 프로메테우스 신화입니다.

그는 이 신화를 "위대한 천신 제우스는 사람들로부터 불을 숨겼다. 그래서 지혜가 뛰어난 영웅 프로메테우스—티탄 신족의 한 사람인 이아페토스의 아들—가 천신으로부터 불을 훔쳐 큰회향에 숨겨 땅 위로 가져왔다"라고 소개하고 있습니다.

세계의 시작에서 신들과 인간과 영웅 가문의 관계를 정리하고자 했던 태초의 계보학 《신통기Theogonia》를 쓴 헤시오도스Hēsiodos는, 프로메테우스가 황소를 신에게 바치는 의식에서 제우스를 속여 분노를 자아냈다고 합니다. 프로메테우스는 고기를 인간에게, 뼈를 제우스에게 바치려고 덫을 놓았습니다. 먼저 제우스를 속이기 위해 최상의 고기가 인간 앞에 놓인 것처럼 보이도록 뼈를 지방으로 가공했습니다. 다음으로 제우스가 자신의 앞에 놓인 진짜 고기를 눈치채지 못하도록 황소의 더러운 위장胃腸 주머니 속에 숨겼습니다.

프로메테우스는 좋은 고기를 달라고 하는 제우스에게 아무쪼록 원하는 고기를 고르라며 재촉하여 제우스 스스로 고기를 선택하게 만듭니다. 제우스는 지방으로 가공된 뼈를 선택했고, 이후 신에게 동물을 바칠 때의 규범이 결정됩니다. 최상의 고기는 인간이 취하고, 뼈는 신에게 바치게 된 것입니다.

프로메테우스에게 속은 제우스는 격노했습니다. 그는 우선 사람에게서 불을 빼앗아 고기를 구울 수 없도록 했습니다. 그러자 프로메테우스는 천계의 불을 훔쳐 인간에게 보냈고, 제우스는 그 보복으로 프로메테우스를 바위에 묶어 독수리가 그의 간을 쪼아 먹게 합니다.

몇 번을 읽어도 흥미진진한 신화인데, 현대에도 이러한 신화적 세계의 이상을 자연과 인간문화의 중재로 재해석한 인류학자가 있습니다. 바로 구조주의자로 알려진 클로드 레비스트로스Claude Lévi-Strauss입니다. 장대한 《신화학》 시리즈의 각 권의 부제는 '날것과 익힌 것', '꿀에서 재까지', '식사예절의 기원' 등 음식과의 관련성이 강하게 드러납니다.

책에서 클로드 레비스트로스는 "요리는 자연에서 문화로의 이행을 나타낼 뿐만 아니라 요리로써 인간의 조건이 그 모든 속성을 포함해 정의되고 있으므로, 논란의 여지없이 가장 자연스럽다고 생각되는 — 죽음과 같은 — 속성조차 거기에 포함되어 있다"고 서술합니다. 즉, 우리 인간은 요리에 필요한 불을 얻음으로써 원숭이에서 인간으로 진화한 것입니다.

산업혁명을 떠받친 위대한 흰 빵

불로 가열하면 음식물은 여러 가지 변화를 겪게 됩니다. 열은 단백질을 변성시킵니다. 전분은 열로 부피가 늘어나고 점성이 생겨 풀처럼 끈적끈적하게 됩니다. 콜라겐에 시간을 들여 열을 가하면 부드럽고 소화가 잘되는 젤라틴으로 바뀝니다. 한마디로 열을 가하면 음식물을 맛있고 쉽게 먹을 수 있습니다.

미국 전역에서 100만 부 넘게 팔린 베스트셀러《잡식동물의 딜레마》(2007)의 저자 마이클 폴란Michael Pollan은 리처드 랭엄의 '요리설'에 공명했습니다. 마이클 폴란은 "인간은 요리 없이는 존재할 수 없다"고 말하면서도 "오늘날 요리의 쇠퇴는 우리에게 중대한 영향을 초래할 것이며 실제로 그 영향이 미치고 있다"고 이야기합니다. 패스트푸드의 만연과 가정요리의 감소를 인류의 위기로 본 것입니다. 그리고 실제로 저자 본인이 요리를 하면서 인류의 음식과 시대를 사회문화사 관점에서 통찰한《요리를 욕망하다》(2013)를 펴냅니다.

마이클 폴란은 요리 자체를 '식용 재료를 영양가 있는 매력적인 음식으로 바꾸는 모든 기술'로 폭넓게 정의하고, 굽기와 삶기, 빵 굽기, 발효 기술을 자연의 4원소인 불과 물, 공기, 흙에 빗대어 터득합니다. 그 과정에서 불로 고기를 굽거나 삶는 것은 개인이 할 수 있는 작업이지만, 빵을 굽기 위해서는 문명이 필요하다는 것을 깨닫게 됩니다. 원래 빵이란 식량, 마음의 양식, 상징, 성찬식 등 인간의 문화와 떼려야 뗄 수 없는 음식물이지만, 마이클 폴란에 따르면 그 본질은 '교묘한 기술로 식물의 영양가와 풍미를 높여 소화하기 쉽게 한 것'입니다.

먹이사슬 생태계 피라미드를 한 단계 올라갈 때마다 식량에너지의 90퍼센트는 손실된다고 합니다. 어떤 육식동물이 초식동물을 잡아먹었을 때 옮겨 가는 에너지는 겨우 10퍼센트에 지나지 않습니다. 대형 포식동물이 초식동물보다 그 수가 적은 것은 이 때문입니다. 그렇다면 왜 생태계 피라미드의 정점에 있는 인류는 초식동물보다 그 수가 월등히 많은 걸까요?

마이클 폴란의 분석에 따르면 그 답의 하나가 '밀'입니다. 현재 전 인류가 섭취하는 칼로리의 5분의 1은 밀이 차지하고 있습니다. 초식동물과 마찬가지로 인간도 생태계 피라미드의 하위인 식물의 에너지를 취할 수 있게 되어 더 많은 인간을 낳고 기를 수 있게 된 것입니다. 실제로 인간의 번영과 함께 밀은 곡물의 왕이라 해도 과언이 아닐 만큼 쌀 이상으로 전 세계에서 재배되었습니다.

게다가 밀가루와 자본주의 경제는 맞물려 있습니다. 19세기 중반 롤러제분기가 탄생하면서 제분製粉의 산업화가 가능해져 밀가루가 폭발적으로 보급됩니다. 빵 만들기의 효율성과 속도를 높였을 뿐만 아니라 저렴한 데다 손상되지 않게 수송이 가능해진 정백 밀가루는 유통이 편리한 상품이 되었습니다. 고열량의 지표이기도 한 '단맛'을 가진 흰 빵은 인간의 다양한 욕구를 충족시키고 효율적으로 칼로리를 섭취하는 '연료'가 되어 산업혁명을 뒷받침했습니다. 흰 빵은 새로운 상품이 되었을 뿐만 아니라 새로운 식품 시스템, 즉 공장생산 자체도 만들어냈습니다. 이처럼 정백 밀가루는 산업 관점에서 생산성을 끌어올리는 데는 크게 기여했지만, 한 가지 후퇴시킨 게 있었습니다. 바로 인간의 건강입니다.

가공식품의 소비기한은 왜 길까?

《전투 준비 주방Combat-Ready Kitchen》(2015)의 저자 아나스타샤 마크스 드 살세도Anastacia Marx de Salcedo는 예전부터 요리하는 것을 좋아해서 슬로푸드협회 보스턴지부의 리더로 근무하기도 했습니다. 아이들이 아무리 졸라도 맥도날드에는 결코 데려가지 않을 정도의 신념도 있었습니다.

> 많은 사람이 그랬던 것처럼 나도 진심으로 믿었다. 요리를 하는 것은 중요하며, 가정의 고비 때마다 요리로 가족이 뭉

칠 수 있고, 직접 손으로 만든 음식이 다른 사람이 만든 음식보다 건강과 맛을 충족할 수 있다고 말이다. 그리고 요리란 인류 유산의 일부이며 요리를 함으로써 과거와 현재 두 세계가 연결되는 것이라고 말이다.

그래서 아나스타샤 마크스 드 살세도는 아이들이 학교에 들어가자 급식을 신청하지 않고 수제 도시락을 들려 보냈습니다. 그러던 어느 날, 직접 만든 도시락에 들어가는 '식재료'의 유통기한을 헤아려보니 그 합이 아이의 연령을 넘어간단 사실에 깜짝 놀랐습니다. 아이들이 좋아해서 가공식품을 사용했지만, 수제 샌드위치의 식재료로 사용한 터키햄은 유통기한이 14일이었고, 흰색과 주황색의 컬러풀한 아메리칸 치즈는 유통기한이 한 달이나 되었습니다. 통밀빵은 시간이 지나도 딱딱하게 굳지 않고 여전히 폭신했습니다. 그녀는 그 이유가 궁금해졌습니다. 그리고 더 나아가 음식과 가공 및 유통에 대한 이런저런 의문이 생겼습니다.

의문을 해소하기 위해 조사를 시작한 그녀는 미국 육군 시설에 도달하게 됩니다. 그리고 어린이 도시락이 건강하지도, 신선하지도, 친환경적이지도 않은 것은 가공식품이 본래 어린이가 아닌 '군인'을 위해 만들어졌기 때문이라는 경악스러운 사실을 맞닥뜨리게 됩니다. 그녀는 "할리우드가 영화의 성지라면 미국육군네이틱연구소NSRDEC는 미국인의 식생활 기반을 이루는 가공식품의 성지"라고 말합니다.

> 가공식품의 세계를 우주에 비유한다면, 제2차 세계대전은 빅뱅에 해당한다. (중략) 이 우주의 태양에 해당하는 것이 네이틱연구소(최초는 양식연구소, 이후 식품및용기연구소로 불림)이며, 이곳에서 새로운 과학적 개념과 주요 획기적 신기술이 많이 탄생했고, 그 성과는 아침에 마시는 커피부터 야식으로 먹는 초코칩 쿠키에 이르기까지 다양한 식품 제조에 이용되고 있다.
>
> 《전투 준비 주방》

한번 동네 마트에 들러보세요. 신선 코너에 있는 샐러드용 봉지 채소에 사용된 가스치환포장은 실제 미국 육군이 수송 기술을 개발하며 고안된 것입니다. 신선한 주스에 사용되는, 고압가공으로 비가열 살균하는 살균 기술 역시 미국 육군이 주도해 개발한 기술입니다. 가공식품은 물론 그것을 따뜻하게 데우는 전자레인지도 군의 전자파발진기의 일종인 마그네트론magnetron에서 탄생했습니다. 정육점의 뼈 없는 살코기와 인공육 제품 개발도 전쟁터에 수천만 마리 분량의 고기를 수송해야 했던 육군의 수송 기술에서 탄생했습니다. 식품의 보존 방법을 바닥부터 뒤집어버린 통조림이나 병조림 기술도 사실 나폴레옹의 요청을 받고 양조업자 니콜라 아페르Nicolas Appert가 발명한 것을 토대로 미국 육군이 완성시킨 것입니다.

아이들이 좋아하는 컬러풀한 초콜릿 엠앤엠즈, 프링글스에 사용되는 건조 감자, 에너지바, 초코칩 쿠키에도 역시 군의 기술이 응용되고 있습니다. 저렴하고 오래가는 식품의 뿌리는 대부분 네이틱연구소의 기술과 관련이 있었습니다. 그렇다면 이 가공 기술이 어떻게 전 세계에 확대될 수 있었을까요? 그 이유는 미국 육군의 가공 기술이 식품 산업 자체에 막대한 이익을 가져왔기 때문입니다.

물론 식품 산업의 확대는 미국만의 현상은 아닙니다. 미즈호은행의 '일본 산업의 중기 전망(가공식품)' 2018년도 자료에 따르면 일본 가공식품의 국내생산액은 약 4조 엔(약 39조 원)으로, 전년 대비 1.2퍼센트 완만한 상승이 전망되는 산업입니다. 일반사단법인 일본푸드서비스협회가 발표한 '헤세이(아키히토 일왕이 즉위한 1989년 1월 8일부터 2019년 4월 30일까지의 시대—옮긴이) 30년간의 외식 산업 시장 규모 추계'에서도 외식 산업은 약 6조 엔(약 58조 원)으로 전년 실적보다 미세하게 증가했습니다.

열량은 높게 영양은 부실하게

상품 포장된 식품, 즉 레토르트나 냉동식품 등의 가공식품은 당연히 공장에서 만들어집니다. 공장에서는 가정과는 전혀 다른 방법으로 식품이 만들어집니다. '요리'가 아니라 '가공'이라고 부르는 것은 그 때문입니다.

가정 요리와 다른 점은 훨씬 많은 설탕과 지방, 소금이 사용된다는 것입니다. 또한 식품을 오래 유지하고 신선해 보이게 하려고 화학약품이 식품첨가물로 사용됩니다.

마이클 폴란이 자신의 저서에서 밝혔듯이, 요리에 소비하는 시간과 건강은 정말 연결되어 있었습니다. 가정 요리에서 상업적인 가공식품으로 옮겨가면서 미국에서는 1970년대 이후 한 사람당 하루 평균 500킬로칼로리를 더 섭취하게 되었습니다.

아나스타샤 마크스 드 살세도는 "지금 내가 가족을 위해 '요리할' 경우, 아마도 식탁에 차려진 것은 그 전부는 아니더라도 적어도 절반은 어떤 형태로든 가공이 끝난 상태"라고 책에 쓰고 있습니다. 가공식품의 배후에는 작은 도시 하나의 인구에 상당할 정도의 식품과학자와 기술자가 관련되어 있습니다. 다만 미국 육군의 기술이 결코 악惡은 아니라고 그녀는 말합니다. "나는 가공식품 덕분에 전에 없던 자유를 얻었다"며 고마움을 표하기도 합니다.

하지만 요리를 하지 않아도 되는 시대에 과연 얼마나 많은 사람이 냄비를 달구고 칼로 재료를 손질할까요. 캐슬린 플린은 요리 경험이 많지 않은 생선 요리를 일본에서 배우는 과정을 소개한 《생선 레슨サカナレッスン》(2019)에서 다음과 같이 이야기합니다. (참고로 이 책은 영문판 없이 일본 내 출판을 목적으로 집필되었습니다.)

배움은 선택지를 늘리는 일이다. 가정 요리를 하며 매번 육수를 내는 것은 비현실적인 일일지도 모른다. 그러니 그날그날 식단이나 라이프스타일에 맞춰 다양한 선택지를 갖추면 된다. 인스턴트와 최고의 셰프 중 당신이 편한 쪽을 선택하면 된다.

한 숟갈에 버무려진 문명

고기를 굽거나 물로 끓여 육수를 내거나 빵을 굽거나 가공식품을 전자레인지에 데우는 것을 포함해 요리는 뜻밖에도 인간의 역사를 반영합니다. 그 요리를 '궁극'과 '최고'라는 두 가지 정점에서 묻는 만화가 있습니다. 1983년 출판사 쇼가쿠칸에서 발행된 만화잡지 〈빅 코믹〉에 연재를 시작해 현재 휴재 중인 《맛의 달인》입니다. 지은이의 독특한 견해에는 찬반양론이 있지만, 《맛의 달인》은 일식과 중식, 양식뿐만 아니라 가정 요리를 비롯해 식재료와 식품첨가물 등 폭넓은 주제를 아우르며 일본의 식문화를 파고듭니다.

그중에서도 깊은 사색을 불러일으킨 편은 〈카레 승부〉편입니다. '카레란 무엇일까?', '카레가루는 무엇일까?', '카레는 무엇과 먹어야 할까?', '카레의 어원은?' 같은 소주제들을

탐색하고, 카레의 본질을 알아보기 위해 직접 인도까지 취재를 가는 스케일이 특히 놀라웠습니다. 그는《카레학 입문カレー學入門》(1998)과《카레로 보는 인도 문화》(2009)의 저자 가라시마 노보루辛島昇와 인도가 원조인 향신료 요리가 왜 일본의 국민 음식이 됐는지를 풀어낸《카레라이스와 일본인カレーライスと日本人》(2015)의 저자 모리에다 다카시森枝卓士를 거듭 인터뷰했습니다. 또한 영국인 역사학자 리지 콜링엄Lizzie Collingham이 저서《카레 전기Curry: A Biography》(2005)에서 "카레를 가장 맛있게 만드는 법을 주인공들이 열심히 논의하는 만화까지 있다"며 언급할 정도로 카레에 대해 밀도 높은 지식을 담아냈습니다.

일본의 국민 음식 양대산맥으로 꼽히는 라멘과 카레는 둘 다 외국에서 기원한 요리입니다. 라멘은 제2차 세계대전 후 귀향한 병사들이 포장마차를 운영하며 일본 각지에서 발전했습니다. 반면 카레는 군대 요리의 정석이 되어 전국적으로 퍼졌습니다. 리지 콜링엄은 "카레와 역사적 접점이 없는데도 인도 요리가 영국에서 차지하는 위상에 버금갈 정도로 중요한 위치를 점하는 나라는 일본이 유일할 것"이라며 카레 수요의 특이함을 지적했습니다.

인도 카레는 다양한 외국 문화가 융합되어 탄생한 요리입니다. 한 숟가락 안에 아시아 문명의 내력이 보인다는 점에서 대단하지요. 카레를 먹는 것 자체가 인도 역사를 순회하는 것이며, 카레의 기원을 더듬다 보면 아시아라는 광대한 음식 지하수의 수맥을 알 수 있습니다.

예를 들어 스리랑카 카레의 결정체인 '몰디브식 피시 카레'의 주재료는 일본의 가쓰오부시 같고, 스리랑카의 붉은 쌀은 일본의 팥밥과 같습니다. 실제로 스리랑카의 말린 망고를 먹어보고 매실절임인 우메보시와 같은 맛이 나서 놀란 적이 있습니다. 처음 먹어본 식재료인데도 왠지 모르게 친숙했던 것은 카레의 기원 때문인지도 모릅니다.

인도 카레에 큰 영향을 끼친 역사적 사건은 두 가지가 있습니다. 하나는 1498년 포르투갈 탐험가 바스쿠 다가마Vasco da Gama가 항로를 개척하면서 인도의 어느 시인이 '빈민의 구원자'로 표현한 작물 '고추'가 유입된 사건입니다. 또 하나는 1526년 무굴제국의 초대황제인 바부르가 북쪽에서 인도를 침략하면서 무굴 요리가 탄생한 사건입니다. 이 둘이 섞이면서 인도 카레가 발전합니다.

일본에는 카레가 영국에서 온 서양 음식으로서 처음 상륙했지만, 또 다른 경로로 인도의 전통 카레도 전해졌습니다. 일본 내 인도 카레의 기원은 인도 독립운동을 펼치다가 영국 총독 암살에 실패하고 일본에 망명한 라슈 비하리 보스Rash Behari Bose의 기구한 삶과 깊이 얽혀 있습니다. 정치학자 나카지마 다케시中島岳志의 저서 《나카무라야의 보스中村屋のボース》(2005)에는 카레전문점 나카무라야의 '커리'가 '카레'가 아닌 이유를, 나카무라야가 일본에서 처음으로 소개한 본격적인 인도 요리에 대한 고집이며, 영국의 식민통치를 향한 라슈 비하리 보스의 통렬한 비판에 공감했기 때문이라고 소개합니다.

맛있을 뿐 아니라 한 숟가락 안에 문명이 통째로 버무려져 있는 것이 카레의 진면목입니다.

맛있다, 싸다, 빠르다는 마법의 언어

'맛있다, 싸다, 빠르다'는 바쁜 현대인의 위장 주머니를 채우는 마법의 말인데, 이 마법에는 대량의 소금과 설탕 그리고 화학약품이 필요합니다. 물밀듯 밀려드는 일을 처리하고 친구들과 SNS로 얘기를 주고받는 동안 우리는 도대체 무엇을 먹고 있을까요?

간단한 음식과 시간 절약형 요리에 의존하는 것은 일본뿐 아니라 전 세계에서 진행되고 있습니다. 시간을 들여 요리하는 것 자체가 현대인의 생활에서는 특별한 일이 되어가고 있지만, 사실 요리 초보자인 나로서는 직접 만든 요리보다 전문 요리사가 만든 요리가 확실히 훨씬 더 맛있습니다.

예전에 셰어하우스에 살았을 때 주방이 공용이었는데, 거주자가 요일마다 돌아가며 저녁을 담당하는 게 규칙이었습니다. 이사한 첫날 자기소개를 하는 대신 정성이 담긴 요리를 대접하려고 가장 자신 있는 요리를 선보였습니다.

낫토와 달걀, 삶은 스파게티를 섞고 오차즈케 김을 뿌린 간단한 요리였습니다. 호불호 없는 맛과 제법 어울리는 식감으로 분명 다들 입맛에 맞을 거라고 확신했습니다. 실제 셰어하우스 입주자들은 요리를 맛보면서 "너무 맛있다", "최고야"라고 칭찬해주었지요. 하지만 그 뒤로 내게 요리 당번이 돌아오는 일은 없었습니다. 내가 만든 파스타가 요리라고 할 수 있느냐는 차치하고, 누구나 이왕 먹는 거라면 맛있는 요리를 먹고 싶을 테지요. 변명은 아니지만 지금도 나는 낫토 달걀 스파게티에 자부심이 있습니다.

잘 만든 요리의 김이 다 빠지기도 전에 "맛있다!"라는 말을 연신 내뱉는 기쁨은 무엇과도 바꿀 수 없는 행복한 시간입니다. 맛있는 음식이야말로 삶의 원동력이니까요. 인류는 음식의 역사를 통해 각각의 지역에서 '맛있는 맛'을 개척해왔습니다. 날것부터 익힌 것, 삶은 것, 발효시킨 것, 과학기술을 이용한 것 등 시대와 더불어 요리 기술과 '맛있는 맛'의 의미도 계속 바뀌어왔습니다.

무언가를 맛있다고 느끼고 그 맛에 대해 말할 때, 그것은 곧 말하는 이를 설명하는 것과 같습니다. 우리의 삶에 정답은 없지만, 사람과 사람 사이에도 각각의 '맛있는 맛'이 부딪히고 교차하며 행복한 대화가 이루어집니다. "잘 먹겠습니다", "잘 먹었습니다" 사이에 문화가 생긴다면, 이만큼 자극적인 요리는 없을 것입니다.

우리는 단순히 맛있는 것을 먹고 싶어서가 아니라
생존을 위해, 즉 더 잘 살기 위해 '맛있는 맛'을 탐구해왔습니다.
맛은 인생을 사는 데 필요한 지도입니다.
인류는 다섯 가지 미각에 이끌려 진화해왔습니다.

제6장

느슨하게 조금씩 행복해지는 기술

명상과 뇌, 그리고 자연

어느 날 대학 친구와 전화하다가 명상 한번 해보면 어떻겠냐는 권유를 받았습니다. 그 당시 나는 대상포진에 걸리기도 했고 컨디션이 엉망인 적이 많아서 통화를 자주 했는데, 서로의 가족이라든지 일 이야기라든지 건강 상태에 대해 잡담을 나누다 나온 말이었습니다.

나는 예전에 불교전문 잡지에서 근무할 때 불교 도서를 소개하는 코너를 연재했습니다. 그래서 명상 책을 소개한 적이 있긴 하지만, 그때까지 직접 명상을 해본 적은 없었습니다. 그래서 친구의 갑작스런 권유에 솔깃했습니다.

"나는 요즘 아침에 일찍 일어나서 명상해. 호흡 고르기만 해도 그날 하루가 완전히 달라. 돈도 안 드니까 한번 해보면 어때? 명상 책, 요즘 서점에서도 인기 아니야?"

친구 말대로 확실히 최근 몇 년간 불교 도서뿐만 아니라 심리학이나 경제경영 분야 도서를 필두로 건강과 미용, 식이요법, 교육, 육아 등의 코너에서 다양한 명상 책을 볼 수 있습니다. 아동서 서가에 있던 키라 윌리Kira Willey의 《곰처럼 숨 쉬어봐》(2017)를 집어 살펴보니, 일본 초등학교 수업에 도입되었다고 하여 깜짝 놀랐습니다.

마인드풀니스mindfulness는 흔히 '마음챙김'으로 번역되는데, 마인드풀니스 명상은 원래 붓다에서 유래한 원시불교에 기원을 두고 미국을 경유한 명상입니다. 내가 근무하는 서점에 마인드풀니스 책이 처음 입고되었을 때 어느 선반에 진열해야 할지 몰라 당황했습니다. 근처 서점에는 어디에 진열했는지 보러 서둘러 가보았습니다. 전문서적 중심의 서점에서는 원시불교 코너에 진열한 경우가 많았고, 그 외에는 정신건강 코너나 요가 코너에 진열되어 있었습니다. 출판사 담당자에게 전화해 확인해보니 불교 도서라는 답변을 받았습니다. 그래서 불교 코너에 진열하기로 했습니다.

진열한 코너를 바꾼 것은 2016년 6월 18일에 방송된 NHK 스페셜 다큐 〈킬러 스트레스〉 때문입니다. 이 방송을 계기로 인터넷에서 '마인드풀니스' 검색어가 급상승하면서 책 판매 방식도 바뀌었습니다. 같은 해 8월 21일에 방송된 NHK 계열 사이언스ZERO의 〈신 명상법, 마인드풀니스로 뇌를 개선!〉 특집이나, 같은 해 10월 22일에 니혼TV의 〈세계에서 가장 받고 싶은 수업〉 속 한 코너 '뇌 피로가 사라지고 머리가 맑아진다! 최고의 휴식법을 알려드립니다!'에서 구가야 아키라久賀谷亮의 《최고의 휴식》(2016)을 소개하면서, 마인드풀니스 도서는 일약 전문서적에서 대중서적으로 진열 코너가 확장되었습니다.

2500년 전부터 이어져온 불교의 전통 명상법 중 하나인 위파사나vipassanā 명상이 왜 오늘날 마인드풀니스 명상으로서 많은 독자의 흥미를 얻을 수 있었을까요? 생각해보니 짐작이 가는 원인이 몇 가지 있습니다.

21세기의 유행병

세계보건기구WHO는 스트레스를 '21세기 유행병'이라고 칭했습니다. 2030년에는 우울증이 세계에서 가장 사회적 손실을 낳는 질병이 될 것이라고 경고한 바 있습니다. 실제로 일본에서도 NHK방송문화연구소가 ISSP에 의뢰해 실시한 여론조사(2015년)에 따르면 '일 때문에 스트레스를 느낄 때가 있다'라고 답한 사람은 '항상'과 '자주'를 합해 47퍼센트로 절반 가까이에 달합니다.

물론 스트레스는 직장인만의 이야기는 아닙니다. 수험생활, 학교생활, 일상적 인간관계, 간호나 육아, 집안일, 금전 문제 등 열거하면 끝이 없습니다. NHK의 한 프로그램에서는 작은 물고기 한 마리를 사나운 천적이 있는 실험 수조에 넣었더니 작은 물고기가 우울증 상태에 빠졌다고 소개했습니다. 붓다가 갈파한 '일체개고一切皆苦(영원하지 못하고 변하는 것에 집착하여 온갖 고통에 빠져 있는 것—옮긴이)'라는 개념은 생물 전체를 관통하는 만고의 진리입니다.

스트레스는 원래 물리학에서 용수철에 생기는 변형을 의미하는 용어였습니다. 그것이 '생명에 생긴 변형'을 가리키는 말로 바뀐 것은 1935년 캐나다의 생리학자 한스 셀리에Hans Selye가 사용하면서부터입니다.

일본어사전《대사림 제4편大辭林 第四版》(2019)에 따르면 스트레스란 "정신 긴장·심신 피로·고통·한랭·감염 등 극히 일반적으로 볼 수 있는 자극stressor이 원인이 되어 일어나는 생체 기능의 변화. 일반적으로는 정신적·육체적으로 부담이 되는 자극이나 상황을 말함"이라고 나와 있습니다. 즉, 현대에는 마음과 몸에 나쁜 결과를 일으키는 현상이 모두 스트레스인 겁니다.

NHK 특별취재팀이 다큐를 정리해 내놓은 책《킬러 스트레스》(2016)에서는, 어떤 조건이 겹쳤을 때 스트레스가 목숨을 빼앗는 원인이 되는지를 밝혀내고 그 정체를 파고듭니다. 먼저 스트레스를 줄이기 위해서는 자신의 스트레스를 아는 것이 중요하다고 말합니다. 원래 미국에서 고안된 스트레스 평가법을 정신의학과 의사 나쓰메 마코토夏目誠 등이 일본인 대상으로 재수정한 '라이프 이벤트 스트레스 체크'를 소개하여, 누구나 쉽게 자신이 얼마나 스트레스를 받고 있는지 가시화할 수 있는 지표를 제시합니다. 평가 대상은 자신이 1년 동안 겪은 일입니다. 그것을 항목별로 체크하고 단순히 더하기만 하면 됩니다. 점수마다 평가가 나뉩니다.

- 260점 이상 스트레스가 많은 요주의 단계
- 300점 이상 질병이 발생할 수 있는 단계

참고로 여기서 '스트레스가 일으키는 질병'이란 우울증 외에도 심근경색이나 암과 같은 큰 병부터 감기나 두드러기, 알레르기, 위염, 위궤양, 십이지장궤양, 폐색전증, 당뇨병 등 종류가 다양합니다. 나는 386점이라는 아주 높은 점수가 나왔습니다. 일반적으로 인생의 통과의례라고 받아들인 일들까지 스트레스로 카운트되었기 때문에 높은 점수가 나온 것입니다.

왜 인생에서 '좋은 일'이라고 여겨지는 것이 마음과 몸에는 '나쁜' 결과를 줄까요? NHK 특별취재팀은 "스트레스를 재차 정의해보면 그것은 '모든 종류의 변화'다"라고 말합니다. 즉, 일이나 사회생활을 떠나 인간이 태어나서 죽을 때까지 겪는 모든 변화가 스트레스의 원인이었던 것입니다. 그렇다면 스트레스 감소 대책이란 지금을 살아가는 모든 사람의 과제이기도 합니다.

모피어스의 '빨간 약'

WHO에 따르면 미국의 산업이 스트레스로 입는 손해는 매년 약 3,000억 달러라고 하며, 지출의 대부분은 의료비였습니다. 미국 심리학회는 스트레스의 주요 원인 세 가지를 '돈과 일, 사회의 경제상황'으로 분석했고, 전체 근로자의 69퍼센트는 이 중 업무 스트레스가 가장 크다고 답했습니다. 이 문제에 대처하기 위해 미국 심리학회가 제안하는 스트레스 대책은 다섯 가지입니다.

① 스트레스 원인 피하기
② 웃기
③ 친구나 가족의 지지를 받기
④ 운동
⑤ 명상

미국의 심리학회가 '명상'을 추천하는 것은 의외인데, 이 명상은 최근 일본에서도 주목받는 마인드풀니스 명상입니다.

마인드풀니스 명상은 미국과 유럽에서 이미 스트레스 대책 프로그램으로 자리 잡았습니다. 《도덕적 동물》(1994)로 진화심리학의 지평을 연 로버트 라이트Robert Wright도 마인드풀니스 명상에 큰 영향을 받았다고, 그의 또 다른 저서 《불교는 왜 진실인가》(2017)에서 말했습니다. 《도덕적 동물》은 미국에서 '불교 색채가 짙은 영화'라는 평을 받는 〈매트릭스〉의 감독 워쇼스키Wachowski 남매가 키아누 리브스에게 주인공 네오를 연기하기 전에 읽으라며 건넨 세 권 중 한 권입니다. 이 책은 〈매트릭스〉에 빗대어 표현하자면 '모피아스가 건넨 빨간 약'입니다.

〈매트릭스〉에서 주인공 네오가 사는 현실은 사실 정교하게 만들어진 환각입니다. 실제 인간은 '기계'의 지배를 받고 꿈속 삶을 부여받아 캡슐 안에서 배양되며 전력電力을 추출당합니다. 기계의 지배에 반역하는 조직의 리더 모피아스는 주인공 네오에게 접근해 어떤 선택을 강요합니다. '파란 약'을 먹고 이대로 아무런 의문도 품지 않고 기계가 만들어낸 망상의 세계에 계속 살 테냐, '빨간 약'을 먹고 냉혹한 현실에 눈뜰 테냐…….

로버트 라이트는 자신의 삶을 돌이켜보면 진화심리학이라는 '빨간 약'을 먹고 냉엄한 현실에 눈떴지만, 앞으로 나아가야 할 길을 심리학에서는 찾을 수 없었다고 말합니다. 그래서 그는 심리학자가 말하는 '쾌락의 러닝머신(어디에도 도달하지 못함을 알고 있으면서도 계속 달리고만 있는 현실)'에서 벗어나기 위해 시행착오를 계속하였고, 최종적으로 '침묵의 명상' 합숙에 이르렀습니다. 로버트 라이트가 그곳에서 실시한 것이 위파사나 명상에서 파생한 마인드풀니스 명상이었습니다. 지금 여기에서 일어나는 일에 주의를 기울임으로써 명쾌한 마음을 아는 명상입니다. 그 명상 체험을 뒤로하며 그는 다음과 같이 회상합니다.

> 나는 울보는 아니지만 눈물을 흘리기 시작했다. 그렇게 조용히 실컷 울었다. 이윽고 더없는 행복은 기쁨에 찬 흥분으로 바뀌었다. 명상 시간이 끝나고 사람들이 입을 다물고 홀을 빠져나오면서 이 엄청난 뉴스를 누구도 모를 거라는 데 안타까워 몸부림쳤던 기억이 난다. 자기혐오를 극복한 것은 아니다. 다만 아픔과 고통을 동반했던 많은 일에 앞으로는 더 편해질 것 같았다. 높은 정신 수준에 도달했고, 다시 그곳으로 돌아갈 수 있는 '명상'이란 기술도 얻었다.
>
> 《불교는 왜 진실인가》

그리고 심리학자답게 왜 자신이 눈물을 흘렸는지 자기 자신을 분석합니다.

> 나는 남부 침례교 가정에서 신앙심 깊게 자랐다. 10대 시절 인류의 기원을 설명하는 데 자연선택설과 창세기를 비교하면서 점차 교회에 발길이 뜸해졌다. 기독교 신앙을 대신할 무언가를 간절히 바란 적은 없지만, 아마도 신앙을 잃으면서 마음 어딘가에 빈자리가 생겼을 것이다. (중략) 어쨌든 그날 밤 나는 구원받은 것 같다. 그리 말해도 과언은 아니리라.

흥미로운 것은 인구의 약 75퍼센트가 기독교를 믿는 미국에서 불교에 관심을 갖는 사람이 급증했다는 점입니다. 1997년 10월 13일자 〈타임〉에는 '미국의 불교' 특집이 실렸고, 〈내셔

널지오그래픽〉 2005년 12월 호에는 '부처, 떠오르다' 특집이 실렸습니다. 1970년대 중반 미국에서 약 20만 명이었던 불교 신자는 30년 후 열일곱 배에 가까운 약 350만 명으로 늘어났습니다.

유럽과 미국에서 마인드풀니스가 유행한 배경에는 틀림없이 미국 내에 부는 불교의 부흥이 있습니다. 불교학자 케네스 다나카Kenneth Tanaka는 저서 《깨어나는 종교目覺める宗教》(2012)에서, 기독교에서 불교로 개종한 사람들을 조사해 그 이유를 다음과 같이 분석하고 있습니다.

> 기독교와 유대교 등에는 훌륭한 교의가 있지만 그 가르침을 체험하는 방법이 명확하지 않은 반면, 불교는 누구나 매일 실천할 수 있는 명상을 통해 가르침을 체험할 수 있다.

애플의 창업자 스티브 잡스Steve Jobs도 열세 살 때, 시사 사진잡지 〈라이프〉 표지에 기아에 시달리는 아프리카 어린이 두 명의 사진이 실려 있는 것을 보고, 다니던 교회 목사에게 "하느님은 이 일(기아에 시달리는 아이들)을 알고 계신가요? 그들은 앞으로 어떻게 될까요?"라고 물었습니다. 목사는 "네가 이해할 수 없겠지만 하느님은 그 또한 알고 있단다"라고 답했고, 잡스는 그날 이후 교회에 등을 돌렸다고 합니다. 잡스가 기독교 대신 배우고 실천한 것이 불교의 선禪입니다.

선과
ZEN

고대 중국에서 기원한 '풍수風水'의 영어 표기는 중국어 발음 그대로 'Feng shui'입니다. 그런데 마찬가지로 중국이 발상지인 선禪의 영어 표기는 중국어 발음인 'Chan'이 아니라 일본어 발음인 'Zen'으로 많이 표기합니다. 왜 그럴까요? 그 이유는 미국에 저명한 불교학자 스즈키 다이세쓰鈴木大拙가 있었기 때문입니다. 철학자 오가와 다카시小川隆는 굵은 붓으로 한 필을 긋듯 선의 사상과 흐름을 요약한 《선사상사 강의》(2015)에서 중국 송나라 때 선이 동아시아 각지에 전파됐고, 그것이 일본으로 돌아 들어와 20세기에 스즈키 다이세쓰를 기점으로, 다시 일본에서 미국과 유럽으로 확산되었다고 말합니다.

선은 중국의 'Chan', 한국의 'Seon', 베트남의 'Tien'으로도 미국에 건너갔지만, 스즈키 다이세쓰가 전한 'Zen'이 초기 서구 사회에 가장 먼저 영향을 미쳤기 때문에 세계적 불교 지도자인 베트남 승려 틱낫한Thich Nhat Hanh도 '젠 마스터Zen Master'로 불립니다. (그러나 야마다 쇼지山田奬治의 《도쿄 부기우기와 스즈키 다이세쓰東京ブギウギと鈴木大拙》(2015)에 따르면, 그 스즈키 다이세쓰도 1966년 〈워싱턴포스트〉 기사에서 '미스터 스구키'라고 잘못 표기된 적이 있다고 합니다.) 스즈키 다이세쓰는 어떻게 서구에 선 사상을 전했고 '인류의 교사'라는 칭송을 듣게 된 걸까요?

첫 번째 전환점은 1948년에 심리학자 칼 구스타프 융Carl Gustav Jung의 서문을 실어 《선불교 개론An Introduction to Zen Buddhism》(1934)을 재출간한 것입니다. 이 책이 해외에 번역 출판되면서 스즈키 다이세쓰의 이전 저서도 런던과 뉴욕에 잇따라 번역 출간되었습니다. 1949년부터는 록펠러재단 등의 지원을 받아 하와이대학과 컬럼비아대학을 비롯해 미국 전역의 대학에서 강의를 시작합니다. 1957년에는 여성지 〈보그〉에 '세간의 소문'이라는 작은 기사를 시작으로, 2주 후 〈타임〉에 'Zen'이 소개되며 인기가 폭발합니다. 〈더뉴요커〉와 〈새터데이리뷰〉 등 쟁쟁한 잡지에도 선 사상이 거론되었고, 1958년에는 여성 패션지 〈마드무아젤〉까지 '선이란 무엇인가'라는 특집을 실어 "이제 선은 칵테일 파티에서 가장 인기 있는 화제"라고 보도했습니다.

미국에서 선이 앞다투어 보도되던 중, 한 청년이 어떤 책을 만나면서 선은 결정적인 전환점을 맞습니다. 1995년 맨해튼 거리를 한가로이 걷던 이 청년은 장엄한 분위기의 미국 제일선협회를 들렀다가 스즈키 다이세쓰의 책을 집어 들었습니다. 청년은 곧 친한 친구들과 함께 책을 읽고 필기하며 다 같이 선에 심취했습니다. 이 청년의 이름은 앨런 긴즈버그Allen Ginsberg입니다. 훗날 비트 세대와 히피 세대의 가교 역할을 한 불세출의 시인입니다.

1950년대, 평화와 번영을 되찾은 미국에 훗날 비트닉Beatnik이라 불리는 청년층이 나타납니다. 그들은 정치와 사회에 무관심하고 섹스와 마약, 재즈, 선 등을 통해 자유로움을 추구하는 문학과 사회운동을 일으켰습니다. 이 운동의 중심에 스즈키 다이세쓰의 책에 큰 영향을 받은 앨런 긴즈버그 그리고 잭 케루악Jack Kerouac과 게리 스나이더Gary Snyder 가 있었습니다.

1957년 소설《길 위에서》로 하루아침에 유명해진 잭 케루악은 이듬해 비트 세대와 불교의 만남을 결정 짓는《다르마 행려》를 펴냈습니다.《다르마 행려》는 앨런 긴즈버그와 불교도였던 게리 스나이더와의 교우를 그린 자전적 소설인데, 한때의 반항이 아닌 혹독한 체험으로서의 고독과 방랑이 작품 전체를 관통하고 있습니다. 이 책을 읽으면서 '먹을 곳, 잘 곳, 살 곳이 있어도 왜 우리의 영혼은 채워지지 않는가?'라는 잭 케루악의 영적 고민에 공감했습니다. 미국을 뒤덮는 소비사회에 대한 반대 명제 혹은 이상사회에 대한 호소를 잭 케루악은 강력하게 전하고 있습니다.

> 이 현대사회의 인간은 상품을 소비하도록 되어 있다. 소비할 권리를 얻으려면 뼈 빠지게 일해서 벌어야 한다. 즉 '노동－생산－소비－노동－생산－소비'라는 무한순환에 휘말려 벗어날 수 없다. 다르마 행려는 이 사회 일반의 요구를 거부한다. 소비할 필요가 없는 것에는 일절 소비하지 않는다. 냉장고니 자동차니 헤어에센스니 데오드란트니 전혀 필요 없는 잡동사니를 사들이기 위해 세상 사람들은 땀 흘리며 일

> 한다. (중략)
>
> 다르마 행려는 이런 잡동사니를 모두 내팽개치고 나간다.
>
> 내게는 룩색Rucksack 대혁명 계획이 있다. 수만 명, 아니 수백 만 명의 미국 젊은이들이 룩색을 메고 떠돌기 시작한다. 산에 들어가서 수행하고, 아이들을 기쁘게 하고, 나이보다 행복하게 살며 젊은 여성들을 기쁘게 하고 (중략) 모두 선의 풍류를 아는 이의 정신을 배워 (중략) 무한한 자유의 계획을 만인에게 계속 부여해가는 것이다.

잭 케루악의 문학적·종교적 고민과 열정을 쏟아낸 이 책은 불교의 '달마'를 미국에 널리 알리며 비트 세대를 대표하는 베스트셀러가 되었습니다. 그리고 잭 케루악이 말한 룩색 대혁명은 다음에 올 히피 문화의 예언이 됩니다.

두 명의 스즈키

1959년 조동종 승려 스즈키 순류鈴木俊降가 포교를 위해 미국을 방문합니다. 처음에는 회원 대부분이 일본계였지만 점차 좌선坐禪을 원하는 미국의 비트 세대 젊은이들이 스즈키 순류에게로 모였습니다. 이윽고 스즈키 순류는 1962년에 'the Zen Center(훗날 샌프란시스코명상센터)'

라는 선 실천 도장을 미국 최초로 설립합니다.

스즈키 순류는 스즈키 다이세쓰와 함께 미국에서 '두 명의 스즈키'라 불리며 절대적인 지지를 받았습니다. 스즈키 다이세쓰가 '깨달음'을 강조한 데 반해 스즈키 순류는 '그냥 앉기'를 설파합니다. '초심'을 소중히 여긴 그의 명상센터는 주류문화에 반발하는 카운터 컬처Counter Culture를 좇는 청년들을 자석처럼 끌어당겼습니다. 지금도 영어로 번역된 선의 고전으로 꼽히는《선심초심》(1970)에서 스즈키 순류는 "선 수행이 어렵다고 말하는 이유는 장시간 좌선 자세를 유지하기 어려워서도, 깨달음을 얻기 어려워서도 아니다"라고 말합니다. 중요한 것은 "우리의 마음을 근본적인 의미에서, 아무것도 섞이지 않은 순수한 상태로 만드는 것"이라고 설명합니다. 그는 "이를 '초심'이라고 하는데 말 그대로 처음에 먹은 마음, 즉 'Beginner's Mind'라는 뜻이다. 수행의 목적은 이 초심을 그대로 유지하는 것"이라고 강조했습니다. 스즈키 순류는 또한 깨달음이나 열반 같은 어려운 전문용어를 쓰기보다 다음과 같이 '초심'이 품고 있는 '무한한 가능성'을 설명하며 미국 젊은이들에게 좌선할 용기를 줍니다.

> 초심자의 마음에는 많은 가능성이 있습니다. 하지만 전문가로 불리는 사람의 마음에는 그것이 거의 없습니다.

나중에 미국에서 선을 지도한 선종의 승려 후지타 잇쇼藤田

一照는 시인 이토 히로미伊藤比呂美와 함께 쓴《선의 교실禪の教室》(2016)에서 "미국 문화라는 게 어떻게든 전문가가 되고 싶어 하는 문화죠. 자격증을 따서 어떤 전문가가 되는 것이 계속 사회의 주류 가치관이 되고 있다"며, 스즈키 순류의《선심초심》이 당시 미국의 전문가 우대 문화에 적지 않은 파문을 일으켰다고 말했습니다.

1960년대, 비트 세대에 이어 히피 세대도 명상을 실천하기 시작했습니다. 동시에 마약과 자유연애에 따른 의식 변화를 통해 카운터 컬처를 진원지로 하는 '뉴에이지 운동'이 태동합니다. 나팔바지와 홀치기 염색한 옷들이 유행하고, 당시 전 세계 록 음악의 상징이자 문화 영웅이었던 비틀즈도 인도에서 명상 수행자 마하리시 마헤시 요기Maharishi Mahesh Yogi와 함께 명상을 했습니다. 선의 영향을 받은 것은 비단 아티스트만이 아닙니다. 하버드대학 심리학자 리처드 알퍼트Richard Alpert도 인도에 갔고, 귀국 후에는 스스로 '람 다스Ram Dass'라고 이름을 바꾸고 고차원적 의식에 대해 이야기하기 시작했습니다. 왜 자신이 하버드대학 교수 자리를 버리고 일개 요가 행자가 되었는지를 담은《지금 여기Be Here Now》(1971)는 카운터 컬처의 바이블로서, 스튜어트 브랜드Stewart Brand의 반문화 잡지〈지구백과Whole Earth Catalogue〉와 카를로스 카스타네다Carlos Castaneda의《돈 후앙의 가르침》(1969) 시리즈, 프리초프 카프라Fritjof Capra의《현대 물리학과 동양사상》(1975)과 함께 미국의 젊은 층에 절대적인 영향을 미쳤습니다.

1960년대에 움튼 '영적spiritual 동양'을 향한 동경과 이끌림은 1970년대에 들어서며 더 가속화되었고 명상도 서서히 '미국화'됩니다. 인도 북동부 부다가야에서 만나 아는 사이가 된 조지프 골드스타인Joseph Goldstein과 잭 콘필드Jack Kornfield 등이 미국에 귀국하여, 명상에 관심이 있지만 인도에 가본 적이 없는 미국인들을 위해 명상센터를 설립해 위파사나 명상을 실천할 수 있는 거점을 마련합니다. 동시에 미국 전역에 수백 개였던 선과 티베트 불교 시설에도 사람들이 몰리면서, 명상 문화를 서서히 주류로 끌어올립니다. 그리고 마침내 1979년, 미국에서 결정적인 변화가 일어납니다.

마인드풀니스
명상의 탄생

1960년대, 매사추세츠공과대학MIT의 한 학생이 스즈키 다이세쓰의 강의를 듣고 나서 스즈키 순류의 《선심초심》을 읽고 선에 눈뜹니다. 청년은 처음 명상을 만났을 때 '이것이야말로 내가 찾던 것'이라고 직감했다고 훗날 말합니다. 그 학생의 이름은 존 카밧진Jon Kabat-Zinn입니다. 그는 MIT에서 분자생물학 박사학위를 취득하고 연구실에서 일하면서 개인적으로 명상을 계속했습니다. 그러던 어느 날, 존 카밧진은 명상을 하려다가 불현듯 이런 깨달음을 얻습니다. '만일 명상이 자신이 느끼는 것처럼 진정으로, 인간이 보편적으로 느끼는 고통을 덜어주고 쇠약해진 신경을 달래준다면 그것을 시도해야 할 장소는 명상센터가 아니라 가장 고통을 느끼는 사람들이 있는 곳이 아닐까?'

존 카밧진은 그 가설을 검증하기 위해 1979년 MIT 의학부 내에 스트레스 저감 클리닉을 개설합니다. 이곳을 거점으로 개발된 명상이 '마인드풀니스 저감법MBSR, Mindfulness Based Stress Reduction program'입니다. 이 명상법은 위파사나 명상을 중심에 두고 호흡과 정좌 명상, 바디 스캔, 요가, 보행 명상을 체계적으로 조합해 8주 프로그램으로 구성한 것이 특징입니다. 처음엔 소수의 학생이 수료했지만 MBSR의 치료 효과가 입소문이 나자 일반 치료로 효과를 보지 못한 환자들이 점차 찾아왔습니다.

MBSR이 미국에서 큰 지지를 얻게 된 계기는 크게 네 가지가 있습니다.

첫째는 치료의 의학적 효과를 과학적으로 측정할 수 있다는 것입니다. 존 카밧진이 《마음챙김 명상과 자기치유》(1990)에서 소개한 것처럼, 자외선요법을 받고 있는 건선 환자에게 명상이 주는 효과를 측정한 결과, 명상을 하지 않는 그룹과 명상을 하는 그룹의 치유 효과가 네 배나 차이가 났습니다. 명상의 효과는 건선 환자뿐만 아니라 많은 분야에서 의학적으로 측정되고 있습니다. 한 실험에서 명상하는 그룹과 명상하지 않는 그룹 모두에게 인플루엔자 백신을 접종했더니 명상하는 그룹은 명상 초심자라도 양호한 면역 반응이 나타났습니다.

둘째는 미국의 의료제도입니다. 가야마 리카香山リカ가 《마인드풀니스 최전선マインドフルネス最前線》(2015)에서 지적한 대로 MBSR이 폭발적으로 유행한 원인 중 하나는 의료제도의 적용입니다. 미국 의료 현장에서는 횟수 제한이 없는 정신의학과 치료는 보험이 적용되지 않는 반면, 횟수나 기간이 정해진 치료 프로그램은 보험 적용이 쉽습니다. 존 카밧진이 MBSR을 8주 프로그램으로 구성하자 지금껏 일부 돈 있는 사람들만 이용했던 정신의학과 치료의 문이 일반인들에게도 열린 것입니다.

셋째는 TV 프로그램입니다. 1993년 〈빌 모이어스와 함께하는 힐링과 마음〉이라는 TV 프로그램이 미국 전역에 특별 방송되었는데, MBSR을 널리 알리는 데 결정타가 됐습니다. 모이어스는 원래 대체의학에 회의적이었지만 MBSR 8주 프로그램을 처음부터 끝까지 취재하여, 꼬박 한 시간 동안 존 카밧진의 연구를 소개했습니다. 이렇게 TV 프로그램에서 검증받은 MBSR은 '정말 효과가 있을까' 반신반의했던 대중의 의구심을 날려버리며 수십만 명이 받는 임상치료로 발전합니다.

넷째는 존 카밧진의 보급 전략입니다. 원래 불교나 명상에 조예가 깊었던 그는 섣부른 오해를 사지 않기 위해 의도적으로 종교와 거리를 두었습니다.

얼마 전까지만 해도 '묵상meditation'이라든지 '명상'이라는 말을 들으면 놀라거나 신비주의나 속임수를 이용한 기술을 연상하는 사람이 많았다. 이는 사람이 '주의를 집중하는 것'도 명상의 하나라는 것을 모르기 때문이다. 나는 이 주의 집중을 '마인드풀니스'라고 부른다. (중략) 주의를 집중하는 것은 '항상'이라고는 할 수 없지만 누구나 '평소'에 행하는 일이다. 즉, 명상은 정체를 알 수 없는 것이 아니라 생활 속에서 우리가 평소에 체험하는 것이다.

《마음챙김 명상과 자기치유》

존 카밧진은 그동안 미국 문화가 걸어온 신비주의와 비트닉, 히피 문화, 뉴에이지 운동과 자신이 정리한 마인드풀니스 명상 사이에 선을 그었습니다. 마인드풀니스 명상을 통해 얻을 수 있는 효과를 과학적으로 검증하고 그 효과를 고통받는 이들에게 평등하게 제공하기 위해, 그 뿌리가 된 불교의 맥락마저 분리하여 마인드풀니스 명상을 확립한 거죠.

명상의 효과에만 초점을 맞춘 겉핥기식 명상 기술이라며 불교 신자들로부터 비판을 받기도 했지만, 스트레스 강국 미국에서 명상의 큰 파동을 창출한 것은 틀림없는 사실입니다.

일찍이 칼 구스타프 융은《동양적 명상의 심리학東洋的瞑想の心理學》(2019)에서 고대 인도의 요가에서 출발한 동양적 명상의 전통은 유럽에 중요한 교훈을 주었다고 말합니다. 다만 동양의 수행법이나 사고방식을 그대로 서양에 들여올 것이 아니

라 서양의 전통과 그 토양에서 유럽인에게 적합한 요가를 스스로 만들어내야 한다고 말합니다. 존 카밧진의 실천은 칼 구스타프 융의 예언을 실현하듯, 스트레스에 시달리는 미국인에게 새로운 길을 열어주었습니다.

'내면을 검색하라'
구글식 명상법

마인드풀니스 명상은 병원뿐만 아니라 수많은 기업에서 비즈니스에 도입한 것으로도 알려져 있습니다. 마인드풀니스를 도입한 미국의 유명 대기업을 취재한 데이비드 겔스David Gelles는 《마인드풀 워크Mindful Work》(2015)에서 "헬스장에서 역기를 들면 근육이 붙듯이 마인드풀니스를 실천하면 우리 마음의 근육 또한 단련된다. 마인드풀니스를 일상에서 실천하는 실증적 방법이 명상"이라고 밝히고 있습니다. 실제로 명상을 하는 사람들은 그렇지 않은 사람들에 비해 불안감이나 우울감 같은 감정 변화에 더 잘 대처할 수 있어, 이른바 '마음 지능지수EQ, Emotional Intelligence Quotient'에서 차이를 보였습니다.

세계적 IT 기업인 구글에서 직원학습 프로그램 책임자로 근무하는 빌 드웨인Bill Dwane은 《구글의 마인드풀니스 혁명グーグルのマインドフルネス革命》(2015)에서 "구글이 기업 차원에서 마인드

풀니스에 접근하는 이유는 마인드풀니스가 개인과 기업 모두에 긍정적이기 때문"이라고 명확히 답했습니다.

원래 구글에서 명상이 시작된 것은 일찍이 2005년이었는데 그 창시자는 차드 멩 탄Chade-Meng Tan으로, 그는 저서《너의 내면을 검색하라》(2012)에서 "어려운 업무로 매일 큰 스트레스 환경에 놓이는 구글 직원들을 위해 MBSR 강좌를 개설했다"고 그 목적을 밝히고 있습니다.

차드 멩 탄은 이 강좌와 병행해 마인드풀니스에 기초한 EQ 육성 트레이닝 프로그램 '너의 내면을 검색하라(통칭 SIY)'도 개발했습니다. 그는 친구들에게서 "EQ를 단련해봐야 무슨 이득이 있어?"라는 말을 들을 때마다 능력 있는 엔지니어답게 세 가지 혜택이 있다고 설명합니다. 바로 뛰어난 직무 수행 능력과 발군의 리더십 그리고 행복을 꾸리는 능력입니다.

> 명상은 가장 단순하게 말하면 '주의력 연습'이다. 명상 훈련을 충분히 하면 주의가 흐트러지는 일 없이 온화하게 집중할 수 있다. 그렇게 주의하기의 질을 높이면 마음은 쉽게, 장시간 매우 편안하고 흔들림 없는 상태가 될 수 있다. 편안하면서도 흔들림 없는 상태가 되면 멋진 세 가지 마음의 특질이 나타난다. 평온함과 명료함, 행복감이다.

차드 멩 탄이 개발한 SIY의 가장 간단한 프로그램은 딱 2분간 앉아서 차분히 자기 내면에 집중하는 것입니다. 간편하고도 효과적이어서, 처음에는 직원 참여도가 높지 않았지만 지금은 구글 직원의 약 10퍼센트가 참여하는 프로그램으로 성장했습니다.

인간을 불행하게 하는 본질

〈와이어드〉 일본판 32호에 실린 기사 '디지털 웰빙'에서 예방의학자 이시카와 요시키石川善樹는 전쟁 후 일본의 '1인당 GDP와 생활 만족도'의 추이를 그래프로 시각화해 소개하고 있습니다. 자료에 따르면 전쟁 후 1인당 GDP는 꾸준히 상승했지만 생활 만족도는 거의 제자리걸음이었습니다. 즉, 경제가 발전하고 수명이 늘어나도 삶의 질 자체에는 별다른 변화가 없었던 것입니다. 비슷한 경향은 미국을 비롯해 다른 나라에서도 보입니다. 프린스턴대학 경제학자 앨런 크루거Alan Krueger는 미국인은 집안일이나 업무 등 '네거티브한 활동'을 줄이고 배움이나 친구들과 교류하는 '포지티브한 활동'을 늘리고 싶어 하면서, 실제로는 남녀 모두 TV를 보며 멍하게 보내는 시간이 늘고 있다고 지적합니다.

1956년에 설치된 일본의 과학기술청에서도 '생활이 편리해지고 의학 발달로 수명이 늘어나면 무엇이 문제가 되는가?'라는 주제로 실증연구를 진행하고 있습니다. 그 대답은 뜻밖에도 '지루함'이었습니다. 역사를 거슬러 올라가면 현대인이 생산성을 향상시켜 획득한 '지루함'이야말로 고뇌의 본질이라고 갈파한 철학자가 있습니다. 바로 블레즈 파스칼Blaise Pascal입니다. 그는 인간의 고독한 실존을 다룬 고전《팡세》(1670)에서 다음과 같이 서술합니다.

> 인간의 불행은 모두 단 하나의 일, 즉 방 안에 조용히 머물러 있을 수 없다는 데에서 비롯된다.

파스칼은 '제아무리 훌륭한 자리에 오른' 왕이라도 이 사실은 변하지 않으며, 인간이 필요로 하는 것은 스릴과 흥분이지 결과 자체가 아니라고 말합니다. "지루함을 달래기 위해 소란 속에서 춤을 추다 보면 인생은 어느새 끝나버린다"는 파스칼의 지적은 너무나 현실적이라 무서울 정도입니다.

실제로 일본 GDP의 급속한 증가와 함께 파스칼이 말하는 '기분 전환', 즉 일상적인 오락 산업은 급성장했습니다. 이제 거리 어디에나 있는 파친코는, 한창 인기였을 때는 자동차 산업을 넘어 30조 엔 시장으로 성장했습니다. e스포츠 등의 약진이 이어지는 세계 게임 시장은 약 16조 엔으로 계속 확대되고 있습니다. 스마트폰 화면을 바라보고만 있어도 하루는 빠르게 지나갑니다. 파스칼이 말했듯 '기분 전환'은 우리에게서 주의력을 쉽게 빼앗습니다.

> 우리는 절벽을 보지 않으려고 무언가로 눈을 가린 채 안심하며 절벽 쪽으로 달려가고 있다.
>
> 《팡세》

우리의 마음은 지금 어디로 향하고 있는 걸까요.

왜 집중하지 못할까

하버드대학의 심리학자 매슈 킬링스워스Matthew A. Killingsworth 연구팀에 따르면, 사람들은 깨어 있는 시간의 약 47퍼센트를 지금 당장 몰두하는 일 이외에 다른 무언가에 대해 생각하는 데 보내고 있습니다. 구글과 같이 우수한 인재들이 모이는 기업조차 명상을 통해 주의 집중을 훈련하듯이, 우리의 의식은 평소에 딴 곳을 방황하고 있습니다. 왜 우리는 눈앞의 일에 온전히 집중하지 못하는 걸까요? 그 답이 우리의 손안에 있다고 말하는 책이 있습니다.

스웨덴의 정신의학과 의사 안데르스 한센Anders Hansen은 《인스타 브레인》(2019)에서 2010년부터 2016년 사이에 정신의학과 진료를 받은 스웨덴의 젊은이가 급증했다고 지적합니다.

> 그 시기에 젊은 층의 생활에 일어난 최대의 변화, 그것은 스마트폰으로 인터넷에 접속할 수 있게 된 것이다. 이전까지 거의 존재하지 않았던 것에 하루 평균 네 시간을 소비하는 지경에 이르렀다.

안데르스 한센은 "우리는 하루에 2,600회 이상 스마트폰을 만지고, 평균 10분에 한 번 스마트폰을 손에 쥔다. (중략) 세 명 중 한 명이(18~24세에서는 두 명 중 한 명이) 한밤중에 적어도 한 번은 스마트폰을 확인한다"며 그 변화를 검증합니다.

중독이란 자신에게 해를 끼친다는 것을 알면서도 반복을 멈추지 못하는 증상을 말합니다. 깨어 있는 내내 10분 간격으로 스마트폰을 손에 쥐고 하루 평균 240분 가까이 화면을 응시하는 것은 중독이라고 해도 과언이 아닙니다. 안데르스 한센은 우리가 자제심을 잃고 스마트폰을 과하게 사용하고 있는지를 뇌 보상 시스템으로 설명합니다.

새로운 것을 배우면 뇌는 중추신경전달물질인 도파민을 방출합니다. 그래서 새로운 정보를 획득하면 뇌는 보상을 얻습니다. 즉, PC나 스마트폰 페이지를 넘길 때마다 뇌는 도파민을 방출하고, 그 결과 우리는 클릭하는 것을 아주 좋아하게 됩니다. 뇌의 보상 시스템을 더 가속화하는 것은, 지금 읽고 있는 페이지보다 다음 페이지에 대한 '불확실한' 기대입니다. 인간은 '불확실한 결과'에 대한 편애가 있어서 도파민의 양이 급증합니다. 무슨 일이 일어날지도 모른다는 기대만큼 뇌를 부추기는 것은 없습니다. 길게 보면 손해를 보리란 걸 알면서도 도박을 그만둘 수 없는 것도 같은 이유라고 안데르스 한센은 지적합니다.

뇌의 보상 시스템을 연구하여, 최대의 중독성을 발휘하게끔 혈안이 된 것은 카지노나 게임 회사만이 아닙니다. 지금 가장 열을 올리는 것이 SNS 기업입니다. 트위터 애플리케이션을 켜면 푸른 화면 속에서 흰 새가 날아다니며 스크린을 가득 채우는데 이는 로그인에 시간이 걸려서도, 접속 상태가 나빠서도 아닙니다. 그저 기다리게 함으로써 이용자의 긴장감을 유도하는 일종의 꼼수입니다.

페이스북의 창업자 마크 저커버그Mark Zuckerberg는 '내 주변 사람에 대해 알고 싶어 하는' 인간의 욕구를 네트워크화하는 데 성공하였고, 거기서 더 나아가 '나에 대해 말하고 싶어 하는' 욕구를 실현함으로써 지구상의 인간 약 세 명 중 한 명꼴의 주목을 받는 데 성공했습니다. 신문과 잡지, TV, 라디오, 인터넷 등 모든 미디어가 '이용자를 어떻게 주목하게 만들 것인가'를 두고 치열하게 경쟁하고 있습니다.

우리의 의식이 방황할수록 마케터들은 판돈을 낚아 올립니다. 기숙사 프로젝트로 시작된 페이스북이 단 15년 만에 전 세계 광고 시장을 장악한 이유도 여기에 있습니다. 페이스북의 '좋아요'는 인간 심리의 취약성을 건드리는 기능인데, 이를 개발한 저스틴 로즌스타인Justin Rosenstein은 자신의 페이스북 이용에 제동을 걸기 위해 일부러 제한시간을 설정했습니다. 스티브 잡스는 자신의 10대 자녀가 아이패드를 이용하는 시간을 엄격히 제한했고, 빌 게이츠Bill Gates도 아이가 14세가 되기 전까지는 스마트폰을 사주지 않았습니다.

스마트폰의 힘은 상상을 초월해서, 무음 모드로 바꿔 주머니에 넣고 있어도 그 마력을 잃지 않습니다. 안데르스 한센은 대학생 500명의 기억력과 집중력을 조사하기 위해 스마트폰을 강의실 밖에 둔 학생과 무음 모드로 바꿔 주머니에 넣은 학생을 비교했는데, 그 결과 '스마트폰의 존재를 조금이라도 의식하면 인지능력 용량이 줄어든다는 것'이 증명됩니다. 또 스마트폰을 소지하고 강의를 들은 참가자와 스마트폰을 강의실 밖에 두고 온 참가자를 비교하면, 초반 15분을 제외하고는 강의에서 얻은 정보에도 명확한 차이가 났습니다.

우리는 모두 스마트폰에 매달려 있다고 말해도 이제 아무도 놀라지 않는데, 2017년 10월에 사상 최대의 인터넷 이용 조사 '스웨덴인과 인터넷'이 발표되었을 때는 모두가 놀라 숨을 죽였습니다. 이 조사 결과에 따르면 월령 12개월까지의 영아 넷 중 한 명이 이미 인터넷을 사용하고 있고, 2세 아동의 절반 이상이 매일 인터넷을 사용하고 있으며, 7세 아동의 대부분은 매일 이용하고, 11세가 되면 98퍼센트가 자신의 스마트폰을 가지고 있다고 합니다.

인간의 충동에 제동을 거는 전두엽이 완전히 발달하는 것은 25세에서 30세입니다. 즉, 스마트폰을 보면 안 된다고 제어해주는 브레이크는 10대 무렵에 작동하지 않습니다. 영국에서 스마트폰 사용을 금지한 중학교에서는 그렇지 않은 학교와 비교해 1년 사이에 일주일 가까운 학습 효과 차이가 났습니다. 도대체 그 이유는 무엇일까요?

진화에는 잘 알려진 신화가 있습니다. 진화란 진보이며 더 나은 방향으로 나아간다는 믿음입니다. 스마트폰을 둘러싼 견해 중에는 진화에의 과도기라는 것도 있습니다. 하지만 진화가 반드시 앞으로 나아가는 것은 아니라고 알려주는 것이 코알라 뇌의 크기입니다.

코알라의 뇌는 작아서 머리뼈 공간을 채우지 못해 마치 큰 그릇 안에서 굴러다니는 모양새입니다. 코알라는 유칼립투스 잎만 편식하기 때문에 밤낮으로 유칼립투스 나무에서 움직일 필요가 없었습니다. 결국 코알라는 식성이 단순해짐에 따라 뇌가 줄어든 것입니다. 도대체 코알라의 뇌에는 무엇이 필요했을까요?

인간은 달리기 위해 태어났다?!

인간 세상은 하나의 생태계이며 우리의 행복과 운동이 밀접하게 연결되어 있음을 과학적으로 풀어낸 책이 있습니다. 정신의학과 교수 존 레이티John J. Ratey와 에릭 헤이거먼Eric Hagerman이 함께 쓴《운동화 신은 뇌》(2008)입니다.

이 책은 미국 시카고에서 이루어진 교육개혁을 소개하고, 운동을 시킨 아이는 성적이 올랐을 뿐 아니라 건강해졌고 무엇보다도 뇌 건강과 학습능력이 향상되었다는 것을 과학적으로 증명합니다. 그리고 운동은 비단 뇌에만 효과가 있는 게 아니라는 것을 밝힙니다. 스트레스로 알코올 중독에 걸릴 뻔한 주부, 달리기를 그만두면서 우울해진 마라토너, 불안장애에 시달리는 관리직 여성, 우울증과 약물 중독으로 자살 미수에 이른 젊은이, 부모를 잃은 충격으로 면역력이 떨어져 병에 걸린 의사 등 존 레이티가 임상의로 마주했던 환자들이 운동을 한 후 회복하는 과정도 그려져 있습니다.

존 레이티는 2000년, 듀크대학 연구팀이 발표한 "우울증 치료에는 서트랄린염산염sertraline hydrochloride보다 운동이 더 좋다"는 세기의 대발견이 〈뉴욕타임스〉 지면에 짤막하게 실린 것에 분개하며 "움직임 없는 생활이 정신을 좀먹고 뇌 건강을 해친다"는 주장을 증거와 함께 제시합니다.

이어 그는 몇 년 뒤 출간한 《맨발로 뛰는 뇌》(2015)에서도 뇌의 기능을 파고들며 영국 과학자 대니얼 월퍼트Daniel Wolpert의 질문 '왜 우리에게는 뇌가 있을까?'를 소개합니다. 이 질문을 읽으며 나는 '생각하기 위해서'라는 답을 떠올렸는데, 정답은 "우리가 뇌를 가진 이유는 오직 하나, 바로 상황에 맞는 복잡한 움직임을 위해서다. 다른 이유는 없다"였습니다.

존 레이티는 대니얼 월퍼트의 이론을 따르면서 뉴욕대학

신경과학자 로돌포 이나스Rodolfo Llinás의 "우리가 사고라고 부르는 것은 진화 과정에서 동작이 내재화된 것"이라는 말을 인용하며, '인간의 뇌는 움직임으로써 형성되고 단련된다'는 것을 구체적으로 검증해나갑니다. 앞에서 언급한 코알라의 뇌와 함께 이 논의를 구현하는 생물에 멍게가 있습니다. 멍게는 미발달 신경계를 가진 원시적인 바다생물입니다. 갓 태어난 멍게는 식량이 풍부한 장소를 찾아 계속 수영합니다. 그리고 정착할 장소를 발견하면 자신의 뇌를 먹어치웁니다. 이제 움직이지 않아도 괜찮기 때문에 뇌는 필요 없어진 게 아닐까요?

현실에서 우리는 대부분 움직임이 없는 문화 속에서 살고 있습니다. 스마트폰과 PC, TV를 항상 가까이하고 있으면 인간이 움직이도록 타고났다는 것, 즉 동물이라는 사실을 잊어버리기 쉽습니다.

인간은 네발 동물과 비교해 달리기가 느린 데다 원숭이처럼 빠르게 나무에 오르지도 못합니다. 확실히 인간은 도구를 발명해 동물계에 군림했지만, 활과 화살이 발명된 것은 2만 년 전입니다. 창끝이 역사에 등장한 것은 20만 년 전이었습니다. 그러나 인류의 조상 호모에렉투스가 탄생한 것은 대략 200만 년 전입니다. 단순 계산으로 보면 인류가 탄생한 이후 자연계에 군림하기까지 약 180만 년이 걸렸습니다. 인간은 180만 년 가까운 기간 동안 맨손으로 고기를 얻은 셈입니다. 하지만 어떻게 이것이 가능했을까요? 도구를 발명하기 전의 인간이 약육강식의 세계에서 멸종하지 않은 유전적 우위

성은 대체 무엇일까요?

이 인류 진화의 가장 큰 수수께끼에 정면으로 부딪쳐 최고의 답을 내놓은 책이 크리스토퍼 맥두걸Christopher McDougall의 《본 투 런》(2009)입니다. 400쪽이 넘는 책이지만 유머 가득한 문체와 학술적이고 면밀한 취재, 무엇보다도 저자가 직접 운동화를 버리고 맨발로 달리면서 독자적인 발견을 쌓아나가는 전개가 눈을 뗄 수 없을 만큼 매력적입니다.

책에서 연구자들이 밝힌 답은 "다른 동물과 달리 우리 인간은 오래 달릴 수 있다"는 소박한 것이었습니다. 인류가 수백만 년 동안 달리기를 통해 진화의 우위를 구축하고 뇌를 만들어왔다는 '달리는 인간설'입니다. 예를 들어 보통 말이 전력으로 달릴 수 있는 속도는 초당 7.7미터입니다. 다만 그 페이스를 유지할 수 있는 것은 약 10분입니다. 그다음은 초당 5.8미터로 감속합니다. 한편 일류 마라토너는 초당 6미터의 속도로 '몇 시간이든' 조깅할 수 있습니다. 즉, 계산상으로는 "동물을 잃어버리는 일만 없다면 10분 이내에 상대를 제칠 수 있다"는 말이 됩니다.

인간의 다리야말로 '동물계 필살의 무기'라는 지적에 감탄했습니다. 그는 우리가 오래 달릴 수 있는 증거가 인간의 스프링과 같은 다리와 늘씬한 상반신, 땀샘, 털 없는 피부, 태양열이 모이기 어렵게 바로 선 신체 등이라고 분석합니다. '달리는 인간설'을 검증하고 증거를 모으기 위해 연구자들은 세계 끝까지 여행을 떠났습니다. 하지만 세계 각지에서 조사를 계속하는 도중 '달리는 인간설'의 치명적인 약점도 알게 됩니다. 만약 정말 이 가설이 맞다면 고고학적 증거가 존재하지 않는다는 점입니다. 왜냐하면 동물을 쫓아 달려가 죽일 경우, 화살촉도 창에 찔린 자국도 동물 사체에 남아 있지 않을 테니까요. 아무리 넓고 깊고 상세하게 역사를 거슬러 그 흔적을 찾으려 해도 시체도 흉기도 목격자도 남아 있지 않습니다.

자연의 치유력

이 진화론의 완전범죄에 연구자들이 어떻게 도전했는지는 부디 직접 페이지를 넘겨 확인해 보시길 바랍니다. 자, 그럼 인간이 달리기 위해 태어난 것이라면 왜 이렇게 달리기를 싫어하는 사람이 많을까요?

이 당연한 의문에 크리스토퍼 맥두걸은 한 연구자가 낸 수수께끼를 소개합니다.

> 우리는 2004년에 열린 뉴욕시 마라톤 결과를 알아보고 연령별 기록을 비교했다. 그리고 19세를 시작으로 러너들은 점점 빨라져서 27세에 절정에 이른다는 것을 알았다. 27세가 넘으면 기록은 점점 떨어졌다. 그런데 여기서 문제를 내겠다. 19세 때와 같은 속도로 돌아가는 나이는 몇 세일까?

나는 이 대목을 읽으면서 '40세 정도려나?' 하고 생각했습니다. 과연 몇 살일 것 같은가요? 정답은 무려 64세입니다. 어떤 스포츠 경기를 둘러봐도 64세가 19세와 맞설 수 있는 경기는 쉽게 찾을 수 없습니다. 인간은 오래달리기를 잘할뿐더러 장기간에 걸쳐서도 할 수 있습니다. 심지어 크리스토퍼 맥두걸은 다음과 같이 말합니다.

> 인간은 나이가 들어서 달리기를 그만두는 것이 아니라고 "딥시 데몬" 잭 커크가 항상 말했다. 달리기를 그만두기 때문에 나이를 먹는 것이다.

하지만 여기서 또 하나의 큰 문제에 부딪힙니다. 몸은 움직이기 위해 만들어졌다 해도 뇌는 지름길을 매우 좋아한다는 것입니다. 인간이 안고 있는 심신의 상극이 그리 간단하지 않은 것은, 나부터가 달리는 것보다는 편안히 앉아 책을 읽고 싶어 한다는 것에서 실감할 수 있습니다. 하지만 집돌이였던 내가 문밖을 나서게 만든 책이 있습니다. 플로렌스 윌리엄스Florence Williams가 몸소 취재한 《자연이 마음을 살린다》(2017)입니다. 왠지 모르게 자연 속을 걷다 보면 재충전된 기분이 듭니다. 이 근거 없는 기분이 괜한 기분 탓은 아니라는 것을 이 책은 최신 연구로 밝히고 있습니다.

플로렌스 윌리엄스는 웅장한 자연에 둘러싸여 살다가 남편의 이직으로 도시에 이사 오면서 심신이 예전 같지 않다고 느낍니다. 그 원인을 '자연의 결핍'이라고 생각했다는 점이 놀랍습니다. 그녀는 자연과 뇌에 관한 과학적인 연구를 조사하고 일본과 한국, 영국, 핀란드, 스웨덴, 싱가포르의 전문가를 찾아 나서는 여정을 시작합니다.

나는 이 책을 읽고 나서 '삼림욕'이 과학사들이 주목하는 최신 연구 대상이라는 것을 알게 됐고 흥분했습니다. 이외에도 세계 각국의 연구를 바탕으로 자연과 뇌의 관계를 알아가는 동안 가슴이 뛰었습니다. 또 청각과 관련해서는 바람 소리와 물소리, 새소리가 '건강에 좋은 세 가지 소리'라는 사실을 알게 되었습니다. 후각과 관련해서는 비가 그친 뒤 땅에서 피어오르는 흙냄새의 원인 물질인 '게오스민Geosmin'에 치유 효과가 있다는 것을 알게 되었고, 시각과 관련해서는 자연에서 찾을 수 있는 '프랙털Fractal'에 인간을 진정시키는 효과가 있다는 것을 알게 되었습니다.

게다가 자연 속에서 15분간 머무르면 혈압과 스트레스가 떨어지고, 45분간 머무르면 인지기능과 활력, 사고력이 향상하며, 3일간 머무르면 창의력이 무려 50퍼센트나 향상됐다는 연구 결과에 놀랐습니다.

진보한 기술은 곧 그 시대의 인간 그 자체입니다. 이미 생겨버린 이상 그것이 없던 옛날로 돌아갈 수는 없습니다. 만약 한 달간 자연 속에서 지내는 시간을 만들 수 있다면 그것만으로도 인생을 풍요롭게 바꿀 수 있다는 이 책의 메시지는 현대인에게 희소식이 아닐까요.

과부하와 스트레스로 가득한 현대를 살아가려면 '지금 여기'에 집중해 불안과 부정적 감정을 떨쳐내는 마인드풀니스 명상과 같은 마음 운동이 필요합니다. 의학박사 잰 초즌 베이Jan Chozen Bays가 쓴 《야생코끼리를 훈련시키는 법How to Train a Wild Elephant》(2011)은 마치 연간 계획처럼 목차가 구성되어 있어서 매주 한 장章씩 읽고 따라 하면 1년에 한 권을 전부 실천할 수 있습니다. 나도 실제로 일주일씩 따라 해보았는데, 그동안 매일매일 쌓였던 불안감이 조금씩 해소되었습니다.

존 레이티가 《맨발로 뛰는 뇌》에서 확인해준 것처럼, 운동뿐만 아니라 마인드풀니스, 식사, 수면, 생각, 삶의 방식은 모두 연결되어 있어서 우리의 건강과 행복에 큰 영향을 미칩니다. 그중에서도 《운동화 신은 뇌》와 《본 투 런》, 《자연이 마음을 살린다》, 이 세 권은 읽는 이의 마음가짐을 바꾸는 호소력 짙은 책입니다. 나는 이 세 권을 만난 이후 매주 공원을 걷고, 좋아하는 책을 읽기 전에 일부러 간단한 운동을 합니다.

마인드풀니스 명상을 하든, 운동을 하든, 자연을 즐기든 모두 현대인에게 필요한 처방전입니다. 부디 한번 실천해보세요. 틀림없이 효과를 볼 것입니다.

파스칼은 현대인에게는 '지루함'이야말로
고뇌의 본질이라고 말했습니다.
허나 "지루함을 달래기 위해 소란 속에서 춤을 추다 보면
인생은 어느새 끝나버린다"는 파스칼의 또 다른 지적은
너무나 현실적이라 무서울 정도입니다.

제7장

언제 끝날지 모르는 삶이지만

죽음을 생각하다

나는 제법 책을 읽어왔다고 생각합니다. 책 읽기를 좋아할 뿐만 아니라 도서관 사서 자격증도 취득하여 나름대로 책의 체계나 좋은 책을 알아보는 방법도 배웠습니다. 하지만 아무리 많이 책을 읽고 지식을 늘려도 절대 대답할 수 없는 질문이 하나 있습니다. 이 사실을 깨닫게 된 것은 서점 직원으로 일한 지 1년쯤 되었을 때였습니다.

"친구가 아이를 사고로 잃고 1년 가까이 집 밖을 못 나가고 있어요. 친구에게 위로가 될 만한 책을 추천해주시겠어요?"

친구를 위해 책을 골라달라는 추천 요청을 받고는, 서점 직원으로서 잘 해낼 수 있을지 걱정이 들었습니다. 아무리 업무 경력을 쌓는다 해도 이런 요청에 선뜻 답을 꺼내기는 쉽지 않기 때문입니다.

그래도 어쨌든 내 대답을 기다리는 고객이 눈앞에 있으니 마땅한 책을 찾아주어야 했습니다. 도움이 될 만한 답을 내놓아야 한다는 부담감으로 분주하게 책을 골랐지만 마땅한 책을 찾지 못했습니다. 경솔하게 책을 골라서도 안 된다고 생각했고, 애초에 한 권의 책으로 감히 답할 수 없는 문제라는 데 생각이 미쳤습니다. 결국 나는 서점 직원으로서 해야 할 일을 하지 못한 채 고객의 얘기를 잠자코 들어주었습니다. 고객은 처음 요청 이후에도 여러 차례 서점에 방문해, 알아본 책이나 읽어본 책의 정보를 나와 교환했습니다. 근처 대학에 심리치유 전문가가 있다고 알려드렸더니, 어느 날은 신문 인터뷰 기사를 스크랩해와 보여주었습니다.

"좋은 선생님을 알려줘서 고맙습니다."

그 감사 인사를 마지막으로 한동안 고객과 만나지 못하다가 반년 정도 흘렀을 때 서점 계산대에서 우연히 그 고객과 재회했습니다.

"요즘 재미있게 읽는 책 있으신가요?" 하고 먼저 말을 걸었더니 "요즘 나오키상 수상작에 빠져 있어요. 역시 소설은 재미있어요" 하며 웃는 얼굴로 답해주었습니다. 직접적인 답변은 아니었지만 친구의 상황이 나아졌을지도 모르겠다는 안도감이 들었습니다. 하지만 고객을 배웅하며 결국 나는 서점 직원으로서 도움을 주지는 못했다는 반성을 했습니다. 만약 다음에 똑같은 고객 요청이 들어온다면 좀 더 제대로 된 대답을 내놓고 싶었습니다.

내가 풀지 못한 숙제는 '인간에게 죽음이란 무엇인가'입니다. 인간에게 '반드시'라는 단어를 붙일 수 있는 것은 '삶'과 '죽음'이 아닐까요. 나는 언젠가 반드시 죽습니다. 나의 부모도, 가족도, 아이도, 친구도 언젠가는 모두 반드시 죽습니다. 죽지 않는 인간은 없지요.

그러나 의료의 발달이나 기술의 진화와 함께 '죽음'을 둘러싼 상황이나 개념은 계속 변화하고 있습니다. 과학자이자 창업가인 데이비드 싱클레어David A. Sinclair는《노화의 종말》(2019)에서 누구도 벗어날 수 없다고 생각한 '노화'가 일종의 병이며, 미래에는 치료가 가능해질 거라고 예측했습니다. 경영컨설턴트이자 로봇공학자인 피터 스콧 모건Peter Bowman Scott-Morgan은 스티븐 호킹Stephen Hawking 박사가 앓은 난치병 ALS(근위축성측색경화증)가 갑자기 발병하여 극도의 신체장애를 앓게 됐습니다. 그는 전문지식과 최첨단 테크놀로지를 이용해 자신의 신체를 사이보그로 개조하기로 선택합니다. 피터 스콧 모건은 자서전《나는 사이보그가 되기로 했다: 피터에서 피터 2.0으로》(2021)에서 '인간 피터'에서 AI 사이보그 '피터 2.0'으로 다시 태어나는 과정을 그려내며 인간에게 삶과 죽음이란 무엇인지를 묻습니다.

그가 자신의 육체와 삶을 통해 묻는 물음은 우리의 통념을 뿌리째 흔드는 것들입니다. 죽음을 피할 수 없다면 적어도 그날 전에 나름대로 죽음에 대해 생각하고 싶어서, 나는 이 책을 펼쳐 들었습니다.

죽음에 이르는 5단계

죽음을 주제로 한 책 중 스테디셀러로 서가에 빠질 수 없는 한 권이 《죽음과 죽어감》(1976)입니다. '말기 간호terminal care의 바이블'이라 불리며 '죽음에 이르는 5단계' 이론으로 일약 그 이름을 세계에 알린 정신건강의학과 의사 엘리자베스 퀴블러 로스Elisabeth Kübler-Ross의 대표작입니다. 이 책의 탄생 계기는, 엘리자베스 퀴블러 로스가 콜로라도 대학에 부임하면서 정신생리학연구소 소장의 강의를 대신 맡게 된 것입니다. 소장을 대신해 맡게 된 강의는 2주 후였고, 강의 주제는 제한이 없었습니다. 대학병원에서 환자 회진을 담당하던 로스는 갑작스러운 강의에 패닉 상태에 빠졌습니다. 준비 기간은 고작 2주뿐이었지만 모처럼 주어진 기회였으니 제대로 해보기로 마음먹고, 장래에 의사가 될 학생들이 알아두면 좋을 내용이 무엇일지 고심했습니다. 이는 그녀의 자서전 《생의 수레바퀴》(1997)에 다음과 같이 실려 있습니다.

> 그러던 어느 날, 불쑥 강의 주제가 떠올랐다. '죽음'이다. 모든 의사와 환자가 죽음을 생각하고 있다. 대부분의 사람들은

죽음을 두려워했다. 언젠가는 모든 사람이 죽음에 직면할 수 밖에 없다. 죽음이야말로 의사와 환자에게 공통되는 주제이자 아마도 의학에서 가장 큰 수수께끼일 터였다. 동시에 죽음은 최대의 금기이기도 했다.

대학병원에서는 왜 죽음에 대해 이야기하는 것이 금기일까요? 병원이 환자가 숨을 거두는 장소이자 환자를 낫게 하는 장소이기 때문입니다. 대학과 병원 관계자들의 따가운 시선을 견디면서 그녀는 '죽음'을 강의 주제로 정하고 조사를 시작합니다. 먼저 도서관에 가서 서가를 살펴보았습니다. 그러나 종교나 사회학적 주제의 책뿐 눈앞의 현실에서 일어나는 임상의 죽음과 마주하는 책은 찾을 수 없었습니다. '어떻게 하면 학생들에게 병원 현장에서 벌어지는 진짜 죽음에 대해 전달할 수 있을까?' 고민하며 병원 회진을 계속하던 중 그녀는 백혈병과 사투하며 매일 죽음의 고비를 넘기는 16세 소녀 린다를 만났고, 침대 옆에서 린다의 말에 귀를 기울였습니다.

그날 린다는 가족에 대한 불만을 토로했습니다. 린다의 어머니가 딸의 마지막 생일을 위해 생일 카드를 보내달라고 신문에 광고를 낸 것입니다. 병원에 배달된 대량의 생일 카드를 보고 린다는 실망했습니다. 그녀가 정말 원한 것은 낯선 사람이 보내온 선의의 생일 카드가 아니라 부모님의 병문안이었기 때문입니다. 린다의 말을 듣고 엘리자베스 퀴블러 로스는 '이거다!' 싶었습니다. '린다에게 이야기해달라고 하자. 어머니에게 하지 못했던 말을, 16세에 죽음에 직면해야 하는 것이 어떤 것인지를 장래에 의사가 될 학생들에게 이야기해달라고 하자.' 그녀는 린다에게 곧바로 강의 의향을 물었고, 린다는 고개를 끄덕여 허락했습니다. 이리하여 죽음을 눈앞에 둔 환자 본인이 죽음에 대해 이야기하는 단 한 번의 강의가 시작됩니다.

예쁜 드레스를 입고 머리를 다듬은 린다는 휠체어를 타고 등장해 의대생들에게 자신의 이야기를 들려주었습니다. 학생들은 린다가 말하는 동안 조용히 경청했고, 강의가 끝날 무렵 대부분이 눈물을 흘렸습니다. 학생으로서, 장래의 의사로서가 아니라 그저 한 인간으로 린다의 이야기에 공감하지 않을 수 없었던 것입니다. 피할 수 없는 진짜 죽음과 마주한 16세 소녀의 이야기는 큰 호응을 얻었습니다. 엘리자베스 퀴블러 로스는 이후로도 계속 강의를 하게 되었고, 훗날 '죽음과 그 과정'이라 불리는 연속 세미나로 발전해 학생뿐만 아니라 날마다 죽음과 마주하는 현장의 의사와 간호사, 목사, 사회복지사 등으로부터 큰 지지를 받았습니다.

'죽음'을 주제로 강의를 이어나가는 과정에서 그녀는 어떤 깨달음을 얻게 됩니다. 그것은 죽음에 직면한 환자들은 반드시 비슷한 심리 단계를 밟는다는 사실이었습니다.

> 가장 먼저 일어나는 일은 충격과 부정이고, 그다음엔 분노와 한탄이다. 이후 신과의 거래를 시작한다. 그리고 우울해하며

'왜 하필 나인가?' 묻는다. 마지막으로 다른 사람과 거리를 두고 자기 안에 틀어박히게 된다. 이 모든 단계를 거치면 편안함과 수용 단계에 이른다.

엘리자베스 퀴블러 로스가 발견한 '죽음에 이르는 5단계' 이론은《죽음과 죽어감》에 실렸고, 이 책은 전 세계적으로 호응을 얻으며 베스트셀러가 되었습니다. '죽음'이라는 인류 최대의 수수께끼에 정신건강의학이 새로운 지평을 연 것입니다. 1969년 11월 21일, 잡지 〈라이프〉에 특집으로 소개되자 미국 전역에서 문의가 쇄도하여 그녀는 하루아침에 유명 인사가 되었습니다.

《생의 수레바퀴》를 읽고 내가 놀란 것은 그녀가 유명 인사가 된 이후의 행보였습니다. 사실 나는 그녀가 명성을 얻은 이후 어떤 삶을 살았는지는 몰랐습니다.

그녀는 명성이 높아지자 병원 측으로부터 "환자가 죽어서 병원이 유명해졌다"는 비난을 받았습니다. 외부에서는 사생학thanatology의 선구자, 임종의료의 1인자로 여겨졌지만 동료 의사들의 지지를 얻지 못하면서 점차 병원에서 고립되어 설 자리를 잃었습니다. 그럼에도 그녀는 죽음에 대한 연구를 멈추지 않았습니다. 그리고 '죽음의 과정' 다음으로 주목한 것이 '사후 세계'였습니다.

이때부터 그녀는 적극적으로 초현실적 현상 체험에 대해 언급합니다. 게다가 진짜라고 생각하기 어려운 요정 사진, 유령과의 조우, 강령 체험, 이계와의 교신, 유체이탈 등 신비 체험에 빠져들어, 가족의 말보다 이계의 말에 더 귀를 기울입니다. 그리하여 뜻을 같이한 의사이자 가장 사랑하는 남편과도 이혼하고 맙니다. 개인 재산을 털어 설립한 힐링센터는 믿었던 영매channeler들에게 배신당한 끝에 잃게 됩니다. 시기와 살인미수 피해, 방화 피해와 같이 힘든 일을 겪으며 여러 차례 뇌경색을 앓아 몸까지 불편해졌습니다. 그런데도 "역경만이 사람을 강하게 만든다"고 힘주어 주장하며 '우주 의식'의 가르침을 이어갔고, 끝까지 자신이 믿는 세계를 따른 채 세상을 떠났습니다.

임종의료 1인자였던 엘리자베스 퀴블러 로스의 후반 행보는《죽음과 죽어감》의 독자들에게는 부정적으로 받아들여졌습니다. 나 또한《생의 수레바퀴》를 읽었을 때 뭔가 읽어서는 안 되는 것을 들여다본 기분이었습니다. 하지만 니체는《선악의 저편》(1886)에서 다음과 같이 서술합니다.

> 괴물과 싸우는 사람은 그 싸움 속에서 스스로도 괴물이 되지 않도록 조심해야 한다. 우리가 괴물의 심연을 오랫동안 들여다보면 그 심연 또한 우리를 들여다보게 될 것이다.

죽음은 우리 삶과 떼려야 뗄 수 없는 가장 익숙한 주제이면서 그 깊이를 알 수 없는 심연이 아닐까요.

'죽음'이란 무엇인가?

대학교 1학년 때 암에 걸려 2년 밖에 못 산다는 시한부 선고를 받은 미국인이 있습니다. 남은 시간 동안 무엇을 해야 할지 고민하던 학생은 뜻밖에도 학위를 따기로 했습니다.

학생이 죽음의 목전에서 수강한 수업 중 하나가 예일대 철학자 셸리 케이건Shelly Kagan의 강좌이며 이를 정리해 동일한 제목으로 출간한 것이 《죽음이란 무엇인가》(2012)입니다. 이 강좌가 독특한 것은 기독교나 불교 같은 종교에 의지하지 않고 순수하게 '이성理性'만으로 '죽음'을 말할 수 있는지에 도전한다는 것입니다.

셸리 케이건은 엘리자베스 퀴블러 로스가 인생 후반에서 마주한 초자연적인 현상도 고찰의 대상으로 삼고 있습니다. 그러면서 임사臨死 체험이나 강령술, 죽은 자와의 교류를 설명하기 위해서는 '영혼의 존재'가 있어야 한다고 가정하고 영혼에 대해 논리적으로 검토합니다. 이를테면 셸리 케이건은 '영혼의 존재'를 긍정하는 이원론자의 시점과 물리적·생물학적 프로세스에 기초한 지식을 비교 검토합니다. 그리고 임사 체험에서 일어나는 현상에 대한 최선의 설명은 무엇인지 고찰하고 무엇이 더 설득력이 있는지 판정합니다.

셸리 케이건은 임사 체험에서 언급되는 다양한 현상을

정밀 조사한 결과, 영혼이 존재한다기보다 사람이 죽음에 가까워졌을 때 그 신체와 뇌가 받는 외상성스트레스나 특정 엔도르핀 분비, 시각을 관장하는 뇌 부위 자극이 그런 현상을 만들어낸다고 설명하는 것이 더 설득력 있다고 결론 짓습니다. 보통 철학책에서는 임사 체험에 대한 찬반 입장을 모두 소개하고 저자는 중립 입장을 취해 명확한 의견을 밝히지 않아 독자를 어리둥절하게 하는 경우가 많습니다. 그런데 《죽음이란 무엇인가》에서 글쓴이는 자신의 견해를 독자에게 확실히 밝히고 그 견해에 찬성하는 의견을 서술하여, 최선을 다해 그것을 읽는 이가 수용할 수 있도록 호소하고 있습니다. 그래서 읽는 동안 책 너머에 있는 셸리 케이건과 대화하는 듯한 기분이 들었습니다. 누구도 명확히 알 수 없는 '죽음'이라는 주제를 공정함에 신경 쓰면서 그 베일을 한 장 한 장 벗겨나가는 셸리 케이건의 수업 방식이 흥미진진했습니다.

물론 '사후 세계'에 대해 고찰하는 이들은 철학자뿐만이 아닙니다.

우주물리학자 오구리 히로시大栗博司와 불교학자 사사키 시즈카佐々木閑의 대화를 담은 《지구인들을 위한 진리 탐구》(2016)도 '사후 세계'를 논의합니다. 오구리 히로시는 과학을 근거로 사후 세계를 부정합니다. "나는 사후 세계의 존재를 부정합니다. 의식이 태어나는 매커니즘은 아직 해명되지 않았지만 자연법칙에 지배된 뇌의 작용에 의한 것임은 틀림없습니다. 이미 확립된 자연법칙을 인정하면, 뇌 내에 축적된 정보가 사후에도 보존될 이유가 없는 것은 분명합니다." 오구리 히로시는 과학자의 입장에서 자신의 생각을 펼친 후 사사키 시즈카에게 사후에 자아의 존재를 믿느냐고 묻습니다. 이에 대한 사사키 시즈카의 답변은 명쾌합니다.

> 믿지 않습니다. 왜냐하면 붓다의 가르침에 따르면, 우리의 존재는 단지 구성요소의 완만한 집합체일 뿐, 그것이 다시 태어나 죽음을 맞이하면서 이합집산해나가는 것이 윤회이기 때문입니다. 거기에 '자기自己'라는 불변의 실재는 없습니다. 이것을 불교에서는 '제법무아諸法無我'라고 합니다. 만약 업業의 에너지가 없다면 죽음으로 발산한 '나'는 두 번 다시 재구성되지 않을 테지만, 거기에 업이 작용하여 다시 다른 형태로 '나'를 형성하기 때문에 윤회가 반복됩니다. 우리가 구성요소의 집합체일 뿐이라는 붓다의 독자적인 관점에 저는 동의합니다.
>
> 그것은 곧 나에게 사후 세계는 없다는 것을 의미합니다.

《지구인들을 위한 진리 탐구》에서는 우주물리학자와 종교학자가 분야를 넘나들며 죽음과 사후 세계, 더 나아가 인간에 대한 깊은 탐구에 이릅니다.

세계를 '물질'과 '정신'으로 나누어 생각할 때, 자연과학은 물질을 고찰 대상으로 삼고, 불교는 물질보다는 정신에 주안점을 둡니다. 사사키 시즈카는 《과학의 불교》(2013)에서 종교와 과학 사이에 뇌과학이라는 새로운 다리를 놓았습니다. 그리고 초월자나 기적 같은 초현실적인 요소를 사용하지 않고 석가모니가 설파한 법칙성을 통해 사후 세계라는 초자연적 세계관을 뒤집습니다.

그렇다면, 죽음이 그저 현상일 뿐이고 사후 세계나 영혼이 존재하지 않는다면 우리가 느끼는 이 상실감과 슬픔은 대체 어떻게 받아들여야 할까요?

깊은 상실이
써내려간 말들

문예평론가 발터 벤야민Walter Benjamin이 '낭만파의 천재'라며 극찬한 독일 시인 노발리스Novalis는 사랑하는 약혼자를 잃었을 때의 슬픔을 "그녀와 함께, 나로서는, 전 세계가 사멸해버렸다"라고 표현해 많은 이의 심금을 울렸습니다. 죽은 약혼녀에게 바친 노발리스의 장편시 〈밤의 찬가〉의 아름다움은 수백 년이 지나도 그 빛이 바래지 않았습니다. 사랑하는 사람을 잃은 슬픔이 한 행 한 행 묻어나서 오히려 가장 사랑하는 사람의 죽음이 시인의 창작력에 힘을 실어주고 있는 듯합니다.

기운 넘치는 빛이여, 오늘도 그대는 피로한 자를 깨워 일터로 보내지만—내 입에 즐거운 삶을 흘러 넣어주지만—기억의 이끼 덮인 비석에서 나를 떼어놓을 수는 없으리라. (중략) 내 비밀한 심장은 여전히 밤의 것이요, 만물을 창조하는 사람에게만 충절을 바치니, 이는 바로 밤의 따님이다. (중략) 우리를 열광하게 하는 모든 것은 밤의 색깔을 띠고 있지 않더냐? 밤은 어머니처럼 너를 감싸 안고 있으니, 네 모든 장려함도 그녀 덕택이다.

〈밤의 찬가〉는 29세의 나이로 요절한 시인이 생전에 직접 공개한 유일한 시입니다. 약혼자를 잃은 슬픔이나 그것을 표현한 '밤에 대한 생각'은 노발리스의 시에 큰 힘을 실어주었습니다. 인생에는 깊은 슬픔을 겪은 자만이 도달할 수 있는 장소가 있음을 그의 시로 알 수 있습니다. 노발리스뿐만이 아닙니다. 부모와 부부, 자녀, 연인 등 소중한 이와의 이별에 애끓는 슬픔으로 괴로워하지 않을 사람은 없습니다. 그리고 인류는 항상 이 말도 안 되는 감정을 그냥 '슬프다'라고 쓰는 것이 아니라 언어를 고르고 다듬어 시와 산문에 새겨왔습니다.

시인이자 비평가인 와카마쓰 에이스케若松英輔는《슬픔의 비의》(2015)에서 인생의 고독과 슬픔, 절망, 비애 같은 감정의 고비가 녹아 있는 동서고금의 문학작품들을 소개합니다. 그러면서 자신이 인생에서 맞닥뜨린 슬픔과 고난의 순간을 솔직하게 털어놓습니다.

와카마쓰 에이스케는 입사 7년 차에 최우수 영업사원으

로 뽑혀 30세에 새 회사의 대표로 발탁됩니다. 그러나 그는 12년간의 회사생활에서 인생의 참된 의미를 마주하게 만든 것은 파격적인 승진이 아니라 처절하게 실패했던 경험이었다고 말합니다. 그는 잦은 실패를 거듭하다가 직위에서 물러났고 주위의 신뢰마저 잃었습니다. 모든 걸 잃어버린 그가 그때 손에 들고 있던 책이 찰스 디킨스Charles Dickens의 《크리스마스 캐럴》(1843)이었습니다. 《크리스마스 캐럴》은 지독한 구두쇠인 주인공이 크리스마스를 계기로 내면의 선에 눈뜨고 새롭게 태어난다는 이야기입니다.

와카마쓰 에이스케는 책을 읽으며 삶의 이면에 숨은 슬픔과 사랑의 근원을 탐구했고 자신의 인생을 마주해 감정의 고비를 이겨낼 수 있었다고 당시를 회상합니다.

> 고전이라고 불리는 책은 사실 신기한 존재다. 언제나 많은 사람을 향한 책인 동시에 한 명의 독자에게 보내는 편지 같기도 하다.
>
> 《슬픔의 비의》

와카마쓰 에이스케는 고전을 한 편의 편지에 비유합니다. 그의 말대로라면 가미야 미에코神谷美惠子에게서는 《내 인생은 지금 몇 시에 서 있는가》(1918)를, 하라 다미키原民喜에게서는 《여름꽃夏の花》(1949)을, 이케다 아키코池田晶子에게서는 《당연한 일만 가득あたりまえなことばかり》(2003)이라는 편지를 받은 셈입니다.

스즈키 다이세쓰로부터 《선의 제1의禪の第一義》(1938)라는 편지를 받고는, 《오가쿠라 덴신 전집岡倉天心全集》(1993)을 만나기도 합니다. 스물다섯 편의 고전을 읽으며 독서 내공이 쌓인 그는 그 자신이 지나온 인생을 책에 투영해 들여다볼 수 있었습니다. 이것은 책을 읽는 이의 특권이 아닐까요? 내가 읽은 책은 《슬픔의 비의》 한 권이었지만, 읽기는 거기서 끝나지 않고 계속 확장되었습니다. 와카마쓰 에이스케가 보여주었듯 읽기를 완성하는 것은 결국 독자에게 달려 있으니까요.

프랑스를 대표하는 철학자이자 작가 장 폴 사르트르Jean-Paul Sartre는 《문학이란 무엇인가》(1948)에서 다음과 같이 말합니다.

> 창조는 오직 읽기를 통해서만 완성될 수 있다. 예술가는 자기가 시작한 것을 완결하는 수고를 남에게 맡겨야 하고, 오직 독자의 의식을 통해서만 자기 작품의 본질을 볼 수 있다. 따라서 모든 작품은 호소다. 쓴다는 것은 언어라는 수단으로 내가 기획한 드러냄을 객관적인 존재로 만들어줄 것을 독자에게 호소하는 것이다.

와카마쓰 에이스케가 《슬픔의 비의》로 독자에게 호소한 것은 독자만의 깊은 상실 체험이었습니다. 이 책을 읽고 우리가 만나는 것은 사실 거기에 쓰인 이야기가 아니라, 읽음으로써 터져 나오는 우리 내면의 목소리일 것입니다. 그 목소리에 귀 기울이지 않으면 이 책의 백미인 '그녀' 이야기를 제대로 읽어낼 수 없을 것입니다.

모든 인생이 그런 것처럼, 힘든 오르막길을 걸어 오르면 눈앞의 풍경은 달라지게 마련입니다. 노발리스에게 힘의 원천이 '깊은 밤'이었다면 와카마쓰 에이스케에게 힘의 원천은 '책이 비춘 빛으로 환히 빛나는 프리즘'입니다.

우리는 살아있는 한 반드시 누군가를 떠나보냅니다. 둘도 없는 사람을, 사랑하는 사람을, 가족을, 친구를 떠나보냅니다. 누구나 읽고 싶은 책을 전부 읽을 수 없고, 이루어야 할 일을 전부 이룬 후 세상을 떠날 수 있는 것도 아닙니다. 우리는 반드시 죽습니다. 하지만 그 죽음으로 모든 것이 사라지는 것은 아닙니다. 애독한 책이 마지막 페이지를 다 읽고 나서도 언제까지나 독자의 마음속에 남아 있듯이, 깊은 슬픔은 사람의 마음에 남습니다. 그 슬픔이 써내려간 말들은 마치 기념비처럼 우리 눈앞에 우뚝 솟아 있습니다.

왜 우리는 죽음을 애도하는가

소중한 사람을 잃는 것만큼 슬픈 일은 없습니다. 심리학자 가와이 하야오河合隼雄는 《카를 융, 인간의 이해ユング心理學と仏教》(2010)에서 '개개인'이 아니라 '인류'

로서 죽음과 마주할 때 우리 감정 밑바닥에 흐르는 것은, 쉽게 말하면 '슬픔'이라고 적었습니다. 그런데 이러한 감정을 품는 것은 인간뿐일까요?

《동물은 어떻게 슬퍼하는가》(2014)에는 흥미로운 사례가 많이 실려 있습니다. 자연인류학자 바바라 킹Barbara J. King은 동물의 슬픔을 헤아리는 방법이 완벽하지 않다고 하면서도, 사회성이 높은 조류와 포유류가 동료의 죽음을 슬퍼하는 능력이 있다고 밝힙니다. 바바라 킹은 동물의 슬픔을 '둘도 없는 동료를 떠나보낸 동물이 그 직후부터 눈에 띄게 우울한 모습을 보이거나 평소와는 다른 경우'라고 정의하고, 현지 조사를 거듭합니다. 탄생한 지 얼마 되지 않은 연구 영역이지만 동물들의 감정에 언어를 부여하려는 진지한 연구자의 자세에, 읽는 동안 나도 모르게 감동했습니다.

육친의 유골을 찾아 헤매는 코끼리, 아이를 잃은 엄마 돌고래와 함께 같은 해역에 머무르는 무리, 엄마의 죽음 이후 쇠약해져 죽어버린 침팬지 등 바바라 킹은 관찰을 계속해나갑니다. 그리고 '왜 동물들은 비탄에 잠기는가'라는 의문을 품습니다.

바바라 킹의 생각대로 그 이유가 '죽은 동료에 대한 애정'이라면 사랑이나 슬픔이라는 감정은 영리하고 자기인식이 있는 동물이 밀도 높은 사회에서 살아가며 만들어진 '부산물'입니다. 이 부산물과 가장 오래 사귄 생물이 다름 아닌 우리 인간입니다. 인간은 사랑과 슬픔이라는 감정을 말로 공유하여 개념과 문화로 승화시켰습니다. 동물과 인간이 결정적으로 다른 점에는 두 가지가 있습니다. 하나는 인간은 죽음이 절대 불가피하다고 인식하고 있다는 것, 또 하나는 죽은 사람을 집단으로 매장한다는 것입니다.

그레이엄 로턴Graham Lawton이 쓴《거의 모든 것의 기원》(2016)에 따르면, 인류는 적어도 10만 년 전부터 장례를 치렀습니다. 1만 4000년 전쯤부터는 죽은 사람 대부분을 무덤으로 인식할 수 있는 곳에 매장하기 시작했는데, 주목할 점은 이 시기에 인류가 정착하거나 농업 및 종교라는 문화가 태동한다는 점입니다. 즉, 인류는 죽음의 발견과 함께 문화와 문명이 크게 변화한 것입니다. 신화와 문학, 회화, 음악, 연극, 영화, 예술, 요리 등 인간이 계속 만들어내는 온갖 표현 속에 담긴 생각들은 인류 역사에 새로운 빛을 던져왔습니다. 이 끊이지 않는 긴 장례 문화를 보면 오히려 죽음이 나쁜 것만은 아니라는 생각마저 듭니다.

그런데 오늘날 현대인이 인류가 오랜 시간 함께 걸어온 죽음과 멀어지고 있다고 지적한 책이 있습니다. 정치학자 나카지마 다케시中島岳志가 쓴《보수와 입헌保守と立憲》(2018)입니다.

《보수와 입헌》은 제목 그대로 정치에 대해 쓴 책입니다. 그는 보수란 애초에 반리버럴反liberal이 아니며 오른쪽도 왼쪽도 아니라고 호소합니다. 일본에서는 주로 정치 국면 때문에 '보수'와 '리버럴'이 대립하는 것처럼 다루지만, 역사를 돌이켜보면 오히려 서로 겹치는 부분이 많다고 지적합니다. 어떤 측면에서 보수를 리버럴이라고 말할 수 있을까요? 그 사상의 핵심으로 자리 잡은 것이 스페인 철학자 호세 오르테가 이 가세트José Ortega y Gasset의 '사자死者' 개념이었습니다. 호세 오르테가 이 가세트는《대중의 반역》(1930)에서 다음과 같이 서술합니다.

> 현대인은 갑자기 땅 위에 홀로 남겨졌다고, 즉 죽은 자들이 죽은 체하는 것이 아니라 완전히 죽어 없어져서 더는 우리를 도와주지 않으리라고 느낀다. 전통적인 정신이 증발해버린 것이다. 본보기나 규범이나 기준은 우리에게 도움이 되지 않는다. 과거의 적극적인 협동 없이 우리는 자신의 문제—예술이든 과학이든 정치든—를 확실히 현대의 시점에서 해결해야 한다. 바로 옆에 살아 있는 사자死者도 없어 유럽인은 고독하다.

나카지마 다케시는 호세 오르테가 이 가세트의 말을 인용하면서, 과거 우리는 '전통'에 따라 죽은 자와 연결되고, '상식'에 따라 죽은 자와 대화해왔다고 말합니다. 그리고 현대인들이 전에 없는 자산과 지식, 기술을 가지고 있으면서도 그 어느 때보다 불행한 것이 이 연결고리가 끊어졌기 때문이며, 우리가 외로운 것은 '현대는 우리에게 기대어 있는 죽은 자死者를 죽였기' 때문이라고 말합니다.

그는 더 나아가 우리가 다시 죽은 자들과 함께 살려면 어떻게 해야 하는지 그 방법을 찾기 위해 재난 재해에 대해 고찰합니다.

그는 한신·아와지 대지진으로 재해를 입은 할머니가 잔해 속에서 무심히 찾아 헤매는 '위패', 지진으로 아내를 잃은 할아버지가 아내와 손을 잡고 있는 느낌이라며 계속 날리는 '연', 동일본 대지진 때 배낭에 위패를 넣고 걷는 이재민의 모습을 그려내며, 가혹한 재난 속에서 죽은 자가 산 자를 지탱하고 있는 것은 아닌지, 우리 삶을 받쳐주는 이 죽은 자의 힘은 무엇인지를 파고듭니다. 쓰나미에 휩쓸려 눈앞에서 가족을 잃을 수밖에 없었던 이들에게는 어떤 말도 위로가 되지 않겠지만, 그럼에도 그는 이야기합니다.

> 소중한 사람의 죽음은 상실인 동시에 새로운 만남이기도 하다. 죽음은 결코 절망만은 아니다. 죽은 자와의 소통을 통해 인간은 새로운 삶을 살 수 있다. 그런 모습을 죽은 자는 따뜻하게 바라봐줄 것이다. 죽은 자와 함께 우리는 살아 있는 것이다.

정치사상을 다룬 이 책이 이렇게 가슴에 와닿는 것은 나 또한 한신·아와지 대지진의 이재민이기 때문일지도 모릅니다. 1995년 1월 17일, 평소처럼 아침에 일어나 학교를 가려고 했는데 방문이 비뚤어져 있었습니다. 수도꼭지를 틀자 느닷없이 새빨간 물이 쏟아져 나와 필사적으로 수도꼭지를 잠갔습니다. 다니던 중학교는 절반이 무너져 내렸고 겨우 학교를 복구했나 싶었더니 등교하지 못한 동급생이 있었습니다. 무너진 집 잔해에 깔린 나의 할머니는 살아 돌아오지 못했습니다. 매년 1월 17일이 되면 건잡을 수 없는 기억이 조금씩 차오릅니다.

나카지마 다케시가 지적했듯 우리는 과거에 살았던, 죽은 자들이 만들어온 길 위를 걷고 있습니다. 우리는 이들과 함께 살아갈 수 있을까요?

평범한 날들의 비범함

돈벌이에 열중해 스포츠 칼럼니스트로 명성을 얻은 미치 앨봄Mitch Albom이 금요일 밤 늦게 아무 생각 없이 TV 채널을 돌리는데, 미국에서 가장 유명한 인터뷰어의 질문이 들렸습니다.

"모리 슈워츠Morrie Schwartz는 누구일까요?"

TV 화면에 나온 것은 완전히 변한 은사의 모습이었습니다. 16년 만에 본 은사는 난치병 ALS에 걸려 걷지도 못하는 상태로, 자신의 죽음을 소재로 '죽는 것이란 어떤 것인지, 그 전에 깨달아야 할 것은 무엇인지'를 미국 전역의 시청자에게 말하고 있었습니다. 마침 인생의 막다른 길에 들어섰던 미치 앨봄은 어쩐지 조바심이 나 천 마일 떨어진 거리를 날아 은사를 찾아갔습니다. 16년 만에 다시 만난 은사는 "이제야 왔군" 하며 예상 밖으로 옛 제자를 따뜻하게 맞아주었습니다. TV 프로그램을 보지 않았다면 병상에 있던 은사를 찾아뵙지도 못했을 거란 생각에 미치 앨봄은 내심 부끄러웠습니다. 하지만 은사는 이에 아랑곳하지 않고, 온전치 않은 몸 상태로 끊임없이 찾아오는 고통을 견디며 옛 제자에게 인생의 가치에 대해 이야기하기 시작했습니다.

> 우리나라에서는 일종의 세뇌 같은 것을 받게 되지. 사람들을 어떻게 세뇌하는지 아나? 계속 똑같은 말을 반복하게 하는 거야. 이 나라에서도 그런 식으로 사람들을 세뇌시키네. 물질을 소유하는 게 좋다. 돈은 더 많을수록 좋다. 무엇이든 더 많이 하는 것이 좋다. (중략)
> 사는 동안 어디를 가든 새것을 움켜쥐고 싶어 하는 사람들을 만나게 된다네. 새 차를 사려고 아등바등하고 똘똘한 부동산을 가지려고 애쓰고 최신 장난감을 움켜쥐고서 그들은 자랑하고 싶어 하지. '내가 뭘 가지고 있는지 알아요? 내가 뭘 샀는지 알아요?' (중략)
> 내가 그 말들을 어떻게 해석하는지 아나? '이 사람들은 사랑에 너무나 굶주려서 그 대용품들을 마구 사들이고 있구나. 저들은 물질을 껴안으면서 일종의 포옹 같은 것을 기대하고 있구나.' 하지만 그런 식으로 해서 될 리가 있을까? 물질이

> 사랑과 용서, 다정함, 동료애 같은 것을 대신할 수는 없는데 말이야.
> 돈이 다정함을 대신할 수는 없네. 그리고 권력도 다정함을 대신할 수는 없지. 분명히 말할 수 있네. 이렇게 앉아서 죽어갈 때 가장 절실하게 필요한 것은 돈으로도 권력으로도 해결되지 않네. 아무리 돈과 권력이 있어도 이렇게 죽어갈 때 필요한 감정을 거기서 얻을 수는 없어.

그럼 물질을 좇는 삶에서 벗어나려면 어떻게 해야 할까요? 모리 슈워츠의 대답은 간단합니다. '내가 남에게 줄 수 있는 것을 제공하는 것'입니다. 자신의 시간을 내어주고, 좀 더 다정해지고, 먼저 이야기를 건네는 것이지요. 그것만으로도 좋습니다. 거기에는 돈이나 물건 이야기가 비집고 들어갈 틈이 어디에도 없습니다.

또 모리 슈워츠는 "만약 더할 나위 없이 건강한 날이 딱 하루 주어진다면 무엇을 하고 싶습니까?"라는 미치 앨봄의 질문에 다음과 같이 답합니다.

> 아침에 일어나서 운동하고 빵과 홍차로 멋진 아침 식사를 하고 수영하러 가서 친구들을 점심에 부를 거야. 한 번에 두세 명씩 만나서 서로 가족이나 일상의 고민을 나누고 싶어. 서로가 얼마나 소중한 존재인지를 이야기하는 거지.
> 그다음 산책하러 나가겠어. 나무가 있는 정원으로 가서 여러

가지 나무도 보고 새도 구경하면서 오랫동안 보지 못한 자연에 파묻히겠네.

저녁에는 다 함께 레스토랑에 가서 고기를 먹겠네. 파스타와 오리—나는 오리를 좋아한다네—를 먹겠어. 그다음은 춤이야. 그곳에 있는 멋진 파트너 전원과 녹초가 될 때까지 춤을 추겠어. 그리고 집에 가서 푹 자는 거야.

—그것뿐입니까?

그래. 그것뿐이야.

모리 슈워츠는 애제자에게 자신의 죽음을 실마리 삼아 뻔해 보이는 하루의 풍요로움을 묘사합니다. 우리는 항상 업무에 치여 바삐 사느라 하루하루의 삶을 제대로 누리지 못합니다. 눈부시게 빛나는 보석 같은 하루가 눈앞에 있는데, 그 하루를 제대로 누리려 하지 않는 이유는 무엇일까요?

모리 슈워츠가 알려주는 것은 평범함의 비범함이자 사람과 사람을 잇는 애정의 깊이입니다. 모리 슈워츠의 깊은 애정에 사로잡힌 미치 앨봄은 은사의 의료비에 보태기 위해 책을 쓰기 시작합니다. 단둘만의 수업《모리와 함께한 화요일》(1997)은 그렇게 탄생했습니다. 이 책은 출간되자마자 금세 수많은 독자를 사로잡았고 전 세계에 번역 출판되어 발행 부수만 1,600만 부를 돌파했습니다.

이 세상은 죽음으로 충만하고

죽음의 세계는 빛이 비추지 않는 어둡입니다. 그 세계에서 살아 돌아온 사람은 없습니다. 하지만 미지의 암흑대륙으로 대담한 모험을 떠나는 책이 있습니다. 바로 후지하라 다쓰시의《분해의 철학》(2019)입니다.

후지하라 다쓰시는 우리가 평소에 꺼려하는 것, 보고 싶지 않아 멀리하는 죽음 이후의 세계, 즉 '부패腐敗'라는 현상에 새롭게 빛을 비춥니다. 그는 고대 일본의 신화·전설 및 사적을 기술한《고사기》에 실린, 부패 속에서 태어난 신화 이야기, 썩어서 문드러진 사체의 변화를 그린 이야기, 낫토나 퇴비 만드는 일 등을 고찰하며 생명을 유지하는 본질이 부패와 분해 그리고 붕괴로 이루어져 있음을 밝혀냅니다.

> 우리가 사는 세상은 파멸의 프로세스, 즉 분해의 프로세스를 거치는 것에 불과하며, 그 속에서 무언가를 만드는 것은 분해 프로세스의 우회 혹은 샛길로 새는 것에 불과하며, 만들어진 것도 그 부산물에 불과하다. 수정란은 하나의 세포를 잇달아 분열시키며 성장하고, 아기는 체액과 때, 분뇨를 땅에 떨어뜨리며 육체 붕괴로 향하는 여행의 출발점에 선 것을 모두에게 축복받는다. 태어날 때 이미 분할과 붕괴로 향한다기보다 분해하고 붕괴하기 시작하는 것을 탄생이라고 부르

는 게 아닐까. 즉, 우리는 덧셈이나 곱셈이라기보다는 뺄셈이나 나눗셈의 세계를 살고 있는 것이 아닐까.

이렇게 후지하라 다쓰시는 독자에게 기존에 알던 세계관의 전환을 촉구할 뿐만 아니라 그간 보이지 않았던 전혀 다른 세계의 문을 열어줍니다.

흙은 모든 육지생물의 무덤이다. 그곳에서 무너져 내리고 생명 과정에 종지부를 찍은 시체나 떨어져나간 육체의 일부는 무수한 미생물과 곤충, 절지동물 등에 의해 탐식당하고 소화되고 배출되고 분해되어 다른 생물의 양분이 된다. 바다 또한 모든 해양생물의 무덤이다. 그곳에서 무너져 내리고 생명 과정에 종지부를 찍은 시체나 떨어져나간 육체의 일부는 무수한 해양생물의 먹이가 된다. 거기에 도덕이나 감상이 들어갈 틈은 한 치도 없다.

후지하라 다쓰시는 핵이나 플라스틱 등을 '번쩍이고 반들거리는 썩지 않는 것'이라고 딱 잘라 말합니다. 그리고 죽음을 끝이나 초자연 현상으로 보는 대신 친근하고 구체적인 현상으로서 '세계의 시작'으로 재정의합니다. 이런 새로운 세계관이 세워질 때 비로소 철학은 동트기 시작합니다. 그의 정리에 따라 이 깊은 세계를 떠내려가다 보면 부패로부터 생명의 이야기가 풀립니다.

야산에서 죽은 동물들의 시체를 관찰하는 동물학자 베른트 하인리히Bernd Heinrich는《생명에서 생명으로》(2013)에서 자연 속에서는 죽음이 축제로 가득 차 있다고 서술합니다. 베른트 하인리히는 그것을 죽음의 문턱에 있는 친구의 편지로 알게 되었다고 쓰고 있습니다.

> 어이, 베른트!
> 나는 중병을 진단받고 만일 생각보다 일찍 죽을 경우를 대비해서 내 최종 처리를 준비하느라 애쓰고 있어. 나는 자연장—어떤 매장도 않는—이 좋아. 인간의 매장은 오늘날 죽음의 문턱으로는 낯설기 때문이야.
> 제대로 된 환경보호주의자라면 누구나 그렇게 생각하듯이, 나는 죽음을 다른 종류의 생명으로 바꾸는 것이라고 생각해. 죽음은 특히 재생의 열광적인 축하이고, 그곳에서 우리의 실질實質이 파티를 주최하지. 대자연 속에서 동물들은 죽은 자리에 누워 있다가 부식성 동물의 순환에 몸을 싣는다네. 결말은 고도로 농축된 동물의 영양물이 파리 떼나 딱정벌레 떼 등에 의해 땅바닥에 뿌려져.

죽음이 종점이 아닌 시작점이 되어, 생명이 다음 생명으로 이어지는 흐름은 땅속에서 완성됩니다. 그리고 이 눈에 보이지 않는 미세한 흙 속 세계에서 혁명이 일어나고 있다고 알려주는 책이 지질학자 데이비드 몽고메리David R. Montgomery와 앤 비클레Anne Bikle가 함께 쓴 《발밑의 미생물 몸속의 미생물》(2016)입니다.

연구자 부부는 자택의 정원을 가꾸다가 지하 세계를 들여다보게 되었습니다. 생물학자에서 원예가로 전향한 앤 비클레는 평소 꿈꾸던 정원 가꾸기를 하려고 삽에 체중을 실어 땅을 파냈습니다. 그리고 들여다본 땅속에는 기름진 흙과는 거리가 먼 무기질의 빙력토가 있었습니다. '어떻게 하면 황폐해진 땅을 되살릴 수 있을까?' 하고 고심하던 앤 비클레는 흙이 요구하는 것, 즉 유기물을 계속 부어주었습니다. 그러자 얼마 지나지 않아 흙 위에 부어둔 몇 톤의 유기물이 분해되어 발밑 세계로 사라졌습니다. 도대체 유기물을 먹는 것은 무엇일까요?

부부는 깊숙한 지하 세계를 들여다보면 너무 작아서 육안으로는 보이지 않는 '자연의 숨겨진 절반'이 얼굴을 내비친다고 말합니다. 앤 비클레가 정원의 흙에 부어준 유기물은 미생물 활동을 활성화하여 식물의 생장을 촉진시켰고, 나아가 유기물이 생산되는 정精의 순환을 만들어냈습니다. 지하에 생명을 쏟은 것이 계기가 되어 앤 비클레의 정원에는 다시 생명이 넘쳐나기 시작한 것입니다.

이를 알면 썩은 낙엽 더미를 예전처럼 볼 수 없게 될 것이다. 음식이 넘치는 연회석 식탁으로 보일 테니까 말이다. 땅속에 사는 만찬 손님들은 먹은 음식을 식물이 사용할 수 있는 영

> 양으로 다시 돌려놓는 특별한 능력이 있다. 땅속에 사는 것은 모두 결국 다른 생물의 먹이가 되고, 먹고 죽고 배설하는 끝없는 사이클이 새 생명이 움트는 비옥한 흙을 만든다.

이 지하 세계가 엮어내는 웅장한 이야기는 인간 생명의 깨달음으로 이어지는데, 그 계기는 앤 비클레의 암 발병이었습니다. 암세포를 억제하기 위해 식사 제한을 해야 했던 앤 비클레는 자신의 몸을 새삼 돌아보며 세균과 바이러스 같은 다양한 미생물이 몸속에 살고 있다는 것을 알게 됩니다. 그리고 몸속 '미생물의 서식 환경'이 면역력과 관계있고, 인간의 소화관을 뒤집어놓으면 식물의 뿌리와 같은 기능을 한다는 것을 발견합니다.

특히 이 책이 대단한 점은, 생명 진화의 기원을 거슬러 올라가면 개체 간 경쟁이 진화를 촉진했다는 다윈의 진화론이 더 우세했는데, 기존의 세계관을 뒤집고 인간의 몸속에는 은하수 별보다 더 많은 미생물이 살고 있으며 이 미생물과 공생함으로써 인간이 지금까지 생명을 이어갈 수 있었다는 주장을 펼친 것입니다.

미생물들은 온갖 유기물을 반복적으로 분해하여, '죽음'으로부터 새로운 생명을 만들어왔습니다. 우리는 발밑에 숨겨진 세계를 직접 볼 수는 없지만 그것을 상상할 수는 있습니다.

삶의 반대는 죽음이 아니다

> 죽음을 위해 내가 멈출 수 없었기에
> 죽음이 날 위해 친절히 멈춰주었네
> 마차에는 우리 둘과 영원뿐

이 아름다운 글귀는 미국을 대표하는 시인 에밀리 디킨슨Emily Dickinson이 쓴 712번 시의 한 구절로, 〈마차〉라고 불립니다. 비평가 앨런 테이트Allen Tate는 "그녀의 시 〈마차〉가 영시 중 가장 완전한 작품"이라고 극찬했습니다. 그리고 이 시는 작가 윌리엄 스타이런William Styron의 상상력을 자극해, 퓰리처상을 수상한 불멸의 걸작 《소피의 선택》(1976)을 탄생시킨 촉매제가 되었습니다. '죽음'과 '영원'은 왜 인간의 상상력을 불러일으킬까요?

작가 나카지마 라모中島らも는 《나는 모른다僕にはわからない》(2008)에서 죽음을 인간의 논리나 언어에 의한 사고가 낳는 착각의 하나가 아니냐고 서술합니다.

> '죽음'이라는 말이 존재하는 이상, '죽음'은 존재의 한 상태를 가리키게 된다. 즉 '죽음'은 존재 형태의 하나로서 '존재하는' 것이다. 그렇다면 상태로 '존재하는' 것이냐, 여기서부터 사후 세계 같은 개념이 생겨난다. 이것은 언어가 가져온 애초

의 착각이 아닐까.

엄밀히 따지자면 '살아 있다'의 반대 개념은 '죽음'이 아니라 '살아 있지 않다'가 되어야 한다. '생生'이 '존재하는 것'이라면 '살아 있지 않다'라는 말은 '무無'를 의미할 것이다. '살아 있다' 혹은 '살아 있지 않다' 두 가지 상태 중 하나이지, '죽음'이라는 상태는 상상력에 의해서만 상정될 수 있는 가공의 개념일 뿐이다.

나카지마 라모는 사후 세계에 대해 알고 싶어 하는 것은 인간의 지극히 자연스러운 '업業'이라고 말합니다. 그렇기에 거기에 "종교가 성립하는 지평이 있다"고 말합니다. 그러면서 "단바 테츠로丹波哲郎의 영화 〈대영계〉를 별생각 없이 보고 있었다"라는 긴장감 없는 첫머리로 글을 시작해, 롤러코스터처럼 사후 세계와 죽음의 실체, 살아 있다는 것은 무엇인지에 대한 성찰을 짧은 시처럼 엮어나갑니다.

예를 들어 하나의 개체를 생각할 때 '사후 세계'가 아니라 개체의 죽음에서 거슬러 올라가 생각해보자. 내 경우, '나'라는 개체가 지나온 시간을 거슬러 올라가면, 나는 점점 젊어지고 아이가 되고 아기가 된다. 그것을 더 거슬러 올라가면 하나의 수정란이 된다. 내가 나로서의 존재는 여기까지다.

다만 그 너머에 있는 것은 죽음이 아니라 무한한 삶이다. 나는 정자와 난자로 갈라진다. 정자를 더듬어 올라가면 그것은

> 아버지가 되고, 난자를 더듬어 올라가면 그것은 어머니가 된다. 같은 방법으로 아버지, 어머니를 거슬러 올라가면 제곱으로 나뉘어져 그 끝에는 무수한 '생'이 있다. 죽음은 어디에도 없다. 거기에 있는 것은 빛나는 '생'의 바다이며, 종種 전체의 생명이 거기에 있다. 무한한 삶이 수렴하여 '나'라는 연결점을 맺고, '나'를 넘어선 저편, 즉 미래에는 또 그와 같은 무한한 삶이 펼쳐진다.
>
> 《나는 모른다》

"우리는 태어난 순간부터 죽음을 향해 손을 뻗고 성장해나가는 것이다." 이 문장을 처음 읽었을 때 나는 세계를 바라보는 시각이 바뀌었습니다. "죽음으로부터 세상을 바라보면 거기에는 무한한 삶밖에 없다. 삶의 반대는 죽음이 아니었다." 이런 대단한 문장이 단바 테츠로의 영화 〈대영계〉에서 시작될 줄은 몰랐습니다. 책을 펼치면 첫 문장 다음에 무슨 일이 일어날지 모릅니다. 그래서 책 읽기를 그만둘 수 없는 것이겠지요.

우리는 살아 있는 한 반드시 누군가를 떠나보냅니다.
하지만 그 죽음으로 모든 것이 사라지는 것은 아닙니다.
애독한 책이 마지막 페이지를 다 읽고 나서도
언제까지나 독자의 마음속에 남아 있듯이,
깊은 슬픔이 써내려간 말들은 마치 기념비처럼
우리 눈앞에 우뚝 솟아 있습니다.

맺음말

책과의 만남은 사람과의 만남

서점의 책장을 올려다보니 높이는 대략 2미터이고, 아래에서부터 세어보니 모두 일곱 단입니다. 책장 한 단에 한 권씩 책을 꽂으면 두께에 따라 다르겠지만 30권 정도의 책을 꽂을 수 있습니다. 높이 2미터의 일곱 단 책장에는 대략 210권의 책이 진열됩니다. 이 책은 책장의 한 단을 하나의 장으로 삼아 일곱 분야로 나누고 각 분야에 의미 있는 발자취를 남긴 책들을 소개했습니다. 책장의 첫 단부터 마지막 단까지 서로 이어지는 책과 책의 이야기를 즐겨준다면 작가로서 더없이 행복할 것입니다. 어느 서점 직원의 독서 가이드에 마지막까지 동행해주어 감사합니다.

이 책을 쓰면서 다시 한번, 책과의 만남은 사람과의 만남이라는 생각이 들었습니다. 우리는 천년 전 책의 저자나 그것을 읽은 사람의 생각을 책을 통해 접할 수 있습니다. 까마득한 시간을 넘어 태어난 장소도, 나이도, 입장도 상관없이 그 사람이 마주하고 느끼고 생각한 것 자체를 책을 통해 만날 수 있습니다.

소크라테스나 플라톤을 만나려면 그리스까지 가는 티켓을 구해 시공을 거슬러 올라간 다음 그 당시의 언어를 습득해야만 그들의 생각을 직접 들을 수 있습니다. 하지만 이는 도저히 실현될 수 없지요. 그런데 이 실현 불가능한 발상을 손바닥만 한 문고가 고전 명작 시리즈를 출간함으로써 실현해냈습니다. 생각해보면 내가 지금 서점 직원으로 일하는 것도, 지금까지 몰랐던 새로운 세계를 알게 된 것도 항상 가까이에 책이 있었기 때문입니다.

보통 책의 맺음말에는 책을 내는 데 도움을 준 이에 대한 감사가 적혀 있습니다. 역시 이 책도 사람과의 만남이 없었다면 세상에 나올 수 없었습니다.

고故 시마카게 도오루 씨가 창업한 출판사 산가간행의 불교종합지 〈산가재팬〉에서 "불교 책 안내서를 써보지 않을래?" 하고 처음 물어봐준 이는, 학창시절 친구이자 이 책의 편집을 담당해준 이가라시 코지였습니다. 나의 독서 가이드가 전문지에 게재할 수 있는 수준의 원고가 되길 바라며 매달 자료를 보내주었고 덕분에 부족한 공부를 할 수 있었습니다.

인생이 드라마 같다고 생각한 것은, 연재를 정리해 불교 책 안내서를 간행하기로 결정한 날로부터 나흘 뒤의 일이었습니다. 이가라시로부터 몇 번이나 부재중 전화가 와 있어 당황해하며 전화를 걸었습니다.

"미안하지만 책을 못 내게 됐어. 오늘 편집회의에서 갑자기 회사 상황이 어려워져 문을 닫겠다시 뭐야. 전원 당일 해고됐어. 미안해. 나 내일부터 백수야."

솔직히 말하면 이것으로 책 출간은 끝이라고 생각했습니다. 그런데 놀랍게도 나보다 더 어려운 상황에 직면한 이가라시가 "모처럼 여기까지 원고를 썼으니 포기하지 말고 더 좋은 책으로 만들자"며 나를 격려해주었습니다. 오히려 지금의 시련을 긍정적으로 보고, 불교라는 한 장르에 국한하지 말고 '인생의 책 안내서'에 도전하기로 둘이서 마음을 고쳐먹은 것이죠.

이가라시가 구직 활동과 병행하면서 새로운 원고를 출판사에 투고해준 덕분에 세이분도신코샤의 아오키 고타로 씨의 눈에 띄게 되었습니다. 아오키 씨로부터 "가능성을 보았습니다. 편집회의에 건의해보겠습니다"라는 연락이 왔을 때 '됐다!' 하고 무심코 주먹을 쥐었습니다. 아오키 씨가 제목과 구성, 문장에 적절한 조언을 해주어 이 책을 완성할 수 있었습니다. 무엇보다 고마운 점은 내가 헤맬 때마다 "미사고 씨가 이 책으로 정말 전하고 싶은 것은 무엇입니까?"라며 본질적인 질문을 던져준 것입니다. 어떤 제안이든 항상 긍정적으로 받아들여주고, 집필이 막혔을 때 몇 번이나 스케줄을 수정해준 아오키 씨 덕분에 이 책이 세상의 빛을 볼 수 있었습니다. 나의 첫 책의 담당 편집자가 아오키 씨여서 다행이라고 몇 번이나 안심했는지 모릅니다. 또 〈산가재팬〉 연재 때부터 연이 닿은 편집자 나카타 아키 씨가 계속 이 책을 신경 써준 것은 행운이었습니다. 불교 책이 이어준 운과 인연에 깊이 감사합니다.

표지에 사용한 그림은 앙리 마티스의 〈Lecture ou la main birmane, étude, 1944〉라는 드로잉입니다. 내가 이 그림을 만난 것은 미스즈서방출판사가 간행한 〈미스즈 캘린더 2017〉이었습니다. 처음 이 드로잉을 봤을 때 심플하면서도 강렬한 느낌을 받아 단번에 매료되었습니다. 이후 이 드로잉은 쭉 나의 '독서 부적'이 되어 책상 위에 붙여졌습니다. 이 사연에 깊이 공감해준 소다디자인의 다키 가나코 씨가 독자의 부적이 되었으면 하는 바람으로 표지에 장식해주었습니다.

이 책의 표지 작업을 해준 다키 가나코 씨는 그래픽디자이너 고故 아키타 히로시 씨의 애제자입니다. 아키타 히로시 씨는 내가 신입으로 입사한 코사쿠샤의 〈시쓰나이〉 편집부에서 아트 디렉션으로 만나 신세를 진 적이 있습니다. 아키타 씨에게 나는 거래처의 신입사원일 뿐이었지요. 칭찬할 곳이 하나도 없던 내게 일부러 "미사고 군은 인사를 잘해" 하고 칭찬해주거나 항상 같은 슈트 차림인 내게 편집자는 후줄근하면 안 된다며 재킷을 준비해주는 등 마치 자식처럼 챙겨주었습니다. 한번은 내가 가방에 항상 다량의 책을 들고 다니는 걸 본 아키타 씨가 재미있어하며 독서 모임을 열자고 말해주었습니다.

"요즘 시집을 안 읽었거든. 좋은 시집을 소개해주게."

내가 선택한 것은 나카기리 마사오中桐雅夫의 《회사의 인사會社の人事》(1979)와 이바라기 노리코茨木のり子가 엮은 《가네코 미쓰하루 시집金子光晴詩集》(1991)이었습니다. 아키타 씨로부터 책 소개뿐 아니라 낭독까지 해달라는 요청을 받아서, 나카기리 마사오가 딸과의 추억을 읊은 〈시몬〉과 친구가 적었던 가네코 미쓰하루가 마음을 허락한 친구에게 바친 〈인간의 비극〉의 한 구절을 읽었습니다.

시 낭독을 마치자 아키타 씨는 "너무 좋네! 다음에 또 하자!"라며 큰 박수로 격려해주었습니다. 책 읽기 취미 외에는 그다지 내세울 게 없던 나로서는 아키타 씨의 격려로 조금 자신감이 생겼습니다. 독서 모임이 끝난 후 돌아갈 준비를 하고 있는데, 사무실 복도에서 아키타 씨가 크게 웃으며 "만약 미사고 군이 나중에 책을 쓸 일이 생긴다면 첫 번째 책은 내가 표지 디자인을 해줄게" 하고 건넨 꿈같은 말이 지금도 잊히지 않습니다. 아키타 씨는 투병 끝에 돌아가셔서 그 꿈을 이룰 수 없지만, 독서 모임에서 함께 아키타 씨의 말을 웃으며 들었던 다키 가나코 씨가 15년 만에 그 꿈을 이루어준 것은 내게는 기적과 같습니다.

내가 평소에 하는 일은 서점에서 책을 파는 것입니다. 이번에 처음으로 책을 쓰면서 한 권의 책이 세상에 나오기까지 얼마나 많은 사람의 손을 거치는지 실감했습니다.

표지에 앙리 마티스의 드로잉을 사용하기로 결정했지만, 우선 이 그림이 어느 화집에 수록되어 있는지 몰라 쩔쩔맸는데, 자기 일이 아님에도 그림의 출처부터 사용 허락을 받는 법까지 상세히 알려준 미스즈서방출판사의 영업팀 가타기리 미키오 씨에게 고마움을 전합니다.

스스로 납득할 때까지 몇 번이고 다시 쓸 수 있었지만, 결과적으로 아주 얌전해져버린 이 책이 책장에서 제대로 빛을 받도록 판매 전략을 생각해준 세이분도신코샤 영업팀의 다카하시 지요 씨에게도 감사 인사를 전합니다. 《천년의 독서》 간행 기념 무료 책자인 〈천년 팔고 싶은 책〉을 기획해, 일본 전국 각지의 서점 직원에게서 특별한 한 권을 소개받아 정리한 것은 지금 생각해도 멋진 아이디어였습니다. 다카하시 씨의 기획으로 선배 서점 직원들로부터 특별한 한 권을 소개받을 수 있었습니다. 바쁜 업무 틈틈이 〈천년 팔고 싶은 책〉의 도서 선정과 코멘트를 기고해준 이치바헌책방울랄라의 우다 도모코 씨, 산세이도서점 세이조점의 오오츠카 마유코 씨, 야에스북센터 영업부의 기타 데쓰지 씨, 서점Title의 쓰지야마 요시오 씨, 마루젠 하카타점의 도쿠나가 게이코 씨, 기노쿠니야서점 우메다 본점의 도도 노리타카 씨, HMV&BOOKS 히비야코티지의 하나다 나나코 씨, 준쿠도서점 후쿠시마점의 유미코 미야다이 씨에게 감사드립니다.

또한 한 명의 독자일 뿐이었던 이가 쓴 독서 가이드에 더없는 추천사를 보내주신 하라마쓰 요코 선생님, 고토 마사후

미 선생님, 사도 요헤이 선생님에게 이 자리를 빌려 진심으로 감사의 말씀을 드립니다.

그저 책을 좋아하는 사람에 불과했던 내게 서점 직원으로 일할 기회를 준 것은 컬처컨비니언스클럽CCC 여러분이었습니다. 또 점포의 시삭부터 동고동락해온 우메다 츠타야서점의 동료가 없었다면 지금의 나는 없었을 것입니다. 정말 감사합니다.

마지막으로 태어난 순간부터 지금까지 크고 작은 실패를 거듭해도 지치지 않고 응원해주신 부모님과 항상 옆에서 지지해주는 아내와 아이들에게 고마운 마음을 전하며 이만 마칩니다. 덧붙여 이 책의 제목은 최초의 독자이며 끝까지 퇴고를 도와준 아내 미사 아이가 지어주었습니다. 가족 없이는 지금의 책으로 완성될 수 없었을 것입니다.

끝까지 읽어주셔서 감사합니다. 언젠가 어디선가 이 책을 읽어주신 여러분과 만나 함께 책 이야기를 나눌 수 있는 날을 진심으로 기대합니다.

도서 목록•

머리말

- 《うらおもて人生録(모 아니면 도 인생론)》 이로카와 다케히로 지음, 新潮文庫 1987
- 《壊れかた指南(부서진 지남)》 쓰쓰이 야스타카 지음, 文春文庫 2012
- 《ギリシア哲学者列伝(그리스철학자열전)》(전 3권) 가쿠 아키토시 옮김, 岩波文庫, 1984(상) · 1989(중) · 1994(하)
- 《古代の書物(고대의 서책)》 프레더릭 조지 케년 지음, 코지 하루시게(高津 春繁) 편역, 1953
- 《자기만의 방(A Room of One's Own)》 버지니아 울프 지음, 이미애 옮김, 민음사, 2016
- 《겐지 이야기(源氏物語)》 무라사키 시키부 지음, 전용신 옮김, 나남출판, 1999
- 《新編 日本古典文学全集(신편 일본고전문학전집) 26》 후지오카 다다하루(藤岡忠美) 외 3인 지음, 小学館, 1994
- 《M.エンデが読んだ本(엔데가 읽은 책)》 미하엘 엔데 엮음, 오카자와 시즈야(丘沢静也) 옮김, 岩波書店, 1996

제1장

- 《야간비행(Vol de Nuit)》 앙투안 드 생텍쥐페리 지음, 용경식 옮김, 문학동네, 2018
- 《日常茶飯事(일상다반사)》 야마모토 나쓰히코 지음, 新潮文庫, 2003

• 국내 출간 도서는 괄호 안에 원서 제목을 병기하고 국내 서지 정보를, 출간되지 않은 도서는 괄호 안에 직역한 제목을 병기 후 해외 서지 정보를 옮겼다. 번역 도서가 국내에 다수 출간된 경우, 온라인 서점 판매지수가 가장 높은 도서의 서지 정보를 옮겼다.

- 《読書について(독서에 대하여)》 쇼펜하우어 지음, 스즈키 요시코(鈴木芳子) 옮김, 光文社古典新訳文庫, 2013
- 《灘校·伝説の国語授業(나다교·전설의 국어수업)》 하시모토 다케시 지음, 宝島SUGOI文庫, 2014
- 《은수저(銀の匙)》 나카 간스케 지음, 양윤옥 옮김, 작은씨앗, 2012
- 《読書は格闘技(독서는 격투기)》 다키모토 데쓰후미 지음, 集英社文庫, 2021
- 《산월기(山月記)》 나카지마 아쓰시 지음, 김영식 옮김, 문예출판사, 2016
- 《루쉰 소설 전집》 루쉰 지음, 김시준 옮김, 을유문화사, 2008
- 《나의 투쟁(Mein Kampf)》 아돌프 히틀러 지음, 황성모 옮김, 동서문화동판, 2014
- 《村上さんのところ(무라카미 씨가 있는 곳)》 무라카미 하루키 지음, 新潮文庫, 2018
- 《테아이테토스(Theaitetos)》 플라톤 지음, 정준영 옮김, 아카넷, 2022
- 《아리스토텔레스의 형이상학(Metaphysics)》 아리스토텔레스 지음, 김진성 옮김, 서광사, 2022
- 《결정판 카프카 전집(決定版カフカ全集) 9》 프란츠 카프카 지음, 요시다 센타로 옮김, 新潮社, 1981
- 《言葉の外へ(언어의 밖으로)》 호사카 가즈시 지음, 河出文庫, 2012
- 《眠れなくなる宇宙のはなし(잠 못 이루게 하는 우주 이야기)》 사토 가쓰히코 지음, 宝島社, 2016
- 《과정과 실재(Process and Reality)》 알프레드 노스 화이트헤드 지음, 오영환 옮김, 민음사, 2003
- 《책의 우주(N'espérez pas vous débarrasser des livres)》 움베르토 에코·장클로드 카리에르 지음, 임호경 옮김, 열린책들, 2011
- 《전쟁터로 간 책들(When Books Went to War)》 몰리 굽틸 매닝 지음, 이종인 옮김, 책과함께, 2016
- 《The Prison Book Club(프리즌 북클럽)》 앤 웜즐리 지음, Viking; Canadian First edition, 2015
- 《섀클턴의 위대한 항해(Endurance)》 알프레드 랜싱 지음, 유혜경 옮김, 뜨인돌, 2001
- 《アラスカ光と風(알래스카, 빛과 바람)》 호시노 미치오 지음, 六興出版, 1986
- 《잠수종과 나비(Le Scaphandre et le Papillon)》 장 도미니크 보비 지음, 양영란 옮김, 동문선, 2015
- 《죽음의 수용소에서(Ein Psychologe erlebt das K.Z.)》 빅터 프랭클 지음, 이시형 옮김, 청아출판사, 2020

- 《Survivors Club(서바이버 클럽)》 마이클 본스타인 지음, Farrar, 2017
- 《화를 다스리면 인생이 달라진다(Freedom from Anger)》 알루보물레 스마나사라 지음, 강성욱 옮김, 밀라그로, 2016
- 《방법서설(Discours de la methode)》 르네 데카르트 지음, 이현복 옮김, 문예출판사, 2022
- 《ブッダの真理のことば, 感興のことば(붓다의 진리의 말, 흥미의 말)》 나카무라 하지메 옮김, 岩波文庫, 1978
- 《붓다의 가르침과 팔정도(What the Buddha Taught)》 월폴라 라훌라 지음, 전재성 옮김, 한국빠알리성전협회, 2005
- 《正法眼蔵(정법안장)》(전8권) 마스타니 후미오(増谷文雄) 지음, 講談社学術文庫, 2004~2005
- 《わたしを生きる(나를 살다)》 무라다 와주 지음, 田畑書店, 2019
- 《私とは何か(나는 무엇인가)》 우에다 시즈테루 지음, 岩波新書, 2000
- 《호밀밭의 파수꾼(The Catcher in the Rye)》 제롬 데이비드 샐린저 지음, 공경희 옮김, 민음사, 2001
- 《蚊(모기)》 시이나 마코토 지음, 新潮文庫, 1987

제2장

- 《Aveux et anathèmes(고백과 저주)》 에밀 시오랑 지음, Gallimard, 1986
- 《生まれてきたことが苦しいあなたに(태어난 것이 괴로운 당신에게)》 오타니 다카시 지음, 星海社新書, 2019
- 《역사와 유토피아(Histoire et utopie)》 에밀 시오랑 지음, 김정숙 옮김, 챕터하우스, 2022
- 《태어났음의 불편함(De L'Inconvenient D'Etre Ne)》 에밀 시오랑 지음, 김정란 옮김, 현암사, 2020
- 《자기긍정감을 회복하는 시간(自己肯定感'持っていますか？)》 미즈시마 히로코 지음, 이정환 옮김, 한국경제신문사, 2017
- 《소심한 심리학(敏感すぎるあなたが7日間で自己肯定感をあげる方法)》 네모토 히로유키 지음, 김한나 옮김, 유노북스, 2018
- 《자기긍정 심리학(自己肯定感の教科書)》 나카시마 테루 지음, 은영미 옮김, 나라원, 2020
- 《센서티브(Highly Sensitive People in an Insensitive World)》 일자 샌드 지음, 김유미 옮김, 다산지식하우스, 2017

- 《発達障害(발달장애)》 이와나미 아키라 지음, 文春新書, 2017
- 《너무 신경 썼더니 지친다(繊細さんの本)》 다케다 유키 지음, 전경아 옮김, 미래지향, 2020
- 《태어나지 않는 것이 낫다(Better Never to Have Been)》 데이비드 베너타 지음, 이한 옮김, 서광사, 2019
- 《平成論「生きづらさ」の30年を考える(헤이세이론-'사는 괴로움'의 30년을 생각하다)》 우에다 노리유키 외 3인 지음, NHK出版新書, 2018
- 《「ほとんどない」ことにされている側から見た社会の話を('거의 없음' 측에서 본 사회의 이야기를)》 오가와 다마카 지음, タバブックス, 2018
- 《美しい国へ(아름다운 나라로)》 아베 신조 지음, 文春新書, 2006
- 《아주 조용한 치료(セラピスト)》 사이쇼 하즈키 지음, 전화윤 옮김, 글항아리, 2022
- 《発達障害への心理療法的アプローチ(발달장애에 대한 심리요법적 접근방식)》 가와이 도시오 외 3인 지음, 創元社, 2010
- 《健康的で清潔で'道徳的な秩序ある社会の不自由さについて(건강하고 청결하며 도덕적 질서가 있는 사회의 불편함에 대하여)》 구마시로 도루 지음, イーストプレス, 2020
- 《"죽을 만큼 힘들면 회사 그만두지 그래"가 안 되는 이유(「死ぬくらいなら会社辞めれば」ができない理由)》 시오마치 코나 지음, 우민정 옮김, 한겨레출판, 2017
- 《죽음의 집의 기록(Записки из Мёртвого дома)》 표도르 도스토옙스키 지음, 이덕형 옮김, 열린책들, 2010
- 《世界は贈与でできている(세계는 증여로 되어 있다)》 지카우치 유타 지음, NewsPicksパブリッシング, 2020
- 《나는 옐로에 화이트에 약간 블루(ぼくはイエローでホワイトで'ちょっとブルー)》 브래디 미카코 지음, 김영현 옮김, 다다서재, 2020
- 《파파 톨드 미》(전27권) 하루노 나나에 지음, 서울미디어코믹스, 2002~2004
- 《단편적인 것의 사회학(断片的なものの社会学)》 기시 마사히코 지음, 김경원 옮김, 위즈덤하우스, 2016
- 《하늘이 파래서 흰색을 골랐습니다(空が青いから白をえらんだのです)》 료 미치코 엮음, 박진희 옮김, 호메로스, 2020
- 《傷を愛せるか(상처를 사랑할 수 있을까)》 미야지 나오코 지음, 大月書店, 2010
- 《秋葉原事件:加藤智大の軌跡(아키하바라 사건:가토 도모히로의 궤적)》 나카지마 다케시 지음, 朝日文庫, 2013
- 《「空気」を読んでも従わない('눈치'를 읽어도 따르지 않는다)》 고카미 쇼지 지음, 岩

波ジュニア新書, 2019
- 《이것은 물이다(This is Water)》 데이비드 포스터 월리스 지음, 김재희 옮김, 나무생각, 2012

제10장

- 《전염의 시대를 생각한다(Nel Contagio)》 파올로 조르다노 지음, 김희정 옮김, 은행나무, 2020
- 《상식의 배반(Everything Is Obvious)》 던컨 J. 와츠 지음, 정지인 옮김, 생각연구소, 2011
- 《伝えたいこと(전하고 싶은 것)》 하마사키 요조 지음, 濱崎洋三著作編集刊行会定有堂書店, 1998
- 《自分の仕事をつくる(자신의 일을 만들다)》 니시무라 요시테쓰 지음, ちくま文庫, 2009
- 《スモールハウス(스몰하우스)》 다카무라 도모야 지음, ちくま文庫, 2018
- 《나는 단순하게 살기로 했다(ぼくたちに、もうモノは必要ない)》 사사키 후미오 지음, 김윤경 옮김, 비즈니스북스, 2015
- 《성공하는 사람들의 7가지 습관(The 7 Habits of Highly Effective People)》 스티븐 코비 지음, 김경섭 옮김, 김영사, 2003
- 《インターネットのミニ株取引から始めて株で1億円作る！(인터넷 미니 주식 거래로 1억 엔 만들기)》 니시나 고헤이 지음, ダイヤモンド社, 1999
- 《ネコでもわかる株入門の入門(고양이도 이해하는 주식 입문의 입문)》 주식입문연구회 지음, 中経出版, 1999
- 《株はこうして買いなさい(주식은 이렇게 사라)》 다이아몬드사 지음, ダイヤモンド社, 1999
- 《「株」「投資信託」「外貨預金」がわかる基礎の基礎講座(주식, 투자신탁, 외화예금을 이해하는 기초 강좌)》 호소노 마사히로 지음, 講談社, 2000
- 《누가 내 치즈를 옮겼을까?(Who Moved My Cheese?)》 스펜서 존슨 지음, 이영진 옮김, 진명출판사, 2000
- 《부자 아빠 가난한 아빠(Rich Dad, Poor Dad)》 로버트 기요사키·샤론 레흐트 지음, 구자형 옮김, 황금가지, 2001
- 《더 골(The Goal)》 엘리 골드렛 지음, 강승덕·김일운·김효 옮김, 동양북스, 2001
- 《定年後大全(정년 후 대전)》 일본경제신문사 지음, 日本経済新聞出版, 2003
- 《年収300万円時代を生き抜く経済学(연수입 300만 엔 시대의 경제학)》 모리나가

다쿠로 지음, 光文社, 2003
- 《기분 좋게 설득하는 대화법(和田裕美の人に好かれる話し方)》 와다 히로미 지음, 황정순 옮김, 새론북스, 2008
- 《100세 인생(The 100-year life)》 린다 그래튼·앤드루 스콧 지음, 안세민 옮김, 클, 2017
- 《일의 미래(The Shift)》 린다 그래튼 지음, 조성숙 옮김, 생각연구소, 2012
- 《東大卒' 農家の右腕になる(도쿄대 졸업생, 농가의 오른팔이 되다)》 사가와 도모히코 지음, ダイヤモンド社, 2020
- 《최소한의 밥벌이(おいしい資本主義)》 곤도 고타로 지음, 권일영 옮김, 쌤앤파커스, 2019
- 《リアルロック(리얼록)》 곤도 고타로 지음, 三一書房, 1997
- 《アロハで猟師' はじめました(알로하에서 사냥꾼을 시작했습니다)》 곤도 고타로 지음, 河出書房新社, 2020
- 《三行で撃つ(세 문장으로 적중)》 곤도 고타로 지음, CCCメディアハウス, 2020
- 《「あらすじ」だけで人生の意味が全部わかる世界の古典13('줄거리'만으로 인생의 의미를 파악하는 세계 고전13)》 곤도 고타로 지음, 講談社, 2012
- 《전쟁과 평화(Война и мир)》(전 4권) 레프 톨스토이 지음, 연진희 옮김, 민음사, 2018
- 《플라스틱 바다(Plastic Ocean)》 찰스 무어·커샌드라 필립스 지음, 이지연 옮김, 미지북스, 2013
- 《그레타 툰베리의 금요일(Scener ur Hjartat)》 그레타 툰베리·스반테 툰베리·베아타 에른만·말레나 에른만 지음, 고영아 옮김, 책담, 2019
- 《사물의 체계(Le système des objets)》 장 보드리야르 지음, 배영달 옮김, 지만지, 2011
- 《멋진 신세계(Brave New World)》 올더스 헉슬리 지음, 안정효 옮김, ㈜태일소담출판사, 2015
- 《Hired(하이어드)》 제임스 블러드워스 지음, Atlantic Book, 2018
- 《나 홀로 볼링(Bowling Alone)》 로버트 D. 퍼트넘 지음, 정승현 옮김, 페이퍼로드, 2009
- 《위 제너레이션(What's Mine Is Yours)》 레이철 보츠먼·루 로저스 지음, 이은진 옮김, 모멘텀, 2011
- 《Weの市民革命(We의 시민혁명)》 사쿠마 유미코 지음, 朝日出版社, 2020
- 《農民芸術概論(농민예술개론)》 미야자와 겐지 지음, 八燿堂, 2021
- 《「山奥ニート」やってます(산골에서 니트족으로 삽니다)》 이시이 아라타 지음, 光

文社, 2020
- 《불쉿 잡(Bullshit Jobs)》 데이비드 그레이버 지음, 김병화 옮김, 민음사, 2021
- 《The Unsettlers(비정착민)》 마크 선딘 지음, Riverhead Books, 2017
- 《한밤의 노크 소리(A knock at midnight)》 클레이본 카슨 지음, 심영우 옮김, 홍성사, 2002
- 《世界一清潔な空港の清掃人(세계 제일 깨끗한 공항의 청소부)》 니쓰 하루코 지음, 朝日新聞出版, 2015
- 《독립수업(In The Company of Women)》 그레이스 보니 지음, 최세희·박다솜 옮김, 윌북, 2017
- 《우리가 절대 알 수 없는 것들에 대해(What We Cannot Know)》 마커스 드 사토이 지음, 박병철 옮김, 반니, 2019

제4장

- 《바빌론 부자들의 돈 버는 지혜(The Richest Man in Babylon》 조지 S. 클레이슨 지음, 강주헌 옮김, 국일미디어, 2018
- 《엔데의 유언(エンデの遺言)》 가와무라 아쓰노리 외 3인 지음, 김경인 옮김, 갈라파고스, 2013
- 《신곡(La Divina Commedia)》 단테 알리기에리 지음, 김운찬 옮김, 열린책들, 2022
- 《베니스의 상인(The Merchant Of Venice)》 윌리엄 셰익스피어 지음, 최종철 옮김, 민음사, 2010
- 《ヴェニスの商人の資本論(베니스 상인의 자본론)》 이와이 가쓰히토 지음, ちくま学芸文庫, 1992
- 《貨幣論(자본론)》 이와이 가쓰히토 지음, ちくま学芸文庫, 1998
- 《Before Babylon, Beyond Bitcoin(바빌론 이전, 비트코인 너머)》 데이비드 버치 지음, London Publishing Partnership, 2017
- 《Blockchain Handbook for Digital Identity 2018 volume 1(블록체인 핸드북 2018: 디지털 아이덴티편)》 blkswn편집부 엮음, 黒鳥社, 2018
- 《금융의 지배(The Ascent of Money)》 니얼 퍼거슨 지음, 김선영 옮김, 민음사, 2010
- 《선악의 경제학(Economics of Good and Evil)》 토마스 세들라체크 지음, 김찬별·노은아 옮김, 북하이브, 2012
- 《정치학(Politika)》 아리스토텔레스 지음, 천병희 옮김, 도서출판숲, 2009

- 《신학대전(Summa Theologiae)》(전29권) 토마스 아퀴나스 지음, 바오로딸, 1997~2022
- 《부채, 첫 5,000년의 역사(Debt, The First 5,000 Years)》 데이비드 그레이버 지음, 정명진 옮김, 부글북스, 2021
- 《宗教の経済思想(종교의 경제사상)》 호사카 슌지 지음, 光文社新書, 2006
- 《프로테스탄트 윤리와 자본주의 정신(Die Protestantische Ethik und der Geist des Kapitalismus)》 막스 베버 지음, 박문재 옮김, 현대지성, 2018
- 《근대세계체제(The Modern World-System) 1》 이매뉴얼 월러스틴 지음, 김명환 외 3인 옮김, 까치, 2013
- 《삶으로서의 은유(Metaphors We Live By)》 조지 레이코프·마크 존슨 지음, 노양진·나익주 옮김, 박이정, 2006
- 《설득의 에세이(Essays in Persuasion)》 존 메이너드 케인스 지음, 정명진 옮김, 부글북스, 2017
- 《지속 불가능 자본주의(人新世の資本論)》 사이토 고헤이 지음, 김영현 옮김, 다다서재, 2021
- 《마르크스의 생태사회주의(大洪水の前に)》 사이토 고헤이 지음, 추선영 옮김, 두번째테제, 2020
- 《포지셔닝(Positioning)》 잭 트라우트·알 리스 지음, 안진환 옮김, 을유문화사, 2021
- 《빅 브랜드, 성공의 조건(Big Brands Big Trouble)》 잭 트라우트, 안진환 옮김, 오늘의책, 2002
- 《작은 자본론(Talking to My Daughter about the Economy)》 야니스 바루파키스 지음, 정재윤 옮김, 내인생의책, 2017
- 《A short history of financial euphoria(금융 도취의 짧은 역사)》존 케네스 갤브레이스 지음, Penguin Publishing Group, 1194
- 《분노의 포도(The Grapes Of Wrath)》(전 2권) 존 스타인벡 지음, 김승욱 옮김, 민음사, 2008
- 《くそつまらない未来を変えられるかもしれない投資の話(쓸모없는 미래를 바꿀 수 있을지도 모르는 투자 이야기)》 야마자키OK컴퓨터 지음, タバブックス, 2020
- 《처음 생각할 때처럼(はじめて考えるときのように)》 노야 시게키 지음, 우에다 마코토 그림, 양억관 옮김, 세종, 2003
- 《買物絵本(쇼핑책)》 고미 타로 지음, ブロンズ新社, 2010
- 《힘든 시대를 위한 좋은 경제학(Good Economics for Hard Times)》 아비지트 배너지·에스테르 뒤플로 지음, 김승진 옮김, 생각의힘, 2020

제5장

- 《男の作法(남자의 예절)》 이케나미 쇼타로 지음, 新潮文庫, 1984
- 《新しい天体(새로운 천체)》 가이코 다케시 지음, 光文社文庫, 2006
- 《行きつけの店(단골 가게)》 야마구치 히토미 지음, 新潮文庫, 1999
- 《文士料理入門(작가 요리 입문)》 가노 가오리 외 1인 지음, KADOKAWA, 2010
- 《ニッポンの主婦100年の食卓(일본의 주부 100년의 식탁)》 주부의벗사 엮음, 主婦の友社, 2017
- 《家事秘訣集:じょうずにサボる法400(집안일 비법서: 땡땡이 잘 치는 법 400)》 이누카이 도모코 지음, カッパブックス, 1968
- 《聡明な女は料理がうまい(똑똑한 여자는 요리를 잘한다)》 기리시마 요코 지음, アノニマスタジオ, 2012
- 《食の思想(음식의 사상)》 고바야시 가쓰요 지음, 河出書房新社, 2017
- 《ごちそうさまが きききたくて(잘 먹었습니다가 듣고 싶어서)》 구리하라 하루미 지음, 文化出版局, 1992
- 《おうちで簡単！ビストロスマップ(집에서 간단! 비스트로 스맙)》 扶桑社, 2011
- 《速水もこみちが作る50のレシピきみと食べたらきっと美味しい(하야미 모코미치가 만드는 레시피 50: 너와 먹으면 분명 맛있다)》 하야미 모코미치 지음, マガジンハウス, 2010
- 《고독한 미식가(孤独のグルメ)》(전 2권) 다니구치 지로 지음, 구스미 마사유키 원작, 박정임 옮김, 이숲, 2010·2016
- 《syunkonカフェごはん(syunkon 카페 음식)》 야마모토 유리 지음, 宝島社, 2011
- 《一汁一菜でよいという提案(국 한 그릇, 반찬 하나로 좋다는 제안)》 도이 요시하루 지음, グラフィック社, 2016
- 《つくおき:週末まとめて作り置きレシピ(만들어두기: 주말에 몰아서 만드는 레시피)》 노조미 지음, 光文社, 2015
- 《의욕 따위 필요 없는 100가지 레시피(世界一美味しい手抜きごはん 最速！ やる気のいらない100レシピ)》 하라페코 그리즐리 지음, 수키 옮김, 클, 2021
- 《料理が苦痛だ(요리는 고통이다)》 혼다 리에코 지음, 自由国民社, 2018
- 《勝間式超ロジカル料理(가쓰마식 초논리적 요리)》 가쓰마 가즈요 지음, アチーブメント出版, 2020
- 《브리야 사바랭의 미식 예찬(Physiologie du Goût)》 장 앙텔므 브리야 사바랭 지음, 홍서연 옮김, 르네상스, 2004
- 《The Sharper Your Knife, the Less You Cry(칼이 날카로울수록 눈물은 잦아든다)》 캐슬린 플린 지음, Viking Adult, 2007

- 《요리가 자연스러워지는 쿠킹 클래스(The Kitchen Counter Cooking School)》 캐슬린 플린 지음, 최경남 옮김, 현암사, 2018
- 《自由学園 最高のお食事(자유학원 최고의 식사)》 JIYU5074Labo 지음, 新潮社, 2017
- 《食べるとはどういうことか(먹는다는 것은 무엇인가)》 후지하라 다쓰시 지음, 農山漁村文化協会, 2019
- 《오로지 일본의 맛(Sushi and Beyond)》 마이클 부스 지음, 강혜정 옮김, 글항아리, 2017
- 《요리 본능(Catching Fire)》 리처드 랭엄 지음, 조현욱 옮김, 사이언스북스, 2011
- 《황금가지(The Golden Bough)》(전 2권) 제임스 조지 프레이저 지음, 박규태 옮김, 을유문화사, 2021
- 《Mythes of the Origin of Fire(불의 기원의 신화)》 제임스 조지 프레이저 지음, Dutt Press, 2013
- 《신통기(Theogonia)》 헤시오도스 지음, 김원익 옮김, 민음사, 2003
- 《신화학 1-날것과 익힌 것(Mythologiques 1 : Le cru et le cuit)》 클로드 레비스트로스 지음, 임봉길 옮김, 한길사, 2005
- 《신화학 2-꿀에서 재까지(Mythologiques 2 : Du miel aux cendres)》 클로드 레비스트로스 지음, 임봉길 옮김, 한길사, 2008
- 《잡식동물의 딜레마(The Omnivore's Dilemma)》 마이클 폴란 지음, 조윤정 옮김, 다른세상, 2008
- 《요리를 욕망하다(Cooked: A Natural History of Transformation)》 마이클 폴란 지음, 김현정 옮김, 에코리브르, 2014
- 《Combat-Ready Kitchen(전투 준비 주방)》 아나스타샤 마크스 드 살세도 지음, Current, 2015
- 《サカナレッスン(생선 레슨)》 캐슬린 플린 지음, 무라이 리코 옮김(日), CCCメディアハウス, 2019
- 《맛의 달인(美味しんぼ)》 데쓰 가리야 지음, 대원씨아이, 1997~2015
- 《カレー学入門(카레학 입문)》 가라시마 노보루 지음, 河出文庫, 1998
- 《카레로 보는 인도 문화(インド・カレー紀行)》 가라시마 노보루 지음, 김진희 옮김, AK커뮤니케이션즈, 2020
- 《カレーライスと日本人(카레라이스와 일본인)》 모리에다 다카시 지음, 講談社学術文庫, 2015
- 《Curry: A Biography(카레 전기)》 리지 콜링엄 지음, CHATTO & WINDUS, 2005

- 《中村屋のボース(나카무라야의 보스)》 나카지마 다케시 지음, 白水社, 2005

제6장

- 《곰처럼 숨 쉬어 봐(Breathe Like a Bear)》 키라 윌리 지음, 애니 베츠 그림, 김선희 옮김, 담앤북스, 2019
- 《최고의 휴식(最高の休息法)》 구가야 아키라 지음, 홍성민 옮김, 알에이치코리아, 2017
- 《킬러 스트레스》 NHK 특별취재팀 지음, 권일영 옮김, 에디터, 2018
- 《도덕적 동물(The Moral Animal)》 로버트 라이트 지음, 박영준 옮김, 사이언스북스, 2003
- 《불교는 왜 진실인가(Why Buddhism is True)》 로버트 라이트 지음, 이재석·김철호 옮김, 마음친구, 2019
- 《目覚める宗教(깨어나는 종교)》 케네스 다나카 지음, サンガ新書, 2012
- 《선사상사 강의(禅思想史講義)》 오가와 다카시 지음, 이승연 옮김, 예문서원, 2018
- 《東京ブギウギと鈴木大拙(도쿄 부기우기와 스즈키 다이세쓰)》 야마다 쇼지 지음, 人文書院, 2015
- 《An Introduction to Zen Buddhism(선불교 개론)》 칼 구스타프 융 지음, Grove Press; Reissue edition, 1994
- 《길 위에서(On the Road)》(전 2권) 잭 케루악 지음, 이만식 옮김, 민음사, 2009
- 《다르마 행려(The Dharma Bums)》 잭 케루악 지음, 김목인 옮김, 시공사, 2015
- 《선심초심(Zen Mind, Beginner's Mind)》 스즈키 순류 지음, 정창영 옮김, 김영사, 2013
- 《禅の教室(선의 교실)》 후지타 잇쇼·이토 히로미 지음, 中公新書, 2016
- 《Be Here Now(지금 여기)》 람 다스 지음, Harmony, 1978
- 《돈 후앙의 가르침(The Teachings Of Don Juan: A Yaqui Way of Knowledge)》 카를로스 카스타네다 지음, 김상훈 옮김, 정신세계사, 2014
- 《현대 물리학과 동양사상(The Tao of physics)》 프리초프 카프라 지음, 김용정·이성범 옮김, 범양사, 2006
- 《마음챙김 명상과 자기치유(Full catastrophe living)》(전 2권) 존 카밧 진 지음, 장현갑·김정호·김교헌 옮김, 학지사, 2017
- 《マインドフルネス最前線(마인드풀니스 최전선)》 가야마 리카 지음, サンガ新書, 2015

- 《東洋的瞑想の心理学(동양적 명상의 심리학)》 칼 구스타프 융 지음, 創元社, 2019
- 《Mindful Work(마인드풀 워크)》 데이비드 겔스 지음, HarperOne, 2016
- 《グーグルのマインドフルネス革命(구글의 마인드풀니스 혁명)》 산가 편집부 지음, サンガ, 2015
- 《너의 내면을 검색하라(Search inside yourself)》(2012) 차드 멩 탄 지음, 권오열, 알키, 2012
- 《팡세(Pensees)》 블레즈 파스칼 지음, 이환 옮김, 민음사, 2003
- 《인스타 브레인(Skärmhjärnan)》 안데르스 한센 지음, 김아영 옮김, 동양북스, 2020
- 《운동화 신은 뇌(SPARK)》 존 레이티 · 에릭 헤이거먼 지음, 이상헌 옮김, 녹색지팡이, 2009
- 《맨발로 뛰는 뇌(Go Wild)》 존 레이티 · 리처드 매닝 지음, 이민아 옮김, 녹색지팡이, 2016
- 《본 투 런(Born to Run)》 크로스토퍼 맥두걸 지음, 민영진 옮김, 여름언덕, 2016
- 《자연이 마음을 살린다(The Nature Fix)》 플로렌스 윌리엄스 지음, 문희경 옮김, 더퀘스트, 2018
- 《How to Train a Wild Elephant(야생코끼리를 훈련시키는 법)》 잰 초즌 베이 지음, Shambhala, 2011

제7장

- 《노화의 종말(Lifespan)》 데이비드 A. 싱클레어 · 매슈 D. 러플랜트 지음, 이한음 옮김, 부키, 2020
- 《나는 사이보그가 되기로 했다(Peter 2.0 : The Human Cyborg)》 피터 스콧 모건 지음, 김명주 옮김, 김영사, 2022
- 《죽음과 죽어감(On Death and Dying)》 엘리자베스 퀴블러 로스 지음, 이진 옮김, 청미, 2018
- 《생의 수레바퀴(The wheel of life)》 엘리자베스 퀴블러 로스 지음, 강대은 옮김, 황금부엉이, 2019
- 《선악의 저편(Jenseits von Gut und Böse)》 프리드리히 니체 지음, 박찬국 옮김, 아카넷, 2018
- 《죽음이란 무엇인가(Death)》 셸리 케이건 지음, 박세연 옮김, 엘도라도, 2012
- 《지구인들을 위한 진리 탐구(真理の探究)》 오구리 히로시 · 사사키 시즈카 지음, 곽범신 옮김, 덴스토리, 2018

- 《과학의 불교(科学するブッダ)》 사사키 시즈카 지음, 법장 옮김, 모과나무, 2017
- 《밤의 찬가 철학 파편집(Hymnen an die Nacht)》 노발리스 지음, 박술 옮김, 읻다, 2018
- 《슬픔의 비의(悲しみの秘義)》 와카마쓰 에이스케, 김순희 옮김, 위즈덤하우스, 2018
- 《크리스마스 캐럴(A Christmas Carol)》 찰스 디킨스 지음, 황금진 옮김, 더스토리, 2020
- 《내 인생은 지금 몇 시에 서 있는가(こころの旅)》 가미야 미에코 지음, 홍성민 옮김, 필로소픽, 2013
- 《夏の花(여름꽃)》 하라 다미키 지음, 岩波文庫, 1988
- 《あたりまえなことばかり(당연한 일만 가득)》 이케다 아키코 지음, トランスビュー, 2003
- 《禅の第一義(선의 제1의)》 스즈키 다이세쓰 지음, 平凡社ライブラリー, 2011
- 《岡倉天心全集(오가쿠라 덴신 전집)》 오가쿠라 덴신 지음, 平凡社, 1979~1981
- 《문학이란 무엇인가(Qu'est-ce que la litterature?)》 장 폴 사르트르 지음, 정명환 옮김, 민음사, 1998
- 《카를 융, 인간의 이해(ユング心理学と仏教)》 가와이 하야오 지음, 가와이 도시오 엮음, 김지윤 옮김, 바다출판사, 2018
- 《동물은 어떻게 슬퍼하는가(How Animals Grieve)》 바버라 킹 지음, 정아영 옮김, 서해문집, 2014
- 《거의 모든 것의 기원(New Scientist: The Origin of (almost) Everything)》 그레이엄 로턴 지음, 김성훈 옮김, 프리렉, 2017
- 《保守と立憲(보수와 입헌)》 나카지마 다케시 지음, スタンド・ブックス, 2018
- 《대중의 반역(La Rebelion de las Masas)》 호세 오르테가 이 가세트 지음, 황보영조 옮김, 역사비평사, 2005
- 《모리와 함께한 화요일(Tuesdays with Morrie)》 미치 앨봄 지음, 공경희 옮김, 살림, 2017
- 《분해의 철학(分解の哲学)》 후지하라 다쓰시 지음, 박성관 옮김, 사월의책, 2022
- 《古事記(고사기)》 구라노 겐지 지음, 岩波文庫, 1963
- 《생명에서 생명으로(Life Everlasting)》 베른트 하인리히 지음, 김명남 옮김, 궁리, 2015
- 《발밑의 미생물 몸속의 미생물(The Hidden Half of Nature)》 데이비드 몽고메리 · 앤 비클레 지음, 권예리 옮김, 눌와, 2019
- 《소피의 선택(Sophie's Choice)》(전 2권) 윌리엄 스타이런 지음, 한정아 옮김, 민음

사, 2008

- 《僕にはわからない(나는 모른다)》 나카지마 라모 지음, 講談社文庫, 2008

맺음말

- 《会社の人事(회사의 인사)》 나카기리 마사오 지음, 晶文社, 1979
- 《金子光晴詩集(가네코 미쓰하루 시집)》 가네코 미쓰하루 지음, 彌生書房, 1967

천년의 독서

오직 읽기로만 열리는 세계

초판 1쇄 발행 2023년 4월 30일
초판 2쇄 발행 2023년 5월 25일

지은이 미사고 요시아키
옮긴이 하진수

펴낸이 김진규
경영지원 정동윤
책임편집 또박편집공작소
디자인 손주영

펴낸곳 (주)시프 | 출판등록 2021년 2월 15일(제2021-000035호)
주소 경기도 고양시 덕양구 권율대로668 티오피클래식 209-2호
전화 070-7576-1412
팩스 0303-3448-3388
이메일 seepbooks@naver.com

ISBN 979-11-92421-21-6 03800